DALLA CULLA ALLA TOMBA

LE INDAGINI DELLA DETECTIVE KAY HUNTER

RACHEL AMPHLETT

CAPITOLO 1

Michael Cornish posò la mano sulla spalla del suo giovane figlio mentre attraversavano il ponte pedonale sul fiume Medway, consapevole dei pericoli nascosti nelle acque scure sottostanti.

Il bambino di sette anni non aveva smesso di parlare da quando avevano lasciato la loro casa a Loose mezz'ora prima. All'inizio era assonnato, brontolava per essere stato svegliato alle sei del mattino. Poi, mentre Michael controllava nello specchietto retrovisore che il bambino avesse allacciato correttamente la cintura di sicurezza, il viso di Daniel si era illuminato con un ampio sorriso, la sua pura gioia ed eccitazione all'idea di passare la giornata a pescare con suo padre erano evidenti dalle domande sparate dal sedile posteriore mentre l'auto si snodava per le strade verso il fiume.

Michael sapeva che non sarebbe durato.

Era questa paura che ora teneva Michael concentrato sul sentiero stretto coperto di pietre che si snodava lontano dalle ringhiere blu del ponte e lungo una strada pubblica in riva all'acqua. Non riusciva a scrollarsi di dosso il pensiero che gli rimanevano solo pochi anni prima che Daniel decidesse che passare del tempo con suo padre il sabato mattina fosse l'ultima cosa che voleva fare.

La paura si trasformò in tristezza; un dolore anticipato.

«Papà, guarda!»

Michael rivolse la sua attenzione all'airone che si alzava in volo.

«L'abbiamo spaventato, vero?»

«Tornerà, non preoccuparti. L'ho già visto qui prima. Attento a dove metti i piedi.»

Strinse la presa mentre Daniel inciampava, poi si raddrizzò.

Mentre camminavano, Michael rivolse lo sguardo a tre barche sull'altra sponda del fiume, yacht cabinati di varie dimensioni che ondeggiavano nella corrente leggera, gli scafi colorati in contrasto con il ponte bianco. In tutte tranne la prima, le tende erano chiuse, i proprietari assenti, o a godersi una dormita.

Una figura solitaria sedeva sul ponte posteriore del primo yacht, un uomo anziano indossava un cappellino da baseball mentre lucidava un trombone di ottone, il metallo brillava alla luce del sole. Alzò la mano in segno di saluto mentre passavano.

Daniel ricambiò il saluto, sorridendo. «Pensi che lo suonerà, papà?»

«Spero di no. Non credo che i suoi vicini lo ringrazierebbero a quest'ora del mattino. Forse ha suonato in una band ieri sera, o si sta preparando per stasera.»

«Possiamo noleggiare una barca un giorno?»

«Certo. Dovremo prima vedere cosa ne pensa tua madre.»

«Potrebbe venire anche lei. Le piacerebbe.»

«Hai ragione, penso che le piacerebbe.»

«Prenderò qualcosa?» Non turbato dal terreno, il bambino agitò il suo retino da pesca con manico di bambù verso un cespuglio di ortiche che stavano superando.

«Forse qualcosa di piccolo. Ricorda però quello che ti ho detto: devi stare zitto e fermo, altrimenti li spaventerai.»

«Va bene.» Daniel sollevò il retino rosso brillante al viso e si spinse gli occhiali sul naso, aggrottando le sopracciglia. «Spero di prendere qualcosa di più di semplici girini questa volta.»

«Periodo sbagliato dell'anno, amico. Non preoccuparti. Prenderai qualcosa, ne sono sicuro.»

L'entusiasmo di suo figlio lo riportò al tempo in cui cresceva a Tovil, quando pescava con suo padre in questo stesso punto cercando di catturare qualcosa di più grande di un pesciolino.

Non un luccio, però.

Qualcosa di speciale.

Poi era cresciuto, e per anni il fiume non aveva avuto alcun ruolo nella sua vita. Non fu fino a quando lui e Michelle ebbero Daniel che ricordò com'era quell'età, e cosa gli mancava di quel periodo. Spesso lavorava a tutte le ore come meccanico a domicilio, ma passava del tempo con Daniel ogni volta che poteva, sapendo che Michelle apprezzava le poche ore di pace e tranquillità che le loro uscite del sabato le concedevano.

L'attenzione di Michael fu catturata da un improvviso

rombo alla sua destra, momenti prima che un treno passeggeri a tre carrozze sfrecciasse, le ruote sibilavano lungo la linea verso Paddock Wood. Mentre scompariva tra gli alberi, una calma tornò sulla riva del fiume.

Un leggero *plop* lo raggiunse, e si fermò, accovacciandosi accanto a suo figlio.

«Stai fermo. Vedi quel tronco che sporge dalla riva?»

«Sì.»

«L'acqua si sta increspando, vedi?»

«Perché? Cos'è?»

«O un'arvicola d'acqua, o una lontra. Zitto ora.»

Trattenendo il respiro, Michael indicò il movimento sulla superficie dell'acqua mentre una snella striscia marrone di pelliccia emerse dall'acqua e si arrampicò sulla riva opposta.

«Una lontra! Abbiamo visto una lontra!» Daniel si girò e gli sorrise. «È stato fantastico.»

«Ti è piaciuto?»

«Sì, aspetta che lo racconti a scuola la prossima settimana.» Infilò la mano in quella di Michael e tirò. «Andiamo a pescare, papà.»

«Va bene. C'è un buon punto qui vicino, vicino a quell'albero. Tuo nonno mi portava qui quando avevo la tua età. Andiamo.»

Poco dopo, Michael lanciò la sua lenza e affondò gli stivali nel sottobosco morbido, le sue spalle si rilassarono.

Daniel si accovacciò sul bordo dell'acqua, la fronte corrugata mentre strisciava avanti e indietro il suo retino nelle acque basse, e Michael sorrise nel vedere l'espressione di pura concentrazione del bambino. Una leggera brezza scompigliò i suoi capelli biondo ramato che diventano ogni anno più scuri, un altro promemoria del fatto che la sua infanzia stava passando troppo velocemente per i gusti di suo padre.

Michael allungò il collo per vedere più in su lungo la riva del fiume, ma non vide nessun altro. Avevano il posto tutto per loro. Non ne era troppo sorpreso, con l'estate che volgeva inevitabilmente al termine, la maggior parte delle persone stava approfittando del bel tempo trascorrendo i venerdì sera a fare barbecue o seduti all'aperto nei giardini dei pub fino a notte fonda. Si trovava qui solo perché era toccato a lui fare da autista designato la notte precedente, e Michelle si stava godendo una dormita.

«Che ne dici, compriamo delle torte sulla strada di rientro a casa? Pensi che a tua madre piacerebbe?»

«Sì!» Daniel gli sorrise, poi tornò a ispezionare il suo retino. «Non ho ancora preso niente, papà.»

«Sii paziente, piccolo. L'attesa è metà del divertimento.»

Lo sguardo di Michael tornò al fiume, e sbatté le palpebre quando vide qualcosa più a monte.

Per un istante, non riuscì a capire cosa stesse vedendo. La forma distesa galleggiava sulla corrente leggera, sfiorando le canne che si ammassavano sulla riva a pochi metri di distanza, poi girò su sé stessa in un vortice e si avvicinò.

Un brivido percorse le spalle di Michael, facendo rizzare i peli sulle braccia. Deglutì, trattenendo un conato mentre la forma diventava qualcosa di più tangibile, più terrificante.

Si avvicinò, l'acqua lambiva il materiale scuro che

copriva la metà inferiore, l'estremità superiore coperta da capelli scuri e arruffati che sembravano…

«Daniel? Prendi il tuo retino. Ce ne andiamo.»

«Ma, papà…»

«Ora, per favore.»

Allungò la mano e guidò Daniel lontano dalla riva del fiume in modo che fosse rivolto verso la ferrovia, mentre combatteva contro un crescente senso di panico.

Tirò fuori il cellulare e scrutò lo schermo.

Nessun segnale.

Con il cuore che batteva forte, avvolse la sua lenza, imprecando sottovoce mentre si impigliava e si aggrovigliava intorno al mulinello. Tagliò l'amo pendente e lo gettò insieme alla lenza rotta nella cassetta degli attrezzi, avvolse le dita intorno al manico e poi afferrò il polso di Daniel.

«Andiamo. Torniamo alla macchina.»

«Cosa c'è che non va, papà?»

«Niente. Mi sono appena ricordato che avevo promesso a tua madre che ti avrei riportato a casa per quest'ora.»

«Ma siamo appena arrivati.»

«Lo so. Lo faremo un altro giorno, promesso.»

Michael represse la bugia, sapendo che non avrebbe mai più pescato in quel tratto di fiume.

Forse non avrebbe mai più pescato.

Mai più.

Mentre si avvicinavano alla passerella, gettò uno sguardo oltre la spalla verso il corso d'acqua. Il suonatore di trombone era scomparso all'interno della cabina della sua barca, le altre erano ancora deserte.

Più in là, vicino all'albero sotto cui era stato con suo figlio solo pochi istanti prima, il corpo continuava il suo macabro viaggio.

Posò la cassetta degli attrezzi a terra e guardò di nuovo il telefono. Due tacche di segnale, grazie a Dio.

«Qual è la sua emergenza, prego?»

«Polizia.»

«La metto in contatto.»

«Papà?» La voce di Daniel raggiunse una nota più alta, e si avvicinò a Michael, lasciando cadere il retino da pesca accanto alla cassetta degli attrezzi. Il labbro inferiore gli tremava. «Cosa sta succedendo?»

Diede a Daniel una leggera spinta. «Vai ad aspettare vicino alla macchina. Arrivo subito.»

Il figlio di Michael si allontanò a passo pesante, senza chiedere il perché e senza voltarsi indietro. Il cuore fece un sussulto; suo figlio non avrebbe mai capito, perché non gli avrebbe mai raccontato ciò che aveva visto.

«Pronto? Qual è la sua emergenza, prego?»

Michael fece un respiro profondo, rendendosi conto in quel momento che la sua vita non sarebbe mai più stata la stessa. Chiuse gli occhi e cercò di mantenere la voce ferma.

«C'è un uomo morto che galleggia nel fiume Medway vicino al ponte di Tovil.»

CAPITOLO 2

L'ispettrice Kay Hunter sbatté la portiera dell'auto di servizio argentata ricoperta di fango e si affrettò a seguire il suo sergente investigativo.

Ian Barnes, sulla quarantina inoltrata, con le tempie più grigie nell'ultimo anno, sollevò il nastro della scena del crimine teso tra due pali ornamentali e indicò il fiume che scorreva sotto i loro piedi.

«Questo è il cordone esterno», disse. «Il corpo si è impigliato sotto uno dei piloni del ponte dopo che è arrivata la chiamata. Gli agenti in uniforme hanno organizzato la squadra di ricerca subacquea e l'intervento della Scientifica».

«Testimoni?» chiese Kay.

«È stato rimandato a casa dopo aver rilasciato la sua dichiarazione iniziale. Hai sentito che era con suo figlio di sette anni?»

«Cristo. Il bombino ha visto qualcosa?»

«No. Ho pensato che gli agenti in uniforme abbiano fatto la cosa giusta date le circostanze».

«Mi sembra giusto».

Si fermarono a metà del ponte e Kay si sporse oltre la ringhiera, sistemandosi una ciocca di capelli biondi dietro l'orecchio.

Sotto, il sentiero lungo il fiume Medway era pieno di specialisti forensi in tuta bianca e delle loro attrezzature.

Una squadra di tre sommozzatori era immersa fino alle ginocchia nelle acque basse, con l'attenzione rivolta alle attività sotto la struttura di acciaio e cemento. Un quarto sommozzatore emerse dal centro dell'acqua alla sinistra di Kay, la sua muta in neoprene luccicava mentre alzava la mano e faceva cenno ai colleghi.

«Tutto a posto lì, allora», disse Barnes.

Un gruppo di sei persone si aggirava su un molo di cemento accanto alle barche. Due agenti in uniforme stavano lì vicino con i taccuini aperti, uno teneva una radio alla bocca.

«E i proprietari delle barche?» Kay indicò le tre case galleggianti più a monte sulla sponda opposta. Notò due donne tra gli uomini, e tutti sembravano di mezza età o più anziani. «Cosa sappiamo di loro?»

«Gente del posto. Una coppia, i due più vicini a quella barca in fondo, vengono da Thanet. A quanto pare, vengono qui un fine settimana sì e uno no per una pausa. Quelli che possiedono la barca di mezzo sono di Yalding e si sono fermati qui per la notte diretti verso l'estuario più tardi oggi. Tranne uno, erano tutti addormentati», disse Barnes. «La barca più vicina è di proprietà di un musicista jazz locale. Ha visto il nostro testimone questa mattina mentre si dirigeva lungo l'argine del fiume verso un posto di pesca popolare. Si può vedere lassù, vicino a quel faggio».

Kay si protesse gli occhi dalla luce del sole mattutino.

L'argine del fiume si allontanava da Tovil, il suo percorso rispecchiato dalla linea ferroviaria sulla destra oltre una fila di alberi. Un'ampia sponda erbosa scendeva dolcemente dalla ferrovia fino al sentiero Medway che si estendeva verso East Farleigh e oltre. I fiori selvatici prosperavano e una coppia di cigni abbelliva la riva dell'acqua. L'intero panorama era un idillio del Kent.

Tranne per il corpo sotto il ponte su cui si trovava.

Batté le mani sulla ringhiera e si voltò. «Andiamo. Chi è responsabile laggiù?»

«Harry Davis. Era in pattuglia con Parker quando è arrivata la chiamata. Sono stati i primi ad arrivare sul posto».

Kay seguì Barnes dall'altro lato del ponte pedonale e alzò la mano verso il sergente di polizia più anziano che sostava sul sentiero.

«Buongiorno, Harry. Ottimo lavoro nell'organizzare tutto questo».

Lui le porse una cartelletta. «Grazie, capo. Buongiorno, Ian».

Kay firmò il registro della scena del crimine, poi si fermò davanti al nastro bianco e blu che svolazzava nella brezza proveniente dal corso d'acqua e rivolse lo sguardo verso il gruppo di sommozzatori che ora conversavano con i tecnici della Scientifica sul sentiero a pochi metri di distanza.

«Qual è la situazione attuale?»

Harry si voltò e indicò una forma che giaceva tra un

groviglio di canne accanto a uno dei sommozzatori. Arricciò il naso. «Sono riusciti a recuperare il corpo dal pilone del ponte circa dieci minuti fa. C'è Harriet. Lucas è in giro da qualche parte, ha già confermato che il tizio è morto».

Kay cercò il patologo degli Affari Interni e lo individuò più in alto sull'argine del fiume, con le cime degli edifici per uffici di Maidstone visibili attraverso la fila di alberi oltre la sua posizione.

Lucas Anderson teneva il cellulare all'orecchio mentre gesticolava in aria. La vide, indicò il suo orologio, poi tornò alla sua telefonata.

Lo sguardo di Kay si spostò sul più basso dei tre tecnici della Scientifica donna, avvolte in tute bianche mentre l'investigatrice capo della scena del crimine, Harriet Baker, iniziava a muoversi verso di loro.

«Buongiorno a voi due», disse. Si tirò la mascherina che le copriva bocca e naso, poi indicò con il pollice guantato oltre la sua spalla. «Avrete un bel da fare per identificarlo».

Il cuore di Kay sprofondò. «È rimasto in acqua troppo a lungo?»

«No, non ha più la faccia».

Un silenzio attonito seguì le parole di Harriet.

«Come?» disse infine Barnes.

«Sì, lo so. Dio solo sa chi abbia fatto arrabbiare, ma di certo non è caduto nel Medway per caso», disse la responsabile della Scientifica.

«Cazzo», disse Kay. Lanciò un'occhiata alle sue spalle mentre Lucas si avvicinava. «Buongiorno».

«Kay». Strinse la mano a lei, poi a Barnes, e infilò il telefono in tasca.

«Mattinata impegnativa?» disse Barnes, alzando un sopracciglio.

«Ho due tecnici in ferie», disse Lucas. «E ora, questo».

«D'accordo», disse Kay. «Aggiornateci, voi due: cosa siete riusciti a stabilire finora?»

Lucas si grattò il mento. «Ovviamente confermerò una volta completata l'autopsia, ma Harriet vi avrà probabilmente detto che al nostro uomo manca la maggior parte del viso. L'esame iniziale sembra indicare una ferita da arma da fuoco alla parte posteriore della testa, il foro d'uscita ha causato il danno frontale».

«Da quanto tempo pensi sia lì dentro?» chiese Kay.

«Non molto. Non c'è molto gonfiore nel corpo, quindi presumendo che sia caduto, o sia stato spinto, a faccia in giù, non credo abbia ingerito molta acqua, e dubito ce ne sia abbastanza nei polmoni da suggerire che sia annegato. Di nuovo, confermerò una volta fatta l'autopsia».

«È stato ucciso lungo questo tratto?» Kay si allontanò dal patologo e osservò il gruppo di tecnici della Scientifica che lavoravano, a testa bassa, sotto un boschetto di alberi che costeggiavano l'argine del fiume più a monte.

«Non credo», disse Harriet. «La mia squadra sta esaminando quella scena più in alto per escluderlo, è dove il testimone ha detto di aver visto per la prima volta il corpo in acqua».

«Quindi è arrivato qui galleggiando?» disse Barnes.

«È quello che pensiamo, leggendo la dichiarazione del testimone e parlando con i sommozzatori, sì».

Kay si protesse gli occhi e scrutò il fiume che curvava verso sinistra e scompariva alla vista a circa quattrocento metri da dove si trovava.

«Allora da dove diavolo è arrivato?»

CAPITOLO 3

Quando Kay e Barnes tornarono alla loro auto passando sul ponte pedonale, altri tre veicoli di pattuglia e un furgone del medicolegale si erano uniti alla folla di veicoli parcheggiati nella strada senza uscita.

Una folla curiosa si era radunata dietro un terzo cordone, oltre due veicoli di pattuglia vicino all'incrocio a T con la strada principale, con i colli tesi nel tentativo di capire cosa stesse succedendo.

Kay lanciò uno sguardo irritato verso il cielo al rumore delle pale di un elicottero, poi di nuovo verso il fiume. «Maledizione, Ian. Gli avvoltoi stanno circondando la zona».

Barnes alzò una mano verso uno dei membri della squadra del medico legale e indicò il ponte pedonale. «Potete lavorare il più velocemente possibile per portare via il corpo?» disse. «Prima che quella gente ottenga qualche ripresa per il telegiornale di stasera. A questo ritmo, sarà solo questione di tempo prima che arrivino altri giornalisti».

L'uomo aggrottò la fronte. «Il patologo è già venuto?»

«È laggiù con la Scientifica, quindi potrete ottenere da lui l'autorizzazione per spostare la vittima».

«Va bene. Ci pensiamo noi».

Kay osservò l'uomo attraversare il ponte pedonale, poi diede un colpetto sul braccio di Barnes e indicò l'auto.

«Torniamo in centrale. Dobbiamo aggiornare la squadra su quello che sta succedendo qui e poi esaminare il punto in cui la nostra vittima potrebbe essere finita in acqua».

Mentre Barnes guidava, lei scorreva i messaggi di testo, delegando il più possibile i compiti del suo carico di lavoro esistente in modo da potersi concentrare sull'indagine principale che sarebbe seguita alla scoperta del corpo nel fiume.

Alzando la testa quando l'auto rallentò, fu sorpresa di scoprire che erano già al cancello di sicurezza della stazione di polizia del centro città.

«Quanto andavi veloce?»

«È presto. Il traffico è leggero. Te ne saresti accorta, ma non hai alzato gli occhi da quello schermo da quando abbiamo lasciato Tovil» disse Barnes, facendole l'occhiolino.

Lui guidò la strada attraverso i livelli inferiori della stazione di polizia e su per una rampa di scale, girò a destra in fondo e spinse la porta di un ampio spazio ufficio.

La luce del sole filtrava attraverso le finestre nella parte anteriore della stanza, il rumore del traffico che passava su Palace Avenue penetrava attraverso i vetri spessi.

Kay si fermò sulla soglia e lasciò che Barnes la precedesse, poi fece un respiro profondo.

Una nuova indagine, e con essa tutte le complessità e i problemi che senza dubbio avrebbero messo alla prova le sue capacità fino al limite.

Espirò mentre una familiare figura longilinea si faceva strada tra le scrivanie verso di lei, seguita da vicino da una donna sulla trentina con i capelli corti nero corvino che faticava a starle dietro.

Gavin Piper fece un cenno a Barnes alla sua scrivania mentre si avvicinava. «Siamo arrivati il prima possibile».

Kay lo guardò con gli occhi socchiusi. I capelli biondi del detective erano dritti a spazzola nonostante i suoi sforzi per domarli, e lei scosse la testa vedendo la sua pelle abbronzata.

«Non è giusto, Piper. Sei stato via solo cinque giorni».

Lui sbuffò. «E che bel bentornato è questo, capo. Sappiamo chi è?»

«No, e non sarà facile scoprirlo. Lucas ha detto che il volto della vittima è stato distrutto da un colpo di arma da fuoco».

La detective Carys Miles sussultò, poi sibilò tra i denti. «Maledizione. Mi chiedo chi abbia fatto arrabbiare così tanto. Nessun documento d'identità?»

Kay scosse la testa. «Niente di niente, secondo Harriet. Spostiamoci là, e vi aggiornerò».

Superò Gavin e si diresse verso una lavagna appena pulita che lui aveva preparato. Accanto, aveva sgomberato tutte i soliti avvisi sociali da una bacheca di sughero e aveva appuntato una mappa del fiume Medway lungo la parte superiore, con la posizione del corpo della vittima già evidenziata.

Dando un'occhiata alle sue spalle a un gruppo di giovani agenti in uniforme e in borghese che si aggiravano ai margini del piccolo gruppo, afferrò un pennarello grosso e si rivolse a loro.

«Ottimo inizio, Piper». Si interruppe mentre Carys le porgeva una tazza di caffè. «Grazie. Bene, azioni, Gavin, ho bisogno che tu organizzi il resto di questa sala operativa il prima possibile. Mettiti in contatto con Theresa dell'amministrazione e vedi se puoi far assegnare Debbie West alla squadra per la durata dell'indagine. Conosce tutti e mi piacerebbe averla a bordo come responsabile dell'ufficio».

Gavin scriveva nel suo taccuino mentre lei parlava. «Capito, capo. E per l'IT?»

«Fatti aiutare da loro, avremo bisogno di quante più scrivanie possibile prima di mezzogiorno oggi. Ho la sensazione che questo caso assorbirà la maggior parte delle nostre risorse questa settimana. Carys, puoi assicurarti che questa mappa sia completa? Scopri fino a che punto si estende questo tratto d'acqua prima di incontrare una chiusa o una diga. Chiama anche l'ufficio locale dell'agenzia per la protezione dell'ambiente per vedere se possono fornirci un'idea delle portate su questo tratto del fiume. Dobbiamo scoprire da dove potrebbe essere arrivato quel corpo prima che le squadre di ricerca scendano lì, in modo da poter restringere il campo di lavoro per loro».

La detective alzò lo sguardo dai suoi appunti. «Vuoi che le squadre di ricerca inizino dal potenziale punto di origine oltre che dal luogo in cui è stato trovato il corpo a Tovil?»

«Assolutamente» disse Kay. «Dobbiamo esplorare la possibilità che chiunque abbia fatto questo possa aver percorso parte del sentiero Medway per fuggire, e avendo una seconda squadra di ricerca che parte da dove potrebbe essere entrato in acqua, dimezzeremo i tempi. Abbiamo bisogno di risultati su questo oggi. Ian, ho bisogno che tu ti occupi delle persone scomparse da qui questa mattina. Scopri se quello che sappiamo della nostra vittima finora, altezza, peso medio, colore dei capelli, corrisponde a qualche rapporto in archivio».

«Sarà fatto, capo».

Kay finì di scrivere i suoi appunti sulla lavagna, poi richiuse il pennarello e si rivolse di nuovo alla sua squadra. «Carys, non appena avrai finito di parlare con l'agenzia per la protezione ambientale, ti voglio giù al fiume a coordinare il lavoro con la squadra di Harriet e la squadra di ricerca in uniforme. Avrò bisogno di un rapporto continuo su tutto ciò che trovano in modo da poter tenere aggiornata la squadra qui».

La detective annuì. «E per i media, capo?»

Come previsto, il rumore di un elicottero risuonò attraverso le finestre, e Kay inarcò un sopracciglio.

«Lasciate che me ne occupi io. Parlerò con l'ispettore capo investigativo Sharp per una dichiarazione congiunta prima che quella gente cominci a far circolare voci. Congedati».

CAPITOLO 4

Carys prese la mappa da Harry Davis e socchiuse gli occhi contro il riflesso del fiume Medway.

I sommozzatori della polizia si erano dispersi mezz'ora prima, soddisfatti che il corso d'acqua non contenesse ulteriori indizi sull'identità della vittima, e ora un gruppo di agenti in uniforme e specialisti forensi si aggirava sul sentiero lungo il fiume, in attesa delle sue istruzioni.

Il suo cellulare vibrò nel gilet che aveva indossato sopra la giacca. Il cuore sussultò quando vide il numero di telefono visualizzato sullo schermo.

«Detective Carys Miles.»

«Detective, sono Ray Annerley dell'agenzia per la protezione ambientale. Ho le informazioni che cercava.»

«Grazie per avermi ricontattata così rapidamente. Cosa può dirmi?»

«In base al periodo dell'anno e al fatto che non abbiamo avuto eventi di piena nei giorni scorsi, riteniamo che il vostro uomo possa essere entrato in acqua in qualsiasi punto dalla chiusa di East Farleigh in poi prima di raggiungere Tovil.»

Carys trattenne un sospiro. «Sono quasi tre chilometri.»

«È il meglio che possiamo fare, mi dispiace. La prima chiusa dalla vostra posizione è a East Farleigh, non credo che l'avrebbe superata senza che qualcuno se ne accorgesse.»

«Quanto tempo pensa sia rimasto in acqua?»

«Da lì? Un giorno al massimo.»

Carys lo ringraziò e terminò la chiamata. Almeno le tempistiche dell'agenzia per la protezione ambientale coincidevano con le conclusioni iniziali del patologo.

«Bene, tutti quanti. Radunatevi, per favore. Avete ricevuto tutti una copia della mappa che mostra il sentiero Medway da Harry?»

Un mormorio si diffuse tra il gruppo in risposta.

«Ho appena sentito l'agenzia per la protezione ambientale, e hanno confermato che la nostra area di ricerca dovrebbe iniziare dalla chiusa di East Farleigh. Considerando le portate e le condizioni meteorologiche attuali, concordano con l'opinione di Lucas Anderson secondo cui la nostra vittima sia rimasta in acqua per non più di un giorno. Tenendo presente ciò, ci divideremo in due gruppi, uno che continua da qui, e l'altro che parte dalla chiusa di East Farleigh.»

Facendo una pausa, controllò i suoi appunti. Una goccia di sudore le scese tra le scapole, e si sforzò di rilassarsi. Aveva condotto molte ricerche prima, ma non era mai stata responsabile di guidarne una.

L'esplosione di orgoglio che l'aveva attraversata alle

istruzioni di Kay di svolgere il compito minacciava di trasformarsi in ansia mentre la pura portata di ciò che l'attendeva diventava evidente. Non aiutava il fatto che non ci fosse stato tempo di coinvolgere il consulente per le ricerche della polizia per assistere nel compito, la persona responsabile era bloccata nel traffico fuori Folkestone e non avrebbe raggiunto Maidstone per le successive due ore.

Kay non era stata disposta ad aspettare, quindi nel frattempo aveva incaricato il responsabile delle ricerche di persone scomparse designato, il sergente Harry Davis, di coordinare i parametri iniziali.

Carys si schiarì la gola. «Il nostro obiettivo di ricerca è trovare qualsiasi prova che possa essere correlata alla nostra vittima o all'autore del crimine. Al momento, non sappiamo dove la vittima sia entrata in acqua, quindi dovrete includere segni di colluttazione, schizzi di sangue da ferita da arma da fuoco o altri indicatori. Dobbiamo anche tenere presente che il suo assassino potrebbe essere fuggito lungo il sentiero Medway dopo averlo sparato.»

Girando la mappa, indicò la fotografia satellitare che era stata stampata sul retro. «Se date un'occhiata a questa, vedrete che tra qui ed East Farleigh ci sono diverse vie di uscita che l'assassino avrebbe potuto prendere. Abbiamo un'altra squadra in uniforme che sta conducendo indagini porta a porta nelle strade che costeggiano il fiume, ma dovrete controllare anche tutti i sentieri che si diramano dal sentiero principale del Medway.»

Gettò lo sguardo sulla folla riunita. «Mi rendo conto che si tratta di un'impresa enorme, ma abbiamo a disposizione quasi undici ore di luce diurna. L'ispettrice

Hunter sta cercando ulteriore assistenza dal Quartier Generale per portare personale aggiuntivo più tardi oggi per continuare la ricerca. Domande?»

Quando nessuno alzò la mano, si rivolse al sergente di polizia più anziano accanto a lei.

«Harry, puoi guidare il primo gruppo da qui?»

Davis annuì, poi iniziò a impartire ordini ai suoi colleghi.

Carys osservò il gruppo allontanarsi lungo il sentiero del fiume dal ponte pedonale, e si voltò verso il personale rimanente.

«Andiamo.»

———

Scacciando una nuvola danzante di moscerini dal viso, Carys abbassò il suo cappellino da baseball blu navy e imprecò sottovoce mentre si trovava sul ponte medievale che attraversava il fiume Medway a East Farleigh.

Un flusso costante di traffico scorreva alle sue spalle.

Non aveva osato suggerire la chiusura del ponte, date le affermazioni dell'agenzia per la protezione ambientale secondo cui la vittima era entrata in acqua dopo la chiusa alla sinistra della struttura.

La trafficata via di comunicazione era un percorso popolare verso i sobborghi meridionali di Maidstone, la strada stretta era gestita da una serie di semafori che permettevano il passaggio di poche auto alla volta.

Se avesse chiuso l'accesso senza prove sufficienti per giustificarlo, non avrebbe mai smesso di sentirne parlare dai suoi colleghi della Stradale.

Le sue labbra si assottigliarono mentre osservava la chiusa alla destra del ponte, un molo di cemento che separava i due, permettendo ai proprietari di barche di progredire lungo il fiume e alle autorità locali di gestire il flusso dell'acqua.

Appoggiando le braccia sull'arco costruito in pietra calcarea, osservò il gruppo di agenti in uniforme che procedeva lungo il sentiero in una breve fila.

Aveva scelto di dividerli, una fila di cinque agenti in testa, un secondo gruppo dietro di loro. Tre specialisti forensi si aggiravano in coda, pronti a raccogliere qualsiasi reperto come prova da analizzare e archiviare.

Carys fece un respiro profondo, poi attese un'interruzione nel traffico e attraversò di corsa la strada.

UN'antica stazione di pompaggio convertita in mattoni rossi si trovava alla sua sinistra, con tende a tutta altezza sulle finestre per contrastare la luce intensa del sole, o la vista di così tanti agenti in uniforme che si aggiravano nel paesaggio.

Rallentò mentre raggiungeva il parcheggio oltre la stazione di pompaggio, si infilò tra due auto della pattuglia e si affrettò a tornare lungo il sentiero e sotto il ponte verso i suoi colleghi.

Superando i tecnici della Scientifica, raggiunse l'agente Aaron Stewart nel secondo gruppo di ricerca.

Lui si fermò, la sua grande figura proiettava un'ombra su Carys.

Proteggendosi gli occhi, lei indicò con il mento le due squadre. «Qualcosa?»

«No. Nessuna traccia di schizzi di sangue sui lati della

chiusa o sui bordi a valle, e abbiamo controllato anche l'altro lato vicino alla chiusa.»

Carys tirò fuori il cellulare. «Ho pieno segnale qui, quindi mi unirò a voi.»

«Ottimo.»

Si misero in fila, e lei abbassò lo sguardo a terra. Ogni agente lavorava metodicamente, scrutando il sentiero di pietra grezza e terra o, nel caso dei due agenti alla sua estrema sinistra, la fitta vegetazione che cresceva tra il sentiero Medway e la recinzione eretta accanto alla ferrovia.

Mentre si alzava il colletto per proteggersi dal sole, Carys alzò lo sguardo a una chiamata dal gruppo davanti al loro.

Sulla destra, sporgendosi nell'acqua, c'era un molo di cemento e trattenne il respiro mentre tre agenti si sparpagliavano e iniziavano a setacciare la superficie ruvida in cerca di indizi. Riconobbe l'agente Dave Morrison mentre si accovacciava a quattro zampe e si sporgeva oltre il bordo, prima di tornare in posizione seduta e puntare il pollice verso il basso.

«Nemmeno lì ci sono macchie di sangue o altro», disse Stewart.

Carys aprì la sua mappa. «Dov'è il primo sperone di questo sentiero?»

«C'è una proprietà a circa ottocento metri più avanti, con accesso a Barming. Se guardi l'immagine satellitare, sembra che sia un posto popolare per l'ormeggio delle chiatte.»

Lei girò la pagina, poi aggrottò la fronte. «Con una

casa e così tante barche nelle vicinanze, vien da pensare che qualcuno avrebbe segnalato uno sparo.»

«Forse. Ci sono campi tutt'intorno però, quindi potrebbero averlo scambiato per uno spaventapasseri o qualcosa del genere. Se non sono abituati a sentirlo, uno sparo può anche sembrare il rumore di uno scoppio del motore di un'auto.»

Carys si morse il labbro, poi allungò il collo per vedere come stava procedendo il primo gruppo. Rimise la mappa in tasca e proseguì, cercando di ignorare il senso di inquietudine che le stava rivoltando lo stomaco.

E se l'uomo fosse stato ucciso altrove e il suo corpo poi gettato nel fiume? Scosse la testa, borbottando tra sé e sé. No, perché qualcuno avrebbe dovuto trasportare il suo corpo, troppo difficile attraverso i campi e una linea ferroviaria trafficata, e troppo rischioso attraversare il ponte con la quantità di traffico che lo attraversava giorno e notte.

Rabbrividì quando un treno sfrecciò, con il clacson che suonava. Quel tratto di binari conteneva troppi ricordi per lei, ricordi che la tenevano sveglia alcune notti, quando la sua mente si volgeva a ciò che sarebbe potuto succedere se non fosse stato per...

«Hanno trovato qualcosa.»

La voce di Stewart irruppe nei suoi pensieri, e la sua testa scattò in alto.

«Dove?»

L'agente indicò un'agente donna alla destra del primo gruppo, che aveva alzato la mano in aria, facendo fermare il suo gruppo.

Carys osservò, con i pugni stretti, mentre la donna si

muoveva verso un cabinato dai colori vivaci ormeggiato accanto al sentiero, i suoi movimenti metodici mentre controllava l'erba alta sulla riva del fiume.

Soddisfatta che la via fosse libera, un collega maschio l'aiutò a superare il bordo dell'imbarcazione. Lei bussò con le nocche sulla porta della cabina, e poi sbirciò attraverso un finestrino rotondo.

Una frazione di secondo dopo, si girò sui tacchi e fece cenno.

«Aspetta qui», disse Carys. «Credo che sia questo.»

CAPITOLO 5

Raggiunta la barca, Carys passò lo sguardo sulla chiglia a strisce blu e trovò un nome " *Lucky Lady*" dipinto sulla vernice vicino alla prua. A poppa, un numero di registrazione era stato stampato in vernice bianca, in modo chiaro e ben visibile.

Una singola finestra si estendeva per tutta la lunghezza della cabina sul lato sinistro, e mentre si avvicinava alla prua, notò che questa e le due finestre frontali avevano le tende abbassate.

L'agente Laura Hanway la chiamò prima di presentarsi, e poi indicò la porta della cabina. «È chiusa a chiave, signora. Ma ci sono schizzi di sangue qui sul ponte, così come sul lato destro del pozzetto e della cabina».

Carys tornò verso poppa. Si allungò per afferrare la mano tesa dell'agente donna e si issò sul ponte in vetroresina del cabinato.

Simile alle altre imbarcazioni che aveva visto ormeggiate a Tovil, il pozzetto era aperto alle intemperie, con un telone grigio arrotolato e riposto all'estremità dello spazio angusto.

L'agente di polizia donna fece un passo indietro per dare più spazio a Carys, i suoi capelli castano chiaro raccolti in uno chignon ordinato alla base del collo. Indicò la finestra con una mano guantata.

«La porta è chiusa a chiave, ma sembra che ci sia stata una colluttazione».

«D'accordo, ora scendi. Facciamo venire qui quelli della Scientifica e prepariamoli a iniziare a prelevare i campioni», disse Carys. «Dopo averlo fatto, verifica il numero di registrazione con l'agenzia per la protezione ambientale, non appena avranno qualsiasi informazione, fai in modo che la comunichino telefonicamente alla sala operativa. Potresti chiedere ad Aaron di raggiungermi?»

«Sì, signora».

Carys rivolse la sua attenzione alla squadra di ricerca in attesa. «Continuate la ricerca a griglia, e voglio che tre di voi si concentrino sulla riva del fiume accanto a questa imbarcazione. Questo potrebbe essere il punto in cui la nostra vittima è entrata in acqua».

Pochi istanti dopo, Aaron Stewart salì a bordo e alzò un sopracciglio. «Cosa abbiamo?»

«Resta vicino alla porta della cabina», disse Carys. «Non voglio che contaminiamo le prove più di quanto potremmo aver già fatto».

«D'accordo».

«Laura ha ragione. Il posto è un disastro all'interno e guarda, ci sono macchie di sangue. La porta è chiusa a chiave e non ho trovato una chiave di scorta qui fuori. Pensi di poterla sfondare?»

«Motivo fondato, signora?»

«Un uomo morto, segni di colluttazione e forse qualcun altro là dentro che ha bisogno di assistenza medica».

«Fatti da parte».

Carys si allontanò dalla finestra della cabina e si fermò dietro Stewart. Mentre lui faceva un passo avanti, lei passò lo sguardo sulle macchie di sangue.

Doveva essere questo il posto. Nessun pescatore nel pieno delle sue facoltà avrebbe lasciato la sua barca in questo stato.

Stewart sferrò un calcio con lo stivale, frantumando la sottile porta di legno sotto la fragile serratura, ed estrasse il suo manganello telescopico dalla cintura. «Con tutto il rispetto, resti qui».

«Ricevuto». Carys estrasse il suo manganello e si fermò sulla soglia mentre l'agente di polizia abbassava la testa sotto il telaio basso e scendeva nella cabina.

Arricciò il naso sentendo un leggero odore acre nell'aria che usciva dalle zone abitative della barca, e si chinò per guardare attraverso i pezzi rotti della porta che ora pendevano dai cardini.

La luce del sole attenuata filtrava attraverso le tende sulle finestre, creando una penombra che aleggiava nell'aria, malevola e minacciosa. Stewart si muoveva nello spazio con cautela, la sua alta figura chinata mentre si girava a destra e a sinistra, il manganello stretto in una presa salda.

«Polizia! C'è qualcuno?» disse. «Se siete feriti, chiedete aiuto».

Carys trattenne il respiro.

La barca rimase nel silenzio.

«C'è una porta che porta alla cabina di prua», disse Stewart. «Sto entrando».

Le arrivò il suono delle sue nocche contro il legno, e poi lui tirò la porta.

Imprecò sottovoce.

«Che succede?»

«È vuoto. Non c'è nessuno qui, ma è meglio che venga a vedere».

Carys poggiò la mano guantata sullo stipite della porta e scese i quattro gradini che portavano nella cabina, prima di dirigersi verso il punto in cui Stewart era in piedi all'estremità opposta.

Allungò le braccia per mantenere l'equilibrio mentre la barca si muoveva nell'acqua, i suoi occhi passarono in rassegna i cassetti aperti, il cui contenuto era sparso sui sedili della cabina. Nella cucina, un frigorifero era stato aperto, con resti di cibo spalmati sulle pareti e calpestati sul pavimento.

L'agente di polizia si fece da parte mentre lei si avvicinava, con il volto turbato. «Guardi».

Sbirciando attraverso la porta, Carys trattenne il respiro. Deglutì per reprimere la paura.

Doveva concentrarsi.

Doveva fare il suo lavoro.

I vestiti di un bambino erano stati tirati fuori da una vecchia borsa sportiva che giaceva aperta sul letto: salopette blu, canottiere di cotone bianco, un paio di sandali marroni. Tra i minuscoli paia di jeans e maglioni gettati da parte, due libri illustrati giacevano aperti, le loro pagine sgualcite. Una macchinina giocattolo era stata abbandonata sul pavimento della cabina, e una tazza di plastica colorata giaceva su un fianco su un cassettone a tre cassetti.

«Oh, no». Carys fece un passo avanti e si accovacciò. Sollevò le coperte sgualcite dal lato del letto, poi guardò sotto. «Non si nasconde da nessuna parte?»

«Ho controllato anche il bagno. Non c'è nessuno».

Carys si raddrizzò e fece cenno a Stewart di seguirla fuori.

«Farò entrare la Scientifica. Voglio che tu rimanga di guardia alla porta principale, d'accordo?»

«Lo farò».

«Dammi una mano». Carys chiamò uno degli agenti di polizia sul sentiero lungo il fiume e scese dalla barca prima di estrarre il suo telefono cellulare.

Premette la chiamata rapida, con le mani tremanti, e iniziò a correre verso la sua auto.

«Capo? Abbiamo trovato una barca abbandonata che mostra segni di colluttazione. Ci sono macchie di sangue sul bordo e il contenuto della cabina è stato messo a soqquadro. Stiamo aspettando che l'agenzia per la protezione ambientale ci dica a che nome è registrata la barca».

«Va bene», disse Kay. «Torna qui. Ben fatto».

«Aspetta». Carys tenne il telefono più stretto all'orecchio e iniziò a correre. «Non riattaccare».

«Che c'è che non va?»

«Penso che ci sia anche un bambino scomparso».

CAPITOLO 6

L'ispettore capo investigativo Devon Sharp alzò lo sguardo dal rapporto HOLMES2 che teneva nella mano destra quando Kay irruppe dalla porta del suo ufficio, e inarcò un sopracciglio.

«Abbiamo una svolta?»

Kay fece un respiro profondo, costringendosi a calmarsi. La tensione nella voce di Carys era evidente, e Kay fece fatica a non emularla dopo la notizia che la detective aveva condiviso.

«Carys e la squadra di ricerca hanno localizzato un cabinato abbandonato sul fiume Medway a ovest di East Farleigh. Ci sono macchie di sangue sui bordi liberi, segni di colluttazione, e a quanto pare potrebbe esserci anche un bambino scomparso.»

Sharp si alzò dalla sedia, gettò il rapporto da un lato e fece cenno verso la sala operativa, con gli occhi grigi turbati.

«Abbiamo già un'identità per la vittima? Avete qualche idea su chi possa essere il bambino?»

«Ancora niente. Stanno ancora perlustrando la barca», disse Kay mentre si affrettava dietro la sua imponente figura. «Carys ha fatto contattare di nuovo l'agenzia per la protezione ambientale da un agente, con una nota del numero di registrazione della barca. Vogliamo sapere se possono corroborare la posizione del corpo di questa mattina con la barca per vedere se la corrente del fiume l'avrebbe trasportato da quella posizione. Non voglio richiamare l'altra squadra di ricerca finché non avremo queste informazioni.»

«Ottimo ragionamento. Dov'è Carys?»

«Sta tornando qui ora.»

Barnes attraversò la stanza verso il punto in cui si trovavano vicino alla lavagna, con il viso pallido per il nuovo sviluppo. «Ho parlato con Harriet e farà da tramite con la squadra di ricerca subacquea per farli immergere nel fiume e cercare un'arma o bossoli mentre i suoi si occupano della barca. Chiamerò anche Hazel Aldridge e la metterò in standby. Avremo bisogno di lei a quanto pare.»

Kay annuì. L'agente di coordinamento con la famiglia formalmente addestrata sarebbe stata il principale punto di contatto per eventuali parenti prossimi, una volta nota l'identità della vittima, e avrebbe fornito preziose informazioni per assistere nelle indagini mentre la famiglia rivelava dettagli su ciò che poteva essere accaduto prima della morte dell'uomo, mentre continuavano le ricerche del bambino scomparso.

«Dov'è Alistair? È già tornato da Folkestone?» disse Sharp.

«Sta arrivando», disse Barnes. «Hughes alla reception

mi ha chiamato per dirmi che ha appena visto entrare la sua auto.»

«Bene, l'ultima cosa di cui abbiamo bisogno è cercare di coordinare un'operazione di ricerca di questa entità, senza il nostro consulente per le ricerche della polizia.»

La porta della sala si spalancò e apparve Carys. Diede un colpetto sulla spalla a Gavin e si affrettò verso Kay, seguita da vicino da un uomo sulla cinquantina con una massa di capelli bianchi ispidi quasi come quelli di Gavin.

Si arrotolò le maniche della camicia mentre si avvicinava, fece un cenno a Sharp e poi strinse la mano al resto dei detective riuniti davanti alla stanza.

Kay sentì un'ondata di adrenalina. L'aggiunta del consulente per le ricerche locale, Alistair Matthews, avrebbe portato un elemento alla ricerca di cui c'era disperatamente bisogno, e accolse positivamente la sua esperienza.

«Harry è ancora lì, sta coordinando il resto della ricerca», disse Carys. «Sono arrivata qui il prima possibile. Il traffico è dannatamente orribile adesso.»

«È l'ultima settimana d'estate», disse Alistair, «e ostacolerà i nostri sforzi se non stiamo attenti.»

Kay diede alla detective alcuni secondi per riprendere fiato, poi indicò la lavagna. «Scarica tutte le foto che hai sul telefono, Carys, e falle archiviare subito su HOLMES2. Gavin, puoi farle stampare e mettere le migliori qui, in modo che tutti possano familiarizzare con la scena del crimine?»

«Ci penso io, capo.»

«Cosa puoi dirci del cabinato?» disse Sharp, con le

braccia incrociate sul petto. «E cosa ti fa pensare che ci sia un bambino scomparso coinvolto?»

«Il cabinato era in condizioni ragionevoli», disse Carys. «Non nuovo, forse di sei o sette anni, immagino. La verniciatura ha resistito bene, ma non è stata applicata di recente. L'agente Laura Hanway era nel primo gruppo della squadra di ricerca, e ha trovato macchie di sangue sul lato di dritta della barca, più vicino all'acqua. Mi ha chiamato, e quando sono salita a bordo e l'ho raggiunta, stava sbirciando attraverso il finestrino tra il ponte e la cabina. Era chiaro che c'era stata una colluttazione a un certo punto, il posto era devastato, così ho chiesto all'agente Aaron Stewart di sfondare la porta nel caso ci fosse qualcuno ferito.»

«C'era qualcuno a bordo?» disse Kay.

«No, ma quando Aaron è passato alla cabina di prua, lì ha trovato vestiti e giocattoli per bambini sparsi ovunque.»

«Che tipo di vestiti?» disse Alistair, e tirò fuori il suo taccuino.

«Ho visto magliette, verdi, blu, e un paio con personaggi TV sul davanti, su una c'era un dinosauro. Calzini a righe, un paio di jeans e una salopette rossa. C'era anche un paio di sandali marroni.»

Kay deglutì mentre ascoltava l'elenco degli oggetti elencati da Carys. Il pensiero che da qualche parte là fuori, un bambino piccolo fosse perso e spaventato, o peggio, le portò la minaccia della bile alla gola. Strinse i pugni, conficcando le unghie nei palmi delle mani.

«Che taglia di vestiti? Età?» disse Alistair. «Bambina o bambino?»

Carys sbatté le palpebre. «Io, non ne sono sicura. Um,

forse tre o quattro anni. Ho pensato forse un bambino, c'erano supereroi sulle altre magliette, e un paio di macchinine giocattolo sul letto.»

«E la Scientifica?»

«C'è una squadra di quattro sul posto ora. Erano con la nostra squadra di ricerca, e possono richiedere supporto dall'altra squadra che lavora verso est da Tovil se ne hanno bisogno.»

«Ottimo lavoro, Carys», disse Kay. Strinse gli occhi verso il consulente per le ricerche, che aveva aperto di nuovo la bocca.

Carys aveva esitato durante il suo interrogatorio, e Kay era determinata a mantenere alto il livello di fiducia della sua giovane protetta. Se avesse iniziato a dubitare delle sue decisioni sul campo, non si sarebbe mai ripresa. Vedeva riflessi di sé in Carys quando aveva la sua stessa età, e sapeva che avrebbe dovuto osservare attentamente la donna più giovane nei giorni seguenti in modo che non si sentisse sopraffatta dal livello di responsabilità che sicuramente sentiva di avere.

Tra il caos della sala operativa brulicante di investigatori e persone che si chiamavano a vicenda, Kay sentì un altro telefono cellulare che iniziava a squillare, e si girò di scatto verso Barnes.

Il sergente detective alzò un dito, mormorando al telefono.

«Mettilo in vivavoce, Ian», abbaiò Sharp, e fece cenno al resto della squadra di unirsi a loro.

«Qui parla l'ispettore capo investigativo Devon Sharp. Chi parla?»

«Sono l'agente Laura Hanway, capo. Sono alla barca.»

«Cosa hai per noi? Qualcosa?»

«Ho avuto notizie dall'agenzia per la protezione ambientale. La barca è registrata a nome di una società di noleggio chiamata Toppings con sede a Tonbridge. Li ho chiamati e hanno confermato che la barca abbandonata, la *Lucky Lady*, era stata affittata a un certo Greg Victor. Il proprietario ha anche detto che aveva con sé una bambina.»

CAPITOLO 7

«Possono confermare se la bambina è la figlia di Greg Victor?» disse Kay.

«No, capo, e non sanno il suo nome, lui non l'ha presentata. A quanto pare, l'auto di Greg è ancora parcheggiata fuori dal loro ufficio».

«Numero di targa?» disse Gavin mentre prendeva posto davanti a un computer, con le dita che battevano sulla tastiera.

Laura lo dettò.

«Non ha precedenti e non c'è nient'altro su HOLMES2 relativo a quel nome», disse Gavin. «Niente neanche per il veicolo».

«L'agenzia di noleggio ti ha dato un indirizzo?» chiese Kay.

«Solo un numero di casella postale», disse Laura.

«Dallo a Barnes così può contattare il servizio postale britannico».

«Passali a me se fanno i difficili», disse Sharp.

«Lo farò, capo», disse Barnes. «Ci sono fotografie della bambina, Laura?»

«Nessuna». Fece una pausa e si riuscì a percepire che si muoveva nella cabina della barca. «Non c'è identificazione per nessuno dei due, ma Patrick e gli altri della Scientifica sono convinti che questo sia il luogo in cui la vittima è stata colpita. Le tracce di sangue sono coerenti con una ferita da arma da fuoco».

«Va bene, Laura, grazie», disse Kay. «Tienici aggiornati su qualsiasi altra cosa troviate».

Fece cenno a Gavin. «Contatta l'ufficio stampa e fai preparare un avviso per una bambina scomparsa da diffondere non appena troviamo un indirizzo e i parenti più prossimi di Greg Victor. Abbiamo urgente bisogno di chiarire chi sia questa bambina, se è sua figlia o meno, e poi dobbiamo capire perché è stata portata via».

«Lo farò, capo».

«Aggiorna anche la squadra di ricerca subacquea. Potrebbe non essere stata rapita, potrebbe essere scappata o essere caduta dalla barca quando lui è stato attaccato. Tieni le squadre di ricerca lì finché non possiamo escludere queste possibilità».

«Che dire dei parametri di ricerca rivisti?» disse Alistair.

«Inizieremo dalla barca e ci espanderemo se non troviamo nulla. È la migliore linea d'azione con le poche informazioni che abbiamo». Reprimendo il terrore al pensiero di una bambina piccola gettata nel fiume o vagante da sola lungo un sentiero nel buio, Kay si voltò di nuovo verso la mappa del fiume Medway e mise le mani sui fianchi. «Okay, quindi la nostra vittima viene colpita dove è ormeggiata vicino al sentiero Medway appena dopo East Farleigh. Passiamo al nostro terzo scenario. Qual è il punto di fuga più vicino per qualcuno con una bambina piccola al seguito?»

Barnes si mise gli occhiali da lettura sul naso e si avvicinò. «Il punto più vicino è il ponte di East Farleigh. Ci sono anche un paio di sentieri che si diramano dal sentiero Medway tra il punto in cui è stata trovata la barca e Fant».

«East Farleigh sarebbe stato rischioso con una bambina», disse Kay. «Troppa attenzione se fosse stata agitata, forse».

«Non se conosceva la persona o le persone che l'hanno presa».

«Dopo aver visto qualcuno ucciso a colpi di arma da fuoco?»

«Forse l'hanno ucciso dopo averla portata via dalla barca».

«Va bene. Buona osservazione».

«Se non da quella parte, allora i sentieri, oltre questo piccolo podere qui. C'è una pista che si snoda fino alla Tonbridge Road. Se fossero a piedi e avessero un'auto parcheggiata più su lungo la pista, i residenti potrebbero non averli sentiti».

«Penso che sia la nostra migliore ipotesi. È un percorso che attirerebbe meno l'attenzione. Che ne pensi, Alistair?»

Il consulente per le ricerche della polizia si avvicinò a dove si trovavano, poi annuì. «Sono d'accordo. Andrò a East Farleigh per dividere la squadra di ricerca che lavora lì, e faremo seguire a un gruppo queste due piste».

«Grazie», disse Kay.

«Capo, cercherò di trovare filmati di telecamere di sorveglianza o di sicurezza privati dalle proprietà intorno alla chiusa di East Farleigh così possiamo escludere quella zona», disse Barnes.

«D'accordo, grazie, Ian. È meglio essere sicuri». Kay si rivolse al resto della squadra che stava aspettando in disparte. «Tutti al lavoro. Stare qui impalati non ve la farà trovare».

Si voltò verso Sharp e Alistair mentre gli altri detective tornavano frettolosamente alle loro scrivanie. «C'è altro che hai bisogno che io faccia, Alistair?»

«No, ma chiamami appena hai aggiornamenti, per favore. Concentreremo la nostra ricerca su quei due sentieri per ora, ma ti terrò informata su qualsiasi sviluppo da quella parte riguardo anche alla squadra subacquea».

Detto questo, girò sui tacchi e uscì rapidamente dalla sala operativa, con il cellulare già all'orecchio.

Kay espirò e fece scorrere lo sguardo sulle teste della sua squadra al lavoro.

«Farò alcune telefonate, vedrò se il Commissario Capo può assegnarci più personale», disse Sharp. «Dobbiamo anche coordinare i turni. Non faremo un favore a questa bambina se saremo tutti stanchi; quindi, suggerirei di fare io il turno di notte in modo che tu possa riposare un po'».

«Manderò via Carys adesso», disse Kay. «Così potrà tornare stanotte e darti il supporto di cui hai bisogno».

Lui annuì, con espressione cupa. «Non mi piace questa situazione, Kay. Non abbiamo mai avuto un incidente del genere qui. Quali sono le tue prime impressioni?»

Kay si passò una mano tra i capelli. «Non abbiamo

ricevuto comunicazioni su un possibile riscatto per il ritorno di questa bambina, e se le informazioni dell'agenzia per la protezione ambientale sono corrette, allora è stata presa ieri nel tardo pomeriggio, forse in prima serata. Ma perché si trovava lì con Greg Victor? Se è stata rapita, perché l'avrebbero presa da lì? Perché correre tutto quel rischio sparando a Greg?»

«Pensi che i rapitori abbiano avuto un momento di panico?»

«Forse». Kay ruotò le spalle, cercando di allentare la tensione che le stava già provocando un mal di testa alla base del cranio. «O stavano mandando un messaggio a qualcuno».

«Un messaggio bello pesante».

«Mmm». Alzò la mano e fece cenno a Carys.

«Che c'è, capo?»

«L'ispettore capo investigativo Sharp condurrà le indagini durante la notte così avremo una copertura di ventiquattr'ore finché non troviamo questa bambina scomparsa. Tu vai a casa ora, voglio che torni alle otto di stasera per dargli supporto. Sistemerò i documenti domani».

«Nessun problema. Mi chiamerai se la trovate prima che io torni?»

«Certo. Ti lascerò un messaggio se non rispondi».

«Grazie».

«Capo». Barnes rimise il telefono della scrivania sulla base e si fece largo tra due agenti in uniforme mentre Carys usciva dalla porta. Sollevò un foglio di carta. «Il centro di smistamento del servizio postale britannico ha appena chiamato. Abbiamo un indirizzo per Greg Victor, appena fuori Tonbridge».

«Qualcosa nel sistema relativo all'indirizzo?»

«Niente. È tutto a posto. Nessun problema».

Kay si stava già dirigendo verso la sua scrivania. «Contatta la stazione di Tonbridge e chiedi se due dei loro agenti possono incontrarci lì», disse. «Vengo con te».

«Capo? Prima che vada...» disse Gavin, allungando il collo dalla sua postazione al computer.

«Sì?»

«C'è un'altra possibilità. Le persone che hanno preso la bambina scomparsa, intendo. Se non hanno usato uno di quei sentieri per fuggire con lei».

«Sputa il rospo, Piper», disse Barnes.

Kay alzò la mano per zittirlo. «Di cosa si tratta, Gav?»

«E se fossero fuggiti in barca, e non a piedi?»

Kay fece un passo indietro, sentendosi come se qualcuno le avesse dato un pugno allo stomaco.

«Accidenti, Gav. Potresti avere ragione».

«Me ne occupo io», disse Sharp. «Voi due andate a Tonbridge. Gavin, inizia a controllare quali altre barche sono state noleggiate sul fiume Medway questa settimana. Chiederò ad altri agenti di aiutare con le indagini porta a porta e li aggiornerò perché inizino a chiedere se qualcuno ha visto altre barche sul fiume con una bambina a bordo».

«Chiedi anche se qualcuno ha noleggiato una barca a nome di Greg Victor, Gavin», disse Kay, «nel caso si stessero spacciando per lui per fuggire».

Aspettò che Barnes fosse tornato alla sua scrivania e avesse iniziato a riempirsi le tasche con le chiavi dell'auto, il cellulare e un taccuino, poi si girò di nuovo verso Sharp. «Tornerò il prima possibile. Devi riposare un po' se lavori stanotte».

Lui la congedò con un gesto della mano. «Posso sempre contare sul caffè più tardi se ne avrò bisogno. Vai».

CAPITOLO 8

Kay abbassò il parasole sul parabrezza e socchiuse gli occhi contro il bagliore del tardo pomeriggio.

Una foschia avvolgeva i campi alla sua sinistra mentre Barnes guidava l'auto di servizio superando una fila di traffico sulla carreggiata a doppio senso oltre la grande fattoria di luppolo fuori Paddock Wood, e mentre osservava le famiglie giocare nell'area ricreativa paesaggistica sul lato opposto della strada, si meravigliò del senso di normalità nel mondo intorno a lei.

Da qualche parte là fuori c'era una bambina spaventata, che non aveva idea di cosa le stesse succedendo.

Deglutì e rivolse nuovamente l'attenzione alla strada mentre il sergente detective sfrecciava oltre una rotatoria, con l'auto che accelerò non appena ci fu spazio per superare il veicolo davanti a loro.

Kay resistette all'impulso di controllare l'orologio, Barnes stava facendo del suo meglio con il traffico turistico di fine stagione.

Finalmente, raggiunsero la periferia di Tonbridge e lui

rallentò l'auto fino a fermarsi in un viale alberato. Una grande casa di quattro camere da letto era parzialmente nascosta dietro un'alta siepe di ligustro e un paio di abeti, il vialetto privo di veicoli.

Un po' più avanti nella strada, una pattuglia di agenti in uniforme era parcheggiata accanto a due bidoni della spazzatura, mentre i suoi occupanti erano altrove.

«È questo il posto», disse. «Sembra che gli agenti in uniforme siano arrivati per primi.»

Kay guidò la strada su per il vialetto e suonò il campanello, le sue spalle si rilassarono quando l'agente Ben Allen rispose.

«Buon pomeriggio, capo. Siamo arrivati qui circa dieci minuti fa. La signora Victor è in soggiorno. Nigel le ha dato la notizia.»

«Grazie, Ben.»

Sia Ben che il suo collega, Nigel Best, erano agenti di polizia assegnati alla stazione di Tonbridge con cui Kay aveva lavorato in precedenza, ed era grata che i due agenti esperti fossero a disposizione.

«Prima che entri, capo, c'è qualcosa che dovrebbe sapere.»

Kay si fermò, la mano sulla maniglia della porta. «Cosa?»

«Greg Victor era suo cognato», disse Ben. «Il marito di Annette, Robert Victor, è il fratello maggiore di Greg. Alice, la bambina scomparsa, è la loro unica figlia.»

«Cos'altro sappiamo di Greg?»

«La sua ex moglie e la figlia vivono a Nottingham. Abbiamo chiesto ai nostri colleghi lassù di mettersi in contatto con la famiglia e tenerci aggiornati su eventuali sviluppi su quel fronte.»

«Va bene, ottimo lavoro. Grazie, Ben.»

La prima impressione di Kay su Annette Victor quando entrò dalla porta fu che la donna sembrava quasi trasparente.

Una figura snella si alzò da un divano accanto alla finestra, occhi verde chiaro scrutavano da una lunga frangia di capelli dorati che le sfioravano le spalle. La sua pelle d'alabastro era in netto contrasto con la maglietta nera a maniche corte che indossava sopra jeans attillati, le rughe di espressione la facevano sembrare più grande dei trentacinque anni che Kay le attribuiva.

La sua mano tremava mentre la tendeva. «Lei deve essere la detective Kay Hunter.»

«Signora Victor. Questo è il mio collega, il sergente detective Ian Barnes.» Kay annuì a Nigel Best. «Mi dispiace se le mie domande sembreranno un po' dure e dirette, ma è una procedura che dobbiamo seguire in queste circostanze. Capisco che i miei colleghi le abbiano fatto sapere che abbiamo motivo di credere che un uomo di nome Greg Victor sia stato vittima di un omicidio la scorsa notte. Può confermare che era suo cognato?»

«Sì, è corretto. Dov'è Alice? Era con lui. Aveva detto che si sarebbe preso cura di lei.»

«Al momento non abbiamo la risposta a questa domanda, signora Victor. Noi...»

«Annette. Mi chiami Annette.»

«Grazie. Abbiamo identificato Greg tramite la compagnia di noleggio barche solo nell'ultima ora, e ci stiamo muovendo il più velocemente possibile con le informazioni. Quando ha visto sua figlia per l'ultima volta?»

«Ieri mattina.»

«Perché era con Greg ieri?»

«Ha continuato a parlare per tutta l'estate di un giro in barca con lui dopo che ne aveva sentito parlare a un barbecue che abbiamo fatto all'inizio dell'estate. L'ha portata a pescare qui vicino al fiume prima. Sono molto uniti, e così quando ha suggerito un viaggio con pernottamento, abbiamo acconsentito. Lui fa da babysitter quando occasionalmente usciamo a Londra o altro, quindi non c'erano problemi.» Un singhiozzo le sfuggì dalle labbra. «Le ha comprato persino un giubbotto di salvataggio. Pensavo che sarebbe stata al sicuro. N-non posso credere che sia morto. Chi avrebbe potuto fare questo?»

«Stiamo facendo tutto il possibile per scoprirlo. Alice ha qualche problema medico di cui dovremmo essere a conoscenza? Qualche allergia?»

«No. È una bambina molto sana.» Annette allungò la mano verso una scatola di fazzoletti e si soffiò delicatamente il naso. «Non posso credere che stia succedendo questo.»

«Devo chiederle se ha ricevuto richieste di riscatto per il ritorno di Alice?»

La donna impallidì ulteriormente. «I- No, non ne ho ricevute. Oh mio Dio. Pensa… Perché qualcuno avrebbe dovuto rapirla?»

«È quello che stiamo cercando di accertare, Annette. Potrebbe essere che abbia lasciato la barca di sua spontanea volontà. È stata localizzata vicino alla chiusa di

East Farleigh, sul sentiero Medway in direzione di Tovil. Alice conosce qualcuno lungo quel percorso?»

«No. No… non è mai stata in quella parte del fiume. Ha solo cinque anni, e l'ho portata a passeggiare solo lungo il sentiero vicino al parco qui. A volte ci fermiamo a dare da mangiare alle anatre.»

«Suo cognato viveva qui con voi?»

Annette si tamponò gli occhi. «Greg ha soggiornato qui per un po', per ritrovare il suo equilibrio. Si è trasferito qui da Nottingham qualche mese fa dopo che il suo matrimonio è finito, stava cercando lavoro. Ha una figlia di otto anni, Sadie, e so che le manca terribilmente; quindi, vizia Alice da morire da quando è con noi.»

«Quanti anni ha?» disse Kay.

«Trentaquattro il mese scorso. È un po' più giovane di mio marito, Robert.»

«Dov'è Robert al momento?»

«In Francia, aveva un incontro di lavoro a Orléans martedì e poi un altro incontro da qualche parte vicino a Chartres mercoledì mattina, quindi è partito lunedì. Aveva pianificato di rimanere lì anche stasera sulla strada del ritorno dopo altri incontri.»

«Ha parlato con lui?»

«No, non da quando la polizia è arrivata qui. E prima non sono riuscita ad avere notizie di lui. A volte succede.»

«Come si guadagna da vivere?»

«È un commerciante di vini, specializzato in vigneti boutique in Europa continentale. Ecco perché non riesco sempre a raggiungerlo al telefono, spesso è in giro in mezzo a qualche campo.»

«Come ci è arrivato, ha preso l'aereo?»

«Sì, da Gatwick. Noleggia un'auto all'arrivo, a Parigi.»

«E lei, Annette, lavora?»

«Lavoravo prima che nascesse Alice. Sto aspettando che si ambienti nella sua nuova scuola prima di riprendere qualcosa in mano.»

«Era in buoni rapporti con suo fratello Greg?»

Annette scrollò le spalle. «Suppongo di sì. Voglio dire, ovviamente c'è stata un po' di tensione qui intorno, dato che lui viveva qui e tutto il resto.»

«In che senso?»

«Beh, quando gli ho offerto di stare qui all'inizio, immaginavo che sarebbe stato per un paio di settimane. Non quattro mesi.»

«Che tipo di lavoro fa?»

«Se devo essere onesta, non ne sono sicura. Stava facendo domande per lavori in magazzino, alla guida di carrelli elevatori, cose del genere. Qualsiasi cosa, immagino, per mettere piede qui.»

«Perché ha lasciato Nottingham?» disse Barnes.

«Non credo che la separazione dal matrimonio sia stata consensuale. L'ho sentito dire a Robert che sua moglie lo aveva tradito e non sopportava di starle vicino.»

«Le ha dato qualche indicazione che potesse avere altri problemi lì? Al lavoro, intendo, o con altre persone che conosceva?»

«Perché? Pensa che possa essere questo il motivo per cui Alice è stata rapita?» Gli occhi di Annette si spalancarono. «Oh mio Dio. Non lo so.»

«Che lavoro faceva a Nottingham?» chiese Kay.

«Credo che lavorasse in un mattatoio,» disse Annette.

«Part-time, s'intende, e so che odiava quel lavoro. Non vedeva l'ora di andarsene.»

«Amici o ex colleghi di quel periodo si sono fatti sentire?»

«Non che io sappia. Anche se, non abbiamo una linea fissa, quindi se l'hanno fatto, avranno chiamato al suo cellulare.»

«Posso dare un'occhiata alla sua stanza, signora Victor?» disse Barnes.

«Perché vuole farlo?»

«Ci aiuta a farci un'idea di com'era Greg, e potrebbe aver lasciato qualcosa che ci aiuti a localizzare sua figlia,» disse Kay.

«Oh. Va bene.» Annette attese che Barnes lasciasse la stanza. «Cosa state facendo per trovare Alice?»

«Al momento abbiamo quattro squadre di ricerca che lavorano tra East Farleigh, dove è stata trovata la barca di Greg, e Tovil. Finché non siamo stati in grado di identificare il corpo di suo fratello, però, non potevamo espandere la ricerca. Ha una fotografia di Alice che potrebbe darmi? Terremo una conferenza stampa non appena tornerò in centrale e lanceremo un appello per lei.»

«È tutto qui? Solo una conferenza stampa?»

«No, non è tutto,» disse Kay. «Mentre quella si svolge, la mia squadra ed io lavoreremo senza sosta finché non la troveremo. Mentre parliamo, i membri di quelle squadre di ricerca si stanno coordinando con i miei colleghi alla centrale di polizia, e abbiamo un'altra squadra di agenti che monitora le telecamere di sorveglianza della zona per vedere se riusciamo a localizzarla.»

«Voglio aiutare con la ricerca. Dovrei essere là fuori, a cercarla.»

«È meglio se resta qui, nel caso in cui lei riuscisse a tornare a casa,» disse Kay. «Abbiamo specialisti addestrati che si occupano delle indagini porta a porta e delle ricerche nell'area, e sono in costante contatto con la mia squadra investigativa.»

Si interruppe al suono del campanello.

Poco dopo, Nigel aprì la porta del soggiorno e fece entrare una piccola agente bruna.

Hazel Aldridge era un'agente di polizia della Divisione Ovest e si specializzava in compiti di coordinamento con la famiglia quando necessario. In quel momento, indossava un elegante tailleur pantalone, con i capelli legati in una coda di cavallo morbida.

Kay fece le presentazioni e indicò a Hazel di sedersi sulla poltrona di fronte a loro. «Annette, Hazel sarà il suo punto di contatto durante questa indagine, quindi se ha domande su quello che stiamo facendo, lei sarà a disposizione per aiutarla.»

«Va bene.» Annette era impallidita ulteriormente, la realtà della sua situazione cominciava a farsi strada. Le sue mani tremavano mentre si alzava dal divano e scrutava il contenuto di una libreria in fondo alla stanza, prima di tornare con una fotografia in cornice d'argento. «Questa è la più recente che ho di Alice. È stata scattata alla sua festa di compleanno per i cinque anni a giugno.»

Kay deglutì mentre guardava la bambina nella foto.

Occhi azzurri la fissavano, un viso d'innocenza incorniciato da capelli biondi raccolti in codini. Alice aveva un sorriso dolce e un nasino all'insù che si adattava perfettamente al centro del suo viso, e Kay dovette fare tutto il possibile per tenere a bada le emozioni che la stavano travolgendo.

«Ha confuso la nostra squadra per un po', hanno trovato macchinine giocattolo e cose del genere sulla barca.»

Annette tirò su col naso e incrociò le braccia sul petto. Un lieve sorriso le passò sulle labbra. «Vuole diventare una pilota da corsa da grande.»

«Posso prenderla?»

«Sì.»

Kay sfilò la fotografia dalla cornice e la mise con cura nella sua borsa. «Hazel resterà con lei questa sera, se va bene? O preferisce che le troviamo un hotel nelle vicinanze?»

«Per favore, resti qui», disse Annette, rivolgendosi all'agente di coordinamento con la famiglia. «Preferirei sapere immediatamente se avete novità. Può avere la stanza degli ospiti sul retro della casa. Almeno così, potrà aiutarmi a spiegare a Robert cosa sta succedendo quando torna».

«Grazie», disse Hazel. «Andrà benissimo. Se potesse fornirci il numero di cellulare di Robert e il suo itinerario di viaggio, ci metteremo in contatto con lui per lei».

«Non ho il suo itinerario, ma posso darvi il suo numero di cellulare».

Sentendo dei passi sulle scale, Kay si alzò dalla sedia e tese la mano ad Annette. «Ora torneremo in centrale e avvieremo la conferenza stampa. Non appena avremo notizie, la contatteremo. Nel frattempo, se dovesse sentire qualcuno, chiunque, riguardo al luogo in cui si trova Alice, per favore lo dica a Hazel».

«Lo farò. Grazie».

Kay lasciò il soggiorno e trovò Barnes all'ingresso che parlava con Ben. «Qualcosa?»

Scosse la testa e le aprì la porta d'ingresso.

«Ben, chiedi a Robert Victor di telefonarmi appena torna dalla Francia domani, nel caso non riuscissimo a intercettarlo all'aeroporto».

«Lo farò, capo».

«Va bene, andiamo».

«Non c'erano né telefono cellulare, né portafoglio, né computer portatile nella sua stanza. La squadra di Harriet non li ha trovati nemmeno sulla barca», disse Barnes mentre tornavano alla macchina. Si fermò, lanciando le chiavi da una mano all'altra mentre fissava la casa oltre il tetto dell'auto. «Non mi piace questa situazione, Kay. Non mi piace per niente».

CAPITOLO 9

Kay si legò i capelli in uno chignon e si controllò il viso nello specchietto retrovisore prima di stringere le labbra.

Cerchi scuri si erano formati sotto i suoi occhi dalla mattina, e frugò nella sua borsetta alla ricerca delle sue scorte di emergenza di trucco.

Finito ciò, fece una smorfia al suo riflesso, poi tirò fuori la lingua.

Non le importava cosa pensassero del suo aspetto le telecamere in attesa. Aveva bisogno che si concentrassero sul fatto che c'era una bambina di cinque anni che era scomparsa, e aveva esattamente dieci minuti per raggiungere la sala conferenze stampa prima che l'appello andasse in onda in diretta.

Afferrando la borsa dal sedile del passeggero, scese e puntò il telecomando sopra la spalla verso l'auto.

Il parcheggio era già pieno di furgoni e auto con i loghi familiari delle compagnie televisive, radiofoniche e dei giornali locali, mentre un cameraman solitario camminava avanti e indietro accanto a un fuoristrada nero, con una sigaretta in mano mentre parlava ad alta voce al telefono cellulare.

Kay si diresse a passo deciso verso le porte d'ingresso dell'edificio in mattoni rossi che ospitava il quartier generale della polizia del Kent, e salì di corsa i gradini.

Sharp la incontrò all'ingresso della sala conferenze mentre si stava appuntando le credenziali al risvolto della giacca, e la guidò attraverso la folla di giornalisti che affollava lo spazio.

«Il Sovrintendente Capo non può partecipare a questa», gridò sopra il rumore. «È nel bel mezzo di una riunione di bilancio con il Commissario, e sta cercando di trovare altre persone per aiutarci».

Kay annuì in risposta, ma non disse nulla.

Raggiungendo un lungo tavolo coperto da un panno blu in fondo alla stanza, Sharp le tirò fuori una sedia rivolta verso le telecamere e fece un cenno a una donna che si aggirava vicino a una porta alla sua destra.

Joanne Fletcher, l'assistente amministrativa che lavorava per le relazioni con i media, si rivolse alla folla di giornalisti e operatori di telecamere e alzò la voce.

«Signore e signori, mancano cinque minuti all'inizio della diretta. Cinque minuti, per favore».

Kay prese una cartella informativa dalle mani di Joanne e la aprì, scorrendo il testo del comunicato stampa all'interno.

«Ci siamo concentrati su Alice al momento», disse Joanne, a bassa voce. «Finché non avremo maggiori informazioni su come è morto Greg Victor e non avremo un'identificazione positiva, abbiamo ritenuto che avrebbe oscurato il fatto che sua nipote è scomparsa da quasi ventiquattro ore».

«Per me va bene così», disse Sharp. Gettò la cartella sul tavolo davanti al suo posto e scrutò la stanza mentre i giornalisti cominciavano a prendere posto.

Kay lo osservò, prendendo spunto dal suo superiore. Abbottonandosi la giacca, appoggiò le mani sul tavolo e si concentrò su ciò che stava per accadere.

«Due minuti», gridò Joanne.

Mentre l'addetta stampa prendeva posto in prima fila, Sharp si sedette sulla sedia alla sinistra di Kay.

Allungò la mano e riempì due bicchieri d'acqua da una caraffa che era stata posta sul tavolo tra loro e ne passò uno a lei.

«Tutto pronto?» disse.

«Pronta quando lo sei tu. Sembra che abbiamo alcune facce familiari».

Fece scorrere lo sguardo sulle persone nelle prime tre file, individuando immediatamente Jonathan Aspley del *Kentish Times*. Distolse lo sguardo prima che lui potesse incrociare il suo, e invece trovò Suzi Chambers del canale televisivo locale che la fissava.

«Anche l'avvoltoio è qui», disse Sharp sottovoce. «Dovremo tenere d'occhio quella».

«D'accordo», disse Kay.

Una conferenza stampa per una bambina scomparsa era un delicato equilibrio, dovevano far sapere che Alice era scomparsa per mobilitare i membri del pubblico a essere vigili e a tenere gli occhi aperti per la bambina, ma dovevano anche fare attenzione a che i giornalisti non spettacolarizzassero la storia in alcun modo.

A pochi chilometri di distanza, una madre disperata contava su ogni loro azione, e Kay era determinata a non deludere Annette Victor.

«Qualche notizia sul ritorno di Robert Victor?» disse.

«No».

Kay deglutì, grata che almeno Annette avesse il supporto di Hazel Aldridge mentre l'appello televisivo andava in onda.

«Ci siamo», disse Sharp, e bevve un sorso d'acqua.

Le luci del soffitto si attenuarono in fondo alla stanza, attirando l'attenzione di tutti sul logo della Polizia del Kent dietro Kay e Sharp.

Un silenzio riempì lo spazio.

L'ispettore capo investigativo prese spunto da Joanne, che contò i secondi per la trasmissione in diretta, e poi iniziò a parlare.

«Il mio nome è Devon Sharp, ispettore capo investigativo, e oggi sono affiancato dall'ispettrice Detective Kay Hunter». Fatte le presentazioni, iniziò a leggere il comunicato stampa preparato.

Mentre Kay ascoltava, teneva gli occhi sulla folla, scrutando attraverso i flash delle macchine fotografiche e dei telefoni la calca silenziosa di professionisti dei media.

Nonostante una sana animosità verso alcuni di loro, riconosceva che avrebbero fatto tutto il possibile per diffondere la notizia su Alice, anche se il loro obiettivo finale era diverso dal suo.

Per alcuni dei giornalisti, la scomparsa della bambina sarebbe stata vista come una manna dal cielo alla fine di quella che era stata una settimana di notizie tranquille.

Per altri, soprattutto quelli con figli a casa, sarebbe

servito come un duro promemoria che il pericolo può nascondersi in qualsiasi comunità, e che avrebbero fatto qualsiasi cosa per trovare la bambina.

«Ci sono domande?»

La voce di Sharp interruppe i suoi pensieri, e Kay affondò le unghie nei palmi delle mani.

«Perché Alice era sulla barca?» disse una voce maschile dal fondo della stanza.

«Era un'uscita in famiglia», disse Sharp. «Alice era accompagnata da suo zio, Greg Victor. A un certo punto, nel tardo pomeriggio di ieri, il signor Victor è stato aggredito, e crediamo che Alice sia stata rapita, o si sia allontanata dalla barca da sola».

Una cacofonia di voci rimbalzò sulle piastrelle del soffitto, e Sharp indicò Jonathan Aspley per la domanda successiva.

«Cosa può dirci su Greg Victor?»

«Nulla al momento», disse Sharp. «Quella è un'indagine separata. Il nostro obiettivo è trovare Alice. Ha cinque anni, è sola e spaventata. Vi chiederei di mantenere le vostre domande in relazione a lei, per favore».

«Sono state fatte richieste di riscatto?» disse una voce femminile alla sinistra di Kay.

«Non siamo stati informati dalla famiglia di alcuna richiesta di riscatto», disse Sharp, «ma il rapimento è una pista che stiamo seguendo finché non avremo informazioni che indichino diversamente».

«Cosa possono fare le persone per aiutare?»

Kay tirò un sospiro di sollievo alla domanda di un giornalista maschio che riconobbe dal *Kent Messenger*.

«Grazie, Mark», disse Sharp. «Esortiamo tutti i

residenti che vivono vicino al fiume Medway tra Tonbridge e Maidstone a controllare le loro proprietà per eventuali tracce di Alice. Potrebbe vagare, cercando di tornare a casa, o essere confusa e persa. Controllate i vostri annessi, capanni da giardino, garage, per qualsiasi traccia di lei il prima possibile. Se avete una barca sul fiume, andate a controllare anche quella. Non fa freddo in questo periodo dell'anno, ma non sappiamo che vestiti indossasse quando è scomparsa, e sicuramente non mangia da ventiquattro ore».

Kay osservò mentre Sharp dirigeva lo sguardo verso la telecamera più vicina prima di parlare di nuovo.

«Alice è sicuramente una bambina molto spaventata, e dobbiamo riportarla a casa da sua madre e suo padre il più presto possibile».

CAPITOLO 10

Kay sbadigliò mentre usciva dalla A20 e sorrise a una pattuglia che sfrecciò nella direzione opposta, riconoscendo i due occupanti.

I suoi occhi caddero sull'orologio del cruscotto: le otto e mezza.

Doveva tornare alla sala operativa alle sette del mattino per dare il cambio a Sharp, ma dubitava che avrebbe dormito. Avendo lasciato il Quartier Generale solo quindici minuti prima, aveva già controllato due volte il suo cellulare sul sedile del passeggero mentre era ferma ai semafori, desiderando ardentemente che arrivasse una chiamata per dirle che Alice era stata trovata sana e salva.

Con gli occhi stanchi, si fece strada lungo una strada laterale e poi svoltò a sinistra, assaporando il calore che soffiava attraverso il finestrino aperto e le scompigliava i capelli.

Erano passate quasi dodici ore da quando il suo telefono aveva squillato dalla sua posizione sul comodino, svegliandola di soprassalto e portandole la notizia che era stato trovato un corpo nel fiume.

Espirò mentre l'auto scricchiolava sulla ghiaia del vialetto fuori casa e si fermò dietro il nuovo fuoristrada di Adam, il cui lunotto posteriore era decorato con il nome e il numero di telefono del suo ambulatorio veterinario.

Uscendo con fatica da dietro il volante, barcollò verso la porta d'ingresso.

Si aprì prima che avesse la possibilità di inserire la chiave nella serratura e il suo compagno, Adam, la avvolse in un abbraccio.

La tenne stretta per un momento, senza che nessuno dei due parlasse.

Lei inspirò il profumo muschiato del suo sapone, affondando il viso contro la morbida maglietta bianca di cotone che indossava sopra i jeans sbiaditi, e intrecciò le dita nei folti capelli neri e ondulati alla base del suo collo.

Adam si allontanò con un sospiro, prima di condurla all'ingresso e chiudere la porta.

«Ho visto la conferenza stampa» disse. «Nessuna novità?»

«Non ancora». Allungò la mano e strinse quella di lui. «Devo trovarla».

«Lo so».

Tre anni prima, Kay aveva subito un aborto spontaneo dopo che era stata fatta un'accusa ingiusta contro di lei al lavoro, e lo stress l'aveva distrutta. Scoprire che non avrebbe mai potuto avere figli era stato il colpo di grazia finale, e se non fosse stato per Adam al suo fianco, sapeva che non si sarebbe mai ripresa fisicamente.

Le cicatrici emotive rimanevano per entrambi.

«Vieni in cucina» disse lui. «Ho immaginato che non avresti voluto mangiare molto in queste circostanze, quindi ho preparato una zuppa. Puoi portare gli avanzi al lavoro domattina».

Le spalle di Kay iniziarono a rilassarsi mentre lo seguiva verso il retro della casa, le tonalità blu e viola di un tramonto di tarda estate brillavano attraverso la finestra della cucina sopra il lavello.

Aggrottò le sopracciglia.

Una grande gabbia era stata posizionata al centro del prato. Una struttura a forma di scatola occupava un lato, e una lunga mangiatoia bassa era stata sistemata accanto a una grande ciotola di ceramica.

«Galline salvate» disse Adam, prima che potesse chiedere. «Tre di loro. L'allevatore ha fallito e le ha abbandonate tutte. Un vicino ha dato l'allarme ieri sera tardi. Le sto solo tenendo d'occhio prima che vengano adottate da una famiglia a Barming».

«Cosa hanno che non va?»

«Disidratazione, principalmente, ecco perché si stanno nascondendo nel rifugio, immagino. Staranno bene ora che sono fuori dal posto in cui erano tenute. Le terrò sotto controllo per la prossima settimana o giù di lì per assicurarmi che non abbiano contratto malattie aviarie, e poi saranno pronte per partire».

Kay notò che il suo labbro superiore si arricciava. «Quante ne sono state salvate in totale?»

«Quaranta. Le altre non ce l'hanno fatta».

Gli passò una mano sulla schiena. «Ma alcune ce l'hanno fatta».

«Sì». Riuscì a sorridere.

«Faranno le uova?»

«Ne dubito. Non dopo quello che hanno passato. Per quanto ne so, vengono tutte tenute come animali domestici. Ci sono molti clienti abituali dell'ambulatorio che volevano aiutare quando hanno saputo che l'allevamento intensivo era fallito».

Kay si spostò su uno degli sgabelli accanto al piano di lavoro centrale e spinse la sua borsa all'estremità mentre Adam le metteva davanti un bicchiere di vino prima di tornare ai fornelli.

Un aroma di un ricco brodo di verdure aleggiava nell'aria, e il suo stomaco brontolò nonostante l'ansia che la attanagliava.

«A che ora esci domattina?» disse lui.

«Sharp ha bisogno di me lì alle sette al più tardi» disse lei. «Lui e Carys stanno lavorando tutta la notte».

Lo osservò mentre prendeva un mestolo da un cassetto e riempiva due grandi ciotole di zuppa prima di metterne una davanti a lei e passarle un cucchiaio.

«Grazie» disse, strappando una fetta di pane a metà e intingendo la crosta nel liquido caldo. «Ha un profumo fantastico».

Sebbene Adam avesse avuto ragione sul suo stomaco che si rivoltava per i nervi a causa dell'indagine, assaporò l'opportunità di trascorrere un po' di tempo tranquillo con lui, di prendersi un momento di pausa dall'assalto della quantità di informazioni che doveva elaborare, e di ricaricarsi prima di tornare alla sala operativa.

Raschiò gli ultimi resti di zuppa dalla ciotola con il cucchiaio e si appoggiò allo sgabello.

«Era fantastica, grazie».

«Ce n'è ancora se ne vuoi» Adam alzò un sopracciglio.

«Meglio di no. Non dormirò se sono troppo piena».

Sorrise, non volendo che si preoccupasse, e tirò fuori il telefono dalla borsa.

Non c'erano nuovi messaggi.

«Non dormirai comunque, vero?»

Scosse la testa. «Non credo».

Adam spinse via le scodelle vuote e le prese la mano. «Almeno riposati».

«Ci proverò». Kay si passò una mano tra i capelli e cercò di sbattere le palpebre per scacciare la stanchezza.

Nella sua mente, l'immagine del viso di Alice ossessionava i suoi pensieri, e represse la paura. Aveva un lavoro da fare e avrebbe fatto tutto il possibile per far riunire la bambina con sua madre.

A qualunque costo.

CAPITOLO 11

Gavin Piper sorseggiò rumorosamente il secondo grande cappuccino che aveva ordinato dalle sei di quella mattina e fissò lo schermo del suo computer.

Mezz'ora prima, aveva consegnato a Carys un bicchiere fumante di cioccolata calda da asporto prima di mandarla a casa. La sua collega sembrava esausta, la sua stanchezza aggravata dalla mancanza di progressi nel localizzare Alice durante la notte.

Dopo aver lasciato la sala operativa la sera precedente, si era diretto direttamente alla palestra vicino al suo appartamento, sfogando la sua frustrazione con una brutale sessione di boxe che lo aveva reso esausto.

Non aveva ancora dormito e il suo appetito era scomparso.

Cliccò sull'icona di aggiornamento in cima all'URL del sito web del provider di posta elettronica per la diciassettesima volta negli ultimi quindici minuti, con l'altra mano sospesa sopra la chiamata rapida sul telefono della scrivania mentre il piede batteva sul pavimento.

Fece una smorfia quando una morbida pallina antistress lo colpì dietro la testa per poi atterrare accanto alla tastiera.

«Se non smetti di battere il piede, il prossimo oggetto che colpirà la tua testa sarà la palla da cricket che Sharp tiene nel suo ufficio», disse Barnes.

«Scusa. Non riesco a farne a meno». Gavin si voltò dallo schermo e trovò il detective più anziano che lo fissava. «Voglio solo trovarla».

Gli occhi di Barnes si addolcirono. «Lo vogliamo tutti, Piper. Lo vogliamo tutti. Immagino non ci siano novità dalle società di noleggio barche?»

«Non ancora. Sto aspettando notizie da un'azienda a conduzione familiare a Yalding. Dovrebbero essere aperti a quest'ora. Il loro sito web dice che sono aperti la domenica».

Barnes controllò l'orologio. «Sono le sei e quarantacinque. A che ora aprono?»

«Alle otto».

«Aspetta un'altra mezz'ora e chiamali di nuovo. E magari evita la caffeina per qualche ora».

«Va bene».

«E dall'altro lato di Maidstone? Non c'era una società di noleggio barche lì?»

«C'è un piccolo operatore appena dopo la chiusa di Allington. Non saranno in ufficio prima di domani, ma ho lasciato messaggi al numero di cellulare sul loro sito». Gavin sollevò una cartella. «Carys ha fatto una ricerca e ha trovato i loro dettagli sul sito web del registro delle imprese, quindi se non ottengo una risposta da loro entro le nove, pensavo di andare all'indirizzo indicato per vedere se riesco a trovare qualcuno con cui parlare».

«Va bene. Sembra che tu abbia tutto sotto controllo», disse Barnes. «Ben fatto».

Gavin girò sulla sedia mentre la porta della sala operativa si apriva e Kay entrava a grandi passi, con il telefono cellulare in mano e i capelli legati in uno chignon pratico.

«Buongiorno. Ci sono novità?» disse raggiungendo la scrivania di Barnes.

«Ancora niente», disse il sergente detective. «Sharp è nel suo ufficio. Ho cercato di farlo andare via un'ora fa, ma non ne ha voluto sapere».

Le labbra dell'ispettrice si strinsero, e in quel momento, Gavin vide la tensione che stava sopportando.

«Capo, sto aspettando una telefonata dalle società di noleggio barche, ma vuole che le prenda un croissant o qualcosa per colazione?» disse.

«Grazie, ma non preoccuparti». Kay alzò un thermos che stava portando. «Adam è determinato a non farmi svenire per fame oggi, quindi ho abbastanza zuppa qui dentro da sfamare cinquemila persone. E non crederesti alle dimensioni della colazione che ho appena fatto».

Riuscì a sorridere, e mise le sue borse sulla scrivania prima di bussare alla porta dell'ufficio di Sharp.

Gavin si voltò mentre il telefono della sua scrivania iniziava a suonare, e si schiarì la gola prima di rispondere. «Detective Piper».

«Gav, sono Harriet. Ho appena avuto notizie dalla squadra di ricerca subacquea».

Fece cenno a Barnes prima di mettere il capo della Scientifica in vivavoce. «Cosa hanno trovato?»

«Beh, suppongo sia una buona notizia in un certo senso: non c'è traccia di Alice nel fiume Medway. Hanno lavorato tra il ponte di Teston e Tovil da ieri mattina, incluse le chiuse e la diga. Hanno fatto una pausa tra le dieci di ieri sera e le quattro di questa mattina, ma insieme a ciò che siamo riusciti ad accertare dalle nostre ricerche lungo il sentiero Medway, non c'è nulla che suggerisca che si sia allontanata da sola. Non è caduta né è stata spinta nel fiume. Non c'è traccia di lei».

«Quindi, è stata presa da qualcuno», disse Barnes, passandosi una mano sul mento.

«È quello che penso», disse Harriet. «Ma lascio a voi l'indagine».

«E per quanto riguarda le analisi forensi della barca?» disse Gavin.

«Ci stiamo ancora lavorando. Abbiamo trovato tracce di fibre sul ponte: potrebbero essere vecchie e non correlate alla nostra vittima o al suo assassino, ma lo confermerò una volta che avremo dato un'occhiata più da vicino. Per quanto riguarda le impronte digitali e altre prove, ci vorranno un giorno o due prima di potervi dare il quadro completo. Vi aggiorneremo man mano che troveremo qualcosa di utile».

«E l'arma?» disse Barnes. «È stata trovata?»

«No, né sulla barca, né in acqua. I sommozzatori stanno finendo ora». Harriet coprì il telefono e parlò con qualcuno in sottofondo prima di tornare da loro. «Avete sentito Lucas questa mattina?»

«Non ancora», disse Gavin. «Sperava di avere la

possibilità di fare l'autopsia questo pomeriggio, quindi vi faremo sapere cosa ne risulta».

«Va bene, grazie. Vi chiamerò non appena avrò qualcosa di nuovo da riferire una volta che avremo valutato i nostri risultati».

Il suo telefono cellulare cominciò a vibrare sulla scrivania mentre rimetteva il telefono fisso nella sua base, e lo afferrò.

«Pronto? Sono Frank Hutchins del noleggio barche di Nettlestead vicino a Yalding. Parlo con il detective Piper?»

«Sì, sì sono io». Gavin spinse via la tastiera, aprì il suo taccuino su una nuova pagina, e controllò l'orologio prima di registrare l'ora e la data e sottolinearle. «Spero che possa aiutarmi».

«Ha a che fare con la bambina scomparsa?»

«Potrebbe incidere su quell'indagine, sì».

«In tal caso, cosa posso fare per aiutare?»

La voce dell'uomo era allegra, e Gavin percepì un'ansia sottostante di rispondere alle sue domande.

«Devo chiederle che ciò di cui discutiamo sia trattato come confidenziale», disse, nel tentativo di frenare la chiara propensione di Hutchins per i pettegolezzi.

«Certo, certo». Il proprietario del noleggio barche sembrava adeguatamente rimproverato. «Acqua in bocca».

«Grazie. Avete prenotazioni di barche a nome di Greg Victor? Sono particolarmente interessato alle date tra l'inizio della scorsa settimana e la fine della prossima».

«Un attimo. Controllo il calendario. Di solito è mia figlia che si occupa di questa parte dell'attività, si fa tutto elettronicamente tramite il nostro sito web; quindi, ci metto un po' a orientarmi».

Gavin disattivò l'audio del telefono mentre Kay usciva dall'ufficio di Sharp e si dirigeva verso la sua scrivania.

«Che succede?» disse lei.

«Ho appena ricevuto una chiamata da una delle società di noleggio barche», disse lui. «E Harriet ha chiamato».

Iniziò a battere il piede mentre i secondi si trascinavano, poi si fermò quando Barnes gli lanciò un'occhiataccia.

Il sergente detective iniziò a parlare a Kay a bassa voce, aggiornandola sull'affermazione di Harriet che la bambina scomparsa non era caduta in acqua.

«Pronto?»

L'attenzione di Gavin tornò di colpo all'interlocutore. «Sono qui».

«Non ho nulla in agenda a nome di Greg Victor».

«Va bene. E per quanto riguarda le barche che sono state noleggiate la settimana scorsa, ma non sono state ritirate? Avete avuto prenotazioni in cui i clienti non si sono presentati?»

«Vediamo un po'».

Barnes inarcò un sopracciglio.

«Sta controllando», disse Gavin.

«Di questo passo, sarebbe più veloce se andassi lì con l'auto e controllassi di persona», brontolò il sergente detective.

Gavin scosse la testa per zittirlo mentre Hutchins tornava in linea.

«No, tutte le nostre barche sono state ritirate come previsto. E sono anche tornate tutte».

«Manca qualche barca dal cantiere che non era stata prenotata?»

«No, sono tutte presenti. Abbiamo cancelli di sicurezza sulla strada che porta al cantiere e telecamere di sorveglianza lungo il lato del fiume».

«Potremmo avere una copia di quei filmati delle telecamere per aiutarci a escludere eventuali attività in quel tratto d'acqua?»

«Certamente. Passerò il suo numero di telefono a mia figlia e le chiederò di mettersi in contatto con lei per farle avere i filmati».

«D'accordo. Grazie per il supporto».

Le spalle di Gavin si afflosciarono mentre terminava la chiamata e si girava verso Kay.

Sharp era al suo fianco, con un'espressione cupa.

«Niente?» disse.

«Non lì, capo. Sto aspettando che qualcuno mi richiami dal noleggio barche di Allington. Ce n'erano tre, due sono risultate pulite, ma devo parlare con l'ultima».

«A che punto siamo con le telecamere di sorveglianza del comune, capo?» disse Barnes. «È arrivato qualcosa durante la notte?»

Sharp scosse la testa. «Ancora niente. Andy Grey è alla centrale e solleciterà il suo contatto lì questa mattina. È anche in standby per l'analisi di informatica forense una volta che troveremo il portatile e il cellulare di Greg Victor, se li troveremo. Carys ha ricevuto una telefonata da Hazel stamattina presto. Ancora nessuna notizia da Robert Victor. Sia lei che Annette hanno provato a chiamarlo ripetutamente, ma il suo telefono non è raggiungibile».

«Capo, dovrebbe andare a riposarsi un po'», disse Kay. «La chiamerò non appena avremo una pista concreta sul luogo in cui si trova Alice».

L'ispettore capo investigativo controllò l'orologio. «Qualcuno di voi ha dormito stanotte?»

Barnes sembrò imbarazzato, e Gavin scosse la testa.

«Non molto», disse Kay.

«Lo immaginavo. Sarò di ritorno alle sei», disse Sharp. «Parlerò con il Commissario Capo per ottenere più risorse da domani tramite la squadra in uniforme. Ora che i festival estivi sono finiti, potremmo riuscire a ottenere un aiuto extra anche da Tonbridge».

«Grazie, capo», disse Kay.

Gavin osservò l'ispettore capo investigativo che andava via, poi spinse indietro la sedia.

«Dove stai andando?» disse Barnes.

Si mise il cellulare in tasca. «Non posso stare qui seduto senza fare niente, aspettando che chiamino, Ian. Vado a quell'indirizzo ad Allington».

CAPITOLO 12

Una brezza fresca pizzicava il collo di Gavin mentre chiudeva a chiave l'auto, la luce del sole del primo mattino, filtrando attraverso gli alberi, proiettava accanto a lui ombre maculate.

Alzò il colletto e attraversò il parcheggio in ghiaia che confinava con il motel e il pub accanto, il suo umore era incupito dalla consapevolezza che Alice era scomparsa da oltre trentasei ore, e non c'era ancora alcuna traccia di lei.

Era come se la bambina fosse svanita nel nulla, e non poteva immaginare quanto dovessero essere traumatizzati i suoi genitori.

Scosse la testa per scacciare il pensiero e concentrò la sua attenzione su uno stretto vicolo tortuoso che conduceva dal parcheggio in riva al fiume.

Alla sua destra, la terrazza del pub si estendeva lungo il sentiero. File di tavoli da picnic erano state allestite per i clienti in modo che potessero sedersi e ammirare il paesaggio e le barche che passavano.

Gavin notò che gli ombrelloni dai colori vivaci del

birrificio erano stati portati all'interno per sicurezza durante la notte e appoggiati contro le porte a vetrata a tutta altezza. Senza dubbio, se il gestore non l'avesse fatto, quella mattina quegli stessi ombrelloni sarebbero stati trovati in vendita in alcuni dei mercatini delle pulci meno raccomandabili della contea, per poi essere acquistati dalla gente del posto per i propri giardini.

Due anatre ondeggiavano tra le gambe dei tavoli, fermandosi di tanto in tanto per beccare bocconcini incastrati tra le fessure della terrazza prima di proseguire alla ricerca di altri tesori culinari.

Gavin rivolse la sua attenzione al fiume.

Una serie di barche fiancheggiava entrambi i lati delle sponde sul lato di Maidstone, e una tranquillità avvolgeva la scena. Il dolce sciabordio dell'acqua contro gli scafi si diffondeva sull'acqua mentre due ciclisti sfrecciavano su mountain bike, alzando le mani in segno di ringraziamento mentre Gavin si faceva da parte per lasciarli passare.

Li guardò allontanarsi, poi rivolse la sua attenzione a uno scivolo di cemento sul lato opposto del fiume. Accanto ad esso, un grande pontone era stato accatastato con attrezzature, e individuò una fila di barche nel cantiere più in là. Quando notò il nome dell'azienda accanto, si voltò.

Aveva già parlato con i proprietari che si erano mostrati disponibili e sapeva che Greg Victor non li aveva contattati.

Con passo svelto si addentrò lungo il sentiero Medway verso la struttura in acciaio e cemento della chiusa, e osservò le chiatta e le imbarcazioni da crociera ormeggiate su entrambi i lati. Parlando con i proprietari del cantiere navale dall'altra parte, aveva appurato che la chiusa forniva un punto di sosta tra le acque di marea del Medway superiore e le correnti più calme che scorrevano a sud attraverso Maidstone e oltre nella campagna del Kent.

Un'idea aveva cominciato a formarsi nella sua mente mentre si rigirava nel letto la notte precedente, ma non riusciva ancora a definirla con precisione. Continuava a insinuarsi al margine dei suoi pensieri, tormentando e preoccupando i confini della sua mente.

Calciò un sasso sul bordo del sentiero per la frustrazione, e si sentì un po' meglio quando volò in acqua con un soddisfacente *plop*.

Un po' più avanti della chiusa, trovò il piccolo cantiere navale di proprietà di Markus Tiverton.

A differenza delle due compagnie più grandi con cui aveva già parlato, il noleggio di Tiverton sembrava essere in difficoltà.

Due cabinati malconci ondeggiavano sulla corrente, i loro parabordi sfregavano contro i cordoli in cemento costruiti per rinforzare il sentiero accanto al cantiere. Scritte sbiadite lungo i fianchi indicavano i nomi delle barche, entrambi terminanti con allegri punti esclamativi, in netto contrasto con le tende logore appese alle finestre e le tende di tela strappate.

Un senso di abbandono circondava entrambe le imbarcazioni, un esempio deprimente dei tempi che cambiano nel commercio di noleggio sul Medway.

Rispetto alle barche a noleggio dai colori vivaci più vicine al pub e al motel, le imbarcazioni di Tiverton davano l'impressione di poter affondare alla prima onda di prua di una chiatta di passaggio, e Gavin si chiese se fossero sicure.

Una cabina portabile bassa fungeva da ufficio della compagnia di noleggio, le pareti color crema erano usurate in alcuni punti. Una grondaia pendeva dal lato destro, una macchia umida creava un'infossatura nel terreno sottostante e lasciava intendere quanto tempo fosse passato da quando qualcuno aveva pensato di ripararla.

Tirò fuori il suo telefono cellulare e compose di nuovo il numero fisso dell'azienda mentre sostava sul gradino.

Riuscì a sentire il telefono squillare dall'altro lato della porta, ma non c'era movimento all'interno. Nessuno in casa.

Preso dalla frustrazione, provò il numero di cellulare che aveva notato sul fianco di una delle barche a noleggio e poi imprecò quando anche quello passò a un pigro messaggio di segreteria telefonica.

«Posso aiutarla?»

Si girò di scatto alla voce e vide un uomo tarchiato sulla sessantina che si dirigeva verso di lui con passo deciso, la fronte corrugata.

Gavin mostrò il suo distintivo mentre l'uomo si avvicinava, e notò che le sue spalle si erano abbassate un po'.

«Ho pensato che era vestito troppo bene per essere un ladro», disse. «Cosa vuole?»

«Mi scusi, e lei è?»

«Alan Evershall. Sono il proprietario della chiatta laggiù, la *Daisy Lee*.»

«Sa dov'è Markus Tiverton?»

«Giù per la costa, credo. Lui ed Evelyn sono partiti ieri

mattina presto». Evershall scrollò le spalle. «Non c'è molto movimento questo fine settimana, quindi immagino abbiano pensato di fare una breve vacanza.»

«Sono andati in barca?»

Evershall gli lanciò uno sguardo sprezzante. «Beh, non sono andati in macchina. No, Markus ha un cabinato a quattro posti. La usano con gli amici per le vacanze e cose del genere.»

«Quando dovrebbe tornare?»

«Beh, ha menzionato quando l'ho visto venerdì che stavano solo andando lungo la costa fino a Hastings per il fine settimana, quindi immagino che tornerà stasera sul tardi o domani mattina presto. Deve farlo, capisce? In caso di prenotazioni.»

Gavin passò lo sguardo sul prefabbricato temporaneo fatiscente dell'ufficio e sulle barche a noleggio, e alzò un sopracciglio.

Evershall scrollò le spalle. «Lo so, ma è comunque un'attività che deve essere gestita».

«Allora dovrebbe rispondere al suo telefono cellulare». Gavin scosse la testa. «Da quanto tempo li conosce?»

«Mi sono trasferito qui circa tre anni fa, quindi suppongo che debba essere stato circa due mesi dopo, dopo che ho comprato *Daisy*. Vedevo Markus quasi tutte le mattine quando ero in giro, e abbiamo iniziato a parlare. Noi gente delle barche tendiamo ad aiutarci a vicenda».

«È probabile che lo vedrà quando tornerà?»

«Dipende dall'ora», disse Evershall. «Se torna tardi stasera, probabilmente non lo vedrò prima di metà mattinata. Ho dei parenti che vengono in visita più tardi oggi».

Gavin frugò nella tasca e tirò fuori un biglietto da visita. «Sto cercando di chiamarlo al suo cellulare da ventiquattro ore. Quando lo vede, potrebbe chiedergli di chiamarmi se non ha ancora parlato con me?»

Evershall rigirò il biglietto tra le dita. «È per la bambina scomparsa?»

«Sì. Sa qualcosa che potrebbe essere rilevante per il caso?»

«Magari lo sapessi, povera piccola. Ho due nipoti più o meno della sua età. Una faccenda terribile, quella».

«Glielo farà avere da parte mia?»

«Certamente».

«Grazie».

Gavin si avviò verso la macchina, con le scarpe che strisciavano sul sentiero mentre rimuginava sulla conversazione avuta con Evershall.

Lanciò un'occhiataccia a un pescatore che si toccò il cappello mentre lo incrociava nel parcheggio augurandogli allegramente una buona giornata, poi si gettò sul sedile del guidatore e sbatté il pugno contro il volante.

Lo irritava pensare che ci fossero persone che conducevano vite normali, divertendosi, mentre una famiglia attendeva notizie sulla figlia scomparsa.

Notizie che lui non aveva.

CAPITOLO 13

Barnes guardò il cartello sulla parete di fronte alle scale e arricciò il labbro.

A pochi metri di distanza, Kay camminava avanti e indietro nel corridoio piastrellato del secondo piano dell'ospedale Darent Valley, con una mano sull'orecchio per attutire le voci provenienti dalla farmacia.

Lui controllò l'orologio.

Lucas aveva anticipato l'orario dell'autopsia della loro vittima. Aveva telefonato alla sala operativa un'ora prima, mentre Barnes stava masticando un panino al prosciutto che si era riscaldato nella sua confezione di plastica mentre scorreva i rapporti sullo schermo del computer. Al suono della voce del patologo degli Affari Interni, il suo appetito era svanito e, dopo essere stato convocato all'obitorio, aveva gettato via il resto del panino.

Con Gavin fuori a seguire alcune piste, era toccato a lui accompagnare l'ispettrice all'ospedale.

Non disse nulla a Kay, ma avrebbe preferito di gran

lunga passare il pomeriggio concentrando i suoi sforzi sulla ricerca di Alice.

Tra tutti i suoi colleghi, era lui quello che poteva comprendere meglio ciò che stava passando Annette Victor. Solo tre anni prima, sua figlia era stata rapita da un serial killer deciso a vendicarsi con Barnes e con la polizia. Era stato un miracolo che fosse sopravvissuta.

Strinse i pugni e si costrinse a concentrarsi sul lavoro da svolgere mentre Kay terminava la sua chiamata e si affrettava a tornare dove lui l'aspettava.

«Era Gavin. Nessuna novità al noleggio barche, ha parlato con qualcuno ormeggiato lì vicino che gli ha detto che i proprietari sono via fino a tarda stasera o domani mattina. Nel frattempo, c'è un gruppo di abitanti del posto che vuole aiutare la squadra di ricerca. Ho detto che saremmo passati a trovarli quando avremo finito qui per assicurarci che si coordinino con i nostri.»

«Ci sta volendo troppo tempo per trovarla» disse lui. «Dovremmo avere qualcosa a quest'ora, ma non c'è stato alcun avvistamento.»

Chiuse la bocca di scatto, sentendo il tremito nella sua voce.

«Lo so, Ian. Lo so.» Kay indicò con il mento il cartello che indicava la direzione dell'obitorio. «Vogliamo sbrigare questa faccenda?»

«Non dovrebbe volerci molto» disse Barnes mentre la seguiva. «Causa di morte, ferita da arma da fuoco alla testa.»

«Non farti sentire da Lucas.»

Quindici minuti dopo, aveva scambiato il suo completo con una tuta di plastica che aveva indossato sopra camicia e pantaloni, e aveva infilato dei copriscarpe monouso sopra le scarpe. Strisciò sul pavimento di piastrelle lucide verso le porte doppie che conducevano all'obitorio e ne tenne una aperta per Kay.

Immediatamente, il fetore lo colpì.

Poteva anche prendere in giro Gavin per il suo terrore di assistere alle autopsie, ma in questo momento Barnes avrebbe preferito essere ovunque tranne che qui.

I resti del panino al prosciutto si rivoltarono nel suo stomaco, e represse un conato di vomito in gola mentre si avvicinavano al lettino al centro della stanza.

Lucas interruppe il suo lavoro e annuì quando si avvicinarono, poi mise da parte la sega elettrica che stava utilizzando.

«Come sta andando?» chiese Kay. Si tenne lontana dalla testa della vittima, o quel che ne rimaneva, e si posizionò ai piedi.

Barnes la raggiunse, si schiarì la gola e si sforzò di concentrarsi su ciò che stava dicendo il patologo degli Affari Interni.

«La nostra vittima non ha avuto alcuna possibilità» disse Lucas.

«La squadra di Harriet ha recuperato il proiettile ieri» disse Barnes. «Lei ritiene che provenisse da una nove millimetri.»

«Mi sorprende che ne sia rimasto molto dopo quel percorso» disse Lucas, indicando la testa della vittima.

«A bruciapelo?»

«Direi di sì. Ho esaminato la cavità cranica, e chiunque gli abbia sparato ha puntato l'arma a pochi centimetri dalla base del cranio. Il proiettile è uscito attraverso il ponte del naso, portando via la maggior parte del cervello e del viso.»

«Quindi qualsiasi indumento indossato da chi ha sparato deve avere residui di polvere da sparo» disse Kay.

«Se non ha già gettato via i vestiti» disse Barnes. «E a quanto pare l'assassino potrebbe essere più basso di Greg se il proiettile ha viaggiato con quell'angolazione.»

«È un'ipotesi da considerare» disse Lucas.

Kay fece un passo indietro e valutò la pietosa forma distesa sul lettino. «Altre lesioni?»

Il patologo si allontanò dalla testa della vittima e sollevò delicatamente la mano dell'uomo. «Ha un polso rotto, probabilmente causato dalla caduta dal lato della barca, ho parlato con il collega di Carys all'agenzia per la protezione ambientale e mi ha confermato che non c'erano chiuse o altri ostacoli contro cui potrebbe aver sbattuto con forza sufficiente da causare questo mentre scendeva lungo il fiume, visto il modo in cui scorre la corrente lì. C'è una vecchia lesione al ginocchio, probabilmente di circa dieci anni fa. Sembra il tipo di lesione che ci si aspetterebbe di vedere su qualcuno che ha praticato molto sport da giovane. A parte questo, era un individuo sano.»

«Va bene, grazie, Lucas» disse Kay.

Barnes sentì la delusione nella sua voce. «Ci farai avere i dettagli delle impronte digitali il prima possibile?» disse a Lucas. «Farò in modo che qualcuno le passi di nuovo nel sistema per corroborare le prove che abbiamo raccolto finora.»

«Certamente» disse Lucas. «Manderemo anche gli altri campioni a Harriet e alla sua squadra in modo che possano confrontarli con quelli prelevati dalla barca.»

«Ottimo. Ti lasciamo al tuo lavoro. Grazie.»

«Qualche novità sulla bambina?»

Kay strinse le labbra. «Non ancora.»

Si voltò, e Barnes annuì a Lucas prima di affrettarsi a raggiungerla, afferrando la porta mentre si chiudeva. Lei si fermò fuori e si appoggiò al muro, con la parte posteriore della tuta che schiacciava il contenuto di una bacheca del personale.

«È là fuori, da qualche parte» disse Barnes, con la voce tesa.

I suoi occhi incontrarono quelli di lui, e si strofinò le braccia per alleviare la pelle d'oca che le faceva formicolare la pelle.

«Lo spero, Ian. Non so come potrei reagire se arriviamo quando è troppo tardi.»

CAPITOLO 14

Kay si rimboccò le maniche mentre il sergente di polizia Harry Davis attraversava l'area ricreativa verso di lei, con un uomo e una donna al suo fianco.

Una folla di persone era accalcata accanto a un tendone che era stato eretto vicino all'ingresso a pochi metri di distanza, radunandosi intorno a un gruppo di agenti di polizia in uniforme che lavoravano in coppia distribuendo volantini.

All'estremità opposta del parco, un'altalena, una giostra e uno scivolo erano abbandonati. Non si vedeva un solo bambino in tutta l'area verde che si estendeva dal retro della sala comunitaria al campo da gioco della scuola primaria.

Kay distolse lo sguardo da quella triste visione.

«Ispettrice, le presento la reverenda Maureen McCaffery della chiesa locale di All Saints' e Peter Johnson, preside della scuola primaria qui», disse Harry, e attese mentre Kay e Barnes si presentavano. «Maureen ha chiamato la sala operativa dopo che è stato diffuso l'appello ai media ieri sera e insieme hanno organizzato questo gruppo di volontari per aiutare. Stanno fornendo cibo e bevande agli agenti che conducono le ricerche».

«È fantastico», disse Kay mentre osservava i gruppi che gestivano i barbecue all'ombra dei gazebo. «Grazie mille».

«Dovevamo fare qualcosa», disse Peter, scuotendo la testa. «Ho una figlia più o meno della stessa età a casa. Non riesco a immaginare cosa stiano passando i suoi genitori».

«Qual è il tuo piano d'azione, Harry?» disse Barnes mentre i due membri della comunità locale si allontanavano e si univano a un grande gruppo che si stava dirigendo verso un sentiero che attraversava un campo d'orzo.

«Le squadre hanno terminato le indagini porta a porta per le proprietà confinanti con la ferrovia e il sentiero Medway», disse il sergente di polizia. «Abbiamo concluso che non c'è traccia di Alice sul sentiero alzaia tra East Farleigh e Tovil, quindi dopo aver parlato con Alistair Matthews ho fatto spostare i miei agenti avanti nel tratto oltre Tovil e verso Maidstone».

Sollevò una mappa e toccò la pagina. «Ho disposto di lavorare con il personale qui per iniziare a perlustrare l'area più ampia a nord dell'argine del fiume e della ferrovia, per escludere la possibilità che Alice possa essersi allontanata ulteriormente, o che chiunque l'abbia presa abbia tagliato attraverso i sentieri e i boschi che costeggiano il confine qui».

Kay aggrottò la fronte. «E non c'è stato assolutamente

nessun avvistamento di lei da parte dei proprietari delle case vicino al fiume?»

«Niente, purtroppo».

«Immagino fosse una possibilità remota, dato l'orario in cui pensiamo sia stato ucciso Greg Victor», disse Barnes. «Anche se è ancora chiaro fino quasi alle dieci di sera, la maggior parte delle persone sarebbe stata in casa a guardare la televisione o qualcos'altro piuttosto che seduta fuori».

«Sono tendenzialmente d'accordo», disse Harry. «Ma almeno in questo modo possiamo bussare alla porta di qualche altro residente e chiedere loro di controllare eventuali edifici esterni. Non tutti avranno visto l'appello ieri sera, o i giornali questa mattina con la fotografia di Alice all'interno».

«Rimarrai qui fino a quando non avranno finito?» chiese Kay.

«Sì. Preferisco essere nei dintorni nel caso in cui si trovi qualcosa».

«Quanti agenti lavorano con te?»

Il sergente di polizia sbuffò. «Non abbastanza. Come al solito».

Kay si voltò a guardare un secondo gruppo di agenti che attraversava la strada e si dirigeva verso est in direzione Maidstone, e fece un passo indietro, sorpresa, quando un gruppo di adolescenti consegnò loro bottiglie d'acqua mentre passavano. «Ci sono anche adolescenti che aiutano».

Harry sorrise. «Non sono tutti chiusi in casa a giocare ai videogiochi. Pare che quando Peter ha telefonato per chiedere ad alcuni genitori di aiutare, i fratelli maggiori abbiano deciso di venire anche loro. Hanno preso l'iniziativa di creare un gruppo sui social media e distribuire volantini nei quartieri residenziali in quella direzione».

«C'è ancora speranza», disse Barnes. «C'è qualcosa che possiamo fare?»

Scuotendo la testa, Harry si aggiustò il cappello e piegò la mappa. «No, ma grazie. È tutto sotto controllo. Vi chiamerò se avrò qualcosa da riferire. Immagino che staremo qui ancora per qualche ora prima di aver completato questo schema a griglia».

«Ti chiamerò se scopriremo qualcosa che possa aiutarti», disse Kay.

Lui alzò la mano in segno di saluto, poi corse via verso due dei suoi agenti che stavano parlando con Maureen e Peter.

Kay si voltò verso Barnes, che aveva un'espressione tormentata mentre guardava l'ultimo dei gruppi di ricerca lasciare l'area ricreativa.

Non aveva parole di conforto da dargli, la bambina era scomparsa da troppo tempo senza notizie sulla sua posizione o un avvistamento. Si chiese quanti genitori si fossero offerti volontari per senso del dovere e quanti si fossero iscritti per paura, perché qualcuno tra loro aveva brutalmente ucciso un uomo prima di prendere una bambina e scomparire senza lasciare traccia.

Kay aggrottò la fronte. «Ian? Abbiamo dato per scontato che chiunque abbia sparato a Greg Victor sia andato nel panico. E se tutto questo fosse stato premeditato?»

«Annette ha detto di non aver ricevuto richieste di riscatto».

«E se non si trattasse di un rapimento? E se chi ha preso Alice non avesse intenzione di restituirla?»

Gli occhi di Barnes si incupirono. «Vuoi dire…»

Kay fece un cenno verso l'auto. «Chiama la sala operativa mentre torniamo là. Fai ricontrollare il registro dei molestatori sessuali per vedere chi si trova più vicino a questa posizione o alla casa dei Victor a Tonbridge tanto per cominciare. Dopo aver fatto questo, contatta Hazel. Scopri quali account social media hanno Annette e suo marito, e se hanno mai pubblicato fotografie di Alice al di fuori della loro cerchia di amici».

Il suo sergente detective aveva già il telefono all'orecchio quando lei aveva messo in moto e stava facendo sobbalzare l'auto sulla superficie irregolare del parcheggio dietro la scuola.

Mentre lo ascoltava parlare, ricordò un'altra conversazione e scalò marcia.

L'auto balzò in avanti mentre superava un camper che procedeva lentamente con il piede a tavoletta sull'acceleratore.

La conversazione accanto a lei terminò, e lei strinse la mascella.

«Kay? Cosa c'è che non va?» disse Barnes.

«E se Gavin avesse ragione, Ian? Se chi ha preso Alice fosse fuggito con lei in barca?»

Barnes si passò una mano sugli occhi prima di rispondere.

«Potrebbe essere ovunque, capo. Potrebbero averla portata fuori dal Paese ormai».

CAPITOLO 15

Quattro ore dopo, Kay raccolse gli appunti che aveva sparso sulla sua scrivania mentre Sharp entrava nella sala operativa, e spinse indietro la sedia.

«Tutti davanti, per favore. Iniziamo il briefing», disse. «So che oggi alcuni di voi sono qui da parecchio tempo, quindi prima finiamo, prima potrete andare a casa a riposarvi.»

«Come stai?» mormorò Sharp mentre la raggiungeva davanti alla stanza.

Kay si passò una mano sugli occhi stanchi e represse uno sbadiglio. «Bene, considerate le circostanze. Stiamo ricevendo molte informazioni dopo la conferenza stampa di ieri. Debbie e la sua squadra hanno iniziato a inserire in HOLMES2 le dichiarazioni e altri dettagli ricavati dalle perquisizioni e dalle indagini porta a porta.»

Rivolse la sua attenzione al gruppo di agenti di polizia che si erano radunati all'estremità della stanza più vicina alla lavagna. Non riusciva a credere a quante persone potessero essere coinvolte in un'indagine importante, e notò che molti dei suoi colleghi erano costretti a stare in piedi, tutte le sedie e gli spazi disponibili sulle scrivanie erano occupati.

«Avremo bisogno di una stanza più grande», disse a Sharp.

«Ho parlato con il Sovrintendente Capo mentre venivo qui», disse lui. «Sposteremo l'indagine nella stanza accanto al quartier generale così potrete usare anche quello spazio. Avrei preferito spostare tutti voi al quartier generale, ma lei ritiene che qui siate più centralizzati; quindi, se qualche membro del pubblico vuole passare con informazioni utili, può farlo. Siete in una posizione un po' più accessibili dal centro città per chi non guida.»

«Va bene, grazie capo.» Si schiarì la gola, poi si rivolse a Barnes. «Ian, puoi iniziare dandoci un aggiornamento sulle tue conversazioni con Hazel questo pomeriggio?»

Il sergente detective si allentò la cravatta e sfogliò le pagine del suo taccuino. «Annette Victor conferma di non aver mai pubblicato foto di Alice sui social media. Annette ha solo un paio di account e non li ha usati molto. Ha detto che non ha tempo e che non è nelle sue corde. Non pensa che suo marito, Robert, abbia mai avuto un account sui social media.»

Kay aggrottò la fronte. «E Greg Victor?»

«Lì abbiamo avuto un po' più fortuna», disse Barnes. «Ha un account sui social ma non ha pubblicato nulla sulla sua cronologia da quando ha lasciato Nottingham. Non che quello che c'è sia di grande utilità, comunque, sono per lo più barzellette ripostate, video, cose del genere. Nessuna foto di Alice e nessun accenno al suo trasferimento da queste parti. I suoi dati personali mostrano ancora che la sua posizione è Nottingham.»

«Robert Victor si è fatto sentire?» disse Sharp.

«Nessuno ha avuto sue notizie, capo.»

«Non doveva tornare ieri sera?» disse Kay.

Barnes strinse le spalle. «Annette ha detto a Hazel che a volte ha dei ritardi, o che all'ultimo momento gli viene aggiunta un'altra riunione alla fine del viaggio. Non ha neanche un numero di telefono alternativo.»

«E l'auto a noleggio che stava guidando? Puoi ottenere quei dettagli dal suo ufficio? Devono averla prenotata per lui prima che partisse, quindi potremmo essere in grado di rintracciarlo in quel modo.»

«Avevo appuntato di farlo.»

«Grazie, Ian. Okay, chi sta esaminando il registro dei molestatori sessuali e le precedenti condanne per aggressione in relazione ai nomi del posto?» disse Kay.

«Io, capo.» Debbie West alzò la mano, poi si spostò davanti alla stanza in modo che tutti potessero vederla. Un'agente di polizia con notevole esperienza e un modo straordinario di gestire il database HOLMES2, Kay poteva sempre contare su di lei.

«Bene», disse. «C'erano quindici nomi nel registro dei molestatori sessuali, e ci siamo coordinati con gli agenti in uniforme per interrogarli nel corso di questo pomeriggio. Abbiamo anche parlato con chiunque avesse precedenti condanne per aggressione, oltre a quelli con mandato di cattura in attesa di sentenza. In breve, nessuno di loro ha avuto contatti con la famiglia Victor, né è stato vicino a quel tratto del fiume Medway. Due degli uomini con mandato di cattura sono lontani da casa al momento, uno sta visitando sua madre a Cardiff, e l'altro è a casa di suo fratello a Penzance. Le forze locali hanno parlato con loro e confermano che non sono stati nella zona del Kent nelle ultime due settimane.»

«Un vicolo cieco, allora», disse Barnes, con voce cupa.

Kay non era sicura se sentirsi sollevata o frustrata. «Grazie, Debbie. Ottimo lavoro. Chi stava esaminando le cose dal lato di Tonbridge?»

«Qui.» L'agente Phillip Parker alzò la mano. «Ho parlato con la direttrice dell'asilo dove Alice ha continuato a frequentare due volte a settimana prima dell'inizio della scuola il prossimo mese. È un posto piuttosto esclusivo, con un numero limitato di bambini durante le vacanze estive. Non ricorda che il suo personale abbia segnalato qualcuno che si aggirasse fuori dai cancelli o si comportasse in modo sospetto nelle ultime settimane. Non ci sono stati incidenti o litigi tra i genitori o i bambini, e non è a conoscenza di minacce ad Alice o agli altri bambini. Abbiamo esaminato l'elenco di amici e conoscenti che Hazel ha ottenuto da Annette, e non abbiamo trovato nulla di sospetto su quel fronte. Ho iniziato ad aggiungere le dichiarazioni dei loro vicini in HOLMES2 e finirò prima di andarmene stasera.»

«Grazie, Phillip», disse Sharp. Alzò il mento quando la porta si aprì e Alistair si fece strada tra gli agenti riuniti. «Qualche novità?»

Il consulente per le ricerche della polizia scosse la testa, con la fronte corrugata.

«L'ultimo gruppo delle squadre di ricerca è tornato venti minuti fa e sta facendo il debriefing con Harry nell'area ricreativa», disse, «ma non abbiamo niente. Non ci sono stati avvistamenti di Alice. I residenti in quella zona sono stati fantastici, hanno ricontrollato i loro capanni e hanno messo manifesti, ma…»

Si interruppe con un'alzata di spalle impotente.

Kay si rivolse a Gavin. «Piper, contatta quella società di noleggio barche ad Allington domattina per prima cosa. Dobbiamo concentrare di nuovo la nostra ricerca sulla possibilità che Alice sia stata rapita e portata via in barca ora che le ricerche via terra non hanno portato a nulla di conclusivo.»

«Lo farò, capo.»

«Qualcuno ha un aggiornamento da Harriet?» disse Kay. «Quali sono le ultime notizie dalla squadra di East Farleigh?»

«I sommozzatori hanno completato la ricerca nel fiume e nella chiusa», disse Debbie. «Nessun segno di un'arma abbandonata. Questo pomeriggio hanno lavorato sull'auto di Greg Victor. L'assistente di Harriet, Patrick, ha parlato con la società di noleggio barche a Tonbridge e hanno confermato che nessuno è tornato per cercare di recuperare l'auto da quando l'ha lasciata venerdì mattina. Il rapporto di Patrick sarà inviato via email domattina per prima cosa, ma conferma che hanno trovato capelli biondi sul tessuto che copriva un seggiolino per bambini, e c'erano giocattoli nel vano piedi.»

«I sommozzatori o la squadra di Harriet hanno trovato qualcosa che suggerisca cosa possa essere successo ad Alice?» chiese Kay.

«Niente», disse Debbie. «Assolutamente niente.»

CAPITOLO 16

Carys allungò la mano attraverso la scrivania per prendere la tazza di porcellana decorata con il logo di una serie di film d'animazione, poi arricciò il naso disgustata dopo averne bevuto un sorso.

Il tè era gelido.

Girando la pagina della dichiarazione del testimone che aveva stampato insieme ad altre quattro, fece scorrere il dito sul testo e sbatté le palpebre con gli occhi stanchi.

Accanto a lei, le dita dell'agente Laura Hanway battevano su una tastiera del computer mentre esaminava un'altra serie di riprese delle telecamere di sorveglianza ricevute dall'unità di informatica forense del Quartier Generale, con la bocca serrata in una linea sottile.

Le tre del mattino, oltre quarantotto ore da quando Alice era scomparsa, e ancora nessuna risposta.

Carys alzò le braccia sopra la testa e si stiracchiò, poi guardò l'orologio con aria torva.

«Dio, ho bisogno di una pausa», disse Laura. «Vuole un'altra tazza, signora?»

«Per favore». Carys le porse la tazza mezza vuota. «Grazie, e non preoccuparti delle formalità qui dentro. Carys va benissimo».

«Nessun problema, grazie».

«Come mai ti è toccato il turno di notte?»

«Io, ehm, mi sono offerta volontaria». Laura rimase in piedi accanto alla sua sedia, con gli occhi verso il basso per un momento. «Volevo dare una mano».

«Hai fatto domanda per diventare detective, vero? Vuoi lavorare nei reati gravi una volta completati gli esami?»

«Mi piacerebbe molto». La voce di Laura vacillò. «Ma so quanto devo lavorare duramente. E non lo faccio solo per fare una bella figura con l'ispettrice. Voglio trovare Alice».

Carys sorrise e indicò le due tazze di porcellana. «Prendi il tè, allora. Avremo bisogno di più caffeina».

«D'accordo».

Espirando, Carys tornò ai documenti che aveva sparso sulla sua scrivania e resistette all'impulso di sospirare. Si era impegnata a rivedere le dichiarazioni delle indagini porta a porta del giorno precedente lungo l'alzaia e altri sentieri e strade secondarie che partivano dal fiume.

Gli agenti in uniforme avevano lavorato con Alistair Matthews per assicurarsi che ogni proprietà fosse stata presa in considerazione, ma ora era sua responsabilità ricontrollarle una ad una e scoprire se ci fossero anomalie o indizi che potessero portare a una svolta.

Fece roteare una matita spuntata tra le dita mentre esaminava attentamente le informazioni, prendendo appunti su tutto ciò che voleva verificare mentre procedeva, determinata a trovare qualcosa da dare a Kay e Barnes quando sarebbero entrati dalla porta alle sette.

Aveva visto la tensione a cui erano stati sottoposti i suoi due colleghi da quando avevano visitato la scena del crimine il giorno precedente, nonostante i loro sforzi di tenere a freno le emozioni.

Entrambi avevano sperimentato dolore e traumi nelle loro vite, e sapeva che Barnes in particolare sarebbe stato tormentato dal rapimento di Alice e da quello di sua figlia solo pochi anni prima.

«Ecco qui. Il tè».

La voce di Laura la distrasse dai suoi pensieri.

«Grazie. Come va con le immagini delle telecamere?»

L'agente di polizia si lasciò cadere sulla sedia. «Lentamente, ma sono riuscita a escludere tutto ciò che riguarda le strade intorno a Tovil e quella parte del fiume. Mi rimangono solo da esaminare i filmati residui dei residenti privati e dei proprietari di attività commerciali. Non c'è traccia di lei, Carys. Niente di niente».

Carys si morse il labbro, colpita dalla disperazione dell'altra donna.

«Continua. Anche se non troviamo nulla nelle telecamere, dobbiamo escluderlo. È comunque un lavoro importante, d'accordo?»

Laura annuì e si voltò verso lo schermo del computer con rinnovata determinazione negli occhi.

Passando in rassegna le ultime dichiarazioni dei testimoni, Carys le raggruppò in una pila e poi prese dal suo vassoio la serie successiva. Notò che queste erano state raccolte dai dipendenti dell'azienda vinicola per cui lavorava Robert Victor.

Tutti erano rimasti scioccati dalla notizia della scomparsa di sua figlia, e mentre Carys leggeva gli appunti diventava evidente che Alice era stata una visitatrice regolare negli uffici di Sevenoaks.

La maggior parte degli interrogatori erano stati condotti per telefono; due che avevano richiesto visite a domicilio da parte di agenti in uniforme all'inizio della giornata, quando i dipendenti non avevano risposto alle loro chiamate. L'ultimo interrogatorio era stato condotto alle cinque del pomeriggio di sabato, solo poche ore prima che Carys iniziasse il suo turno attuale.

Una nuova ondata di stanchezza minacciò di travolgerla, ma raddrizzò le spalle e si costrinse a concentrarsi.

Arrivò alla terza dichiarazione della pila, annotò il nome dell'agente in cima al questionario personalizzato che era stato creato ai fini dell'indagine, sulla base delle conoscenze acquisite fino a quel momento, e scorse con lo sguardo lo schema ormai familiare.

Aggrottò la fronte, rilesse la risposta alla penultima domanda, poi afferrò la seconda e la quarta dichiarazione.

«Che strano».

«Hmm?» La sedia di Laura cigolò mentre spostava il peso.

Carys non rispose e invece si alzò dalla scrivania e si affrettò ad attraversare la sala operativa verso l'ufficio di Sharp.

Si fermò quando lo sentì parlare a bassa voce e bussò due volte alla porta socchiusa.

«Capo?»

Sharp alzò lo sguardo dallo schermo del telefono e le fece cenno di entrare. «Come va, Carys? Stai bene?»

«Ho avuto giorni migliori». Esitò sulla soglia. «Ha un minuto?»

«Certo. Entra pure. Che cosa hai trovato?»

In risposta, Carys sollevò la dichiarazione di Melissa Lampton. «L'assistente personale di Robert Victor ha detto agli agenti in uniforme che lui è atterrato a Parigi all'aeroporto Charles de Gaulle lunedì mattina. Ha detto che gli ha parlato giovedì per confermare alcuni dettagli dell'ultimo minuto».

Sharp aggrottò la fronte. «E quindi?»

«Annette Victor ha detto a Kay e Barnes che non aveva notizie del marito da quando aveva lasciato il Paese», disse Carys. «Quale uomo parla con la sua assistente personale, ma non con sua moglie? Voglio dire, anche se fosse stato impegnato con riunioni e cose del genere, non avrebbe comunque voluto parlare con sua figlia? Barnes ha detto che c'erano foto di Alice ovunque nello studio di Robert a casa. Ovviamente la adora, quindi perché non si è fatto sentire?»

Sharp tamburellò con la penna a sfera sulla scrivania e si appoggiò allo schienale della sedia, le antiche molle protestavano mentre spostava il peso. Finalmente parlò.

«Sono d'accordo, merita ulteriori indagini», disse. «Qualcuna delle altre dichiarazioni dei dipendenti ti dà motivo di preoccupazione?»

«No, ma non mi dispiacerebbe parlare con Melissa Lampton», disse Carys. «Potrebbe non essere nulla...»

«Ma vale la pena esserne certi». Sharp gettò la penna

sulla scrivania e intrecciò le mani. «Sono d'accordo, vale la pena approfondire».

«Porterò Laura con me e ci dirigeremo lì prima di staccare questa mattina», disse Carys. «Speriamo che aprano presto così riusciremo a ottenere qualche informazione su cui lavorare da passare al turno diurno».

«Se qualcuno può trovare una pista, quella sei tu, Miles». Sharp riuscì a sorridere. «Non riesco a immaginare un mentore migliore per la nostra nuova recluta là fuori».

Carys deglutì, sentendo un formicolio di calore che le arrossava le guance. «Grazie, capo».

CAPITOLO 17

Kay infilò le chiavi dell'auto nella tasca laterale della sua borsetta, poi raccolse una pila di messaggi dalla sua scrivania.

Mentre i suoi occhi scorrevano velocemente i biglietti, li riordinò in base a ciò che avrebbe avuto la priorità e ciò che poteva aspettare.

Aggrottò la fronte quando il suo sguardo cadde sul sottile cappotto della sua collega appeso allo schienale della sedia di fronte.

«Carys è ancora qui?» disse Kay.

«Ha portato Laura con sé e si è diretta verso Wilkinson's Wine Merchants poco prima che tu arrivassi», disse Sharp, uscendo dal suo ufficio. «Ieri sera stava leggendo le dichiarazioni dei dipendenti e ha scoperto che l'assistente personale di Robert Victor ha parlato con lui giovedì. Annette Victor ti ha detto che non aveva avuto notizie del marito da quando era partito per il suo viaggio, giusto?»

«Sì». Kay aggrottò la fronte. «È strano, no?»

«Anche Carys l'ha pensato. Ha detto che voleva approfondire la questione stamattina prima di staccare, così le ho dato l'autorizzazione». Riuscì a fare un sorriso ironico. «Sai com'è quando le viene un'idea in testa. Meglio lasciarla fare che mettersi di mezzo».

«Vero. Sarà interessante sentire cosa scoprirà».

Sharp attese mentre Barnes si affrettava verso la sua scrivania e fece un cenno ai due agenti superiori. «Avete avuto l'impressione che il matrimonio fosse in crisi quando siete stati lì sabato?»

«Non ho notato nulla», disse Barnes. «Ho dato una rapida occhiata al piano di sopra dopo aver finito nella stanza degli ospiti, ma sembrava tutto normale. Almeno condividono la camera da letto».

«E c'erano fotografie di famiglia ovunque», disse Kay. «Il comportamento di Annette era certamente quello di una moglie e una madre preoccupata quando l'abbiamo interrogata. Non ho avuto l'impressione che fosse coinvolta negli aspetti commerciali dell'attività, però».

«C'erano alcuni volantini e brochure della palestra locale e di un gruppo femminile di badminton sul tavolo della cucina», disse Barnes. «Oltre a una lettera aperta di una scuola privata locale. Immagino che Alice avrebbe dovuto iniziare lì tra un paio di settimane».

La stanza piombò nel silenzio alle sue parole, e lui abbassò gli occhi.

Sharp si schiarì la gola. «Come dici tu, Ian, al momento tutto lascia pensare a una vita familiare normale. Vedremo cosa riporterà Carys più tardi questa mattina e se questo avrà qualche influenza sulla situazione, poi fatemelo sapere».

«Lo farò, capo», disse Kay. Prese il fascio di carte che lui le porgeva e scorse con gli occhi le righe di testo.

Il turno serale era trascorso senza incidenti o progressi nel caso, e lei strinse la mascella al pensiero di Alice che passava una terza notte senza sua madre.

«Io vado, ma chiamatemi se avete bisogno di me», disse Sharp. Le diede una pacca sul braccio. «Qualcuno là fuori sa dove si trova. Non perdere la speranza».

Alzò la mano in segno di saluto a Gavin, che teneva un telefono all'orecchio, assorto in una conversazione.

Kay osservò l'ispettore capo investigativo che andava via, poi concentrò la sua attenzione sulla sua squadra.

«Va bene», disse, mentre Gavin terminava la sua chiamata e si avvicinava, «mentre Carys e Laura seguono la loro indagine su Melissa Lampton, manterremo la nostra attenzione sul fiume. Barnes, potresti chiamare le stazioni locali di Gillingham e Sheerness per sapere se ci sono stati avvistamenti di Alice vicino all'estuario? L'allerta a tutti i porti è attiva da sabato mattina, ma queste cose non sono mai facili da controllare con un tratto di costa così lungo da monitorare».

«Lo farò».

«Gavin, quali sono le ultime novità lato tuo?»

Il detective controllò l'orologio. «Il cantiere nautico di Allington riapre alle otto e mezza, quindi li chiamerò. Avrebbero dovuto essere tornati dalla loro gita del fine settimana ieri sera, ma non ho avuto notizie da parte loro».

«Tienimi aggiornata su questo», disse Kay. «Posso solo presumere che non portino i telefoni cellulari di lavoro con sé quando vanno via».

Gavin inarcò un sopracciglio. «Questo spiegherebbe

perché la loro attività sembra essere sull'orlo del fallimento».

Kay passò in rassegna il resto dei compiti che doveva delegare, poi congedò la squadra e si voltò per accendere il computer.

In qualità di vice responsabile delle indagine di Sharp, si destreggiava tra una quantità precaria di compiti di gestione oltre a guidare l'indagine con lui. Contemplò l'elenco di e-mail che si erano moltiplicate da quando aveva lasciato la sala operativa la notte precedente, e cercò di concentrarsi su ciò che doveva fare da un punto di vista politico oltre che investigativo.

Non le avrebbe fatto bene se avesse accidentalmente causato attriti tra altri detective senior andando a cercare risorse aggiuntive da un dipartimento o una squadra già sotto pressione.

Un telefono squillò sullo sfondo, e il suo subconscio riconobbe la voce di Gavin che parlava a bassa voce mentre rispondeva. Tutto intorno a lei, il suono delle dita sulle tastiere, conversazioni urgenti e chiamate a cui si rispondeva riempiva l'aria con un costante ronzio di attività.

«Capo!»

Si girò mentre il detective si faceva strada tra due sedie abbandonate e si affrettava verso di lei.

«Che succede?»

«Era il cantiere nautico di Allington, non hanno nessuna registrazione di una barca noleggiata a nome di Greg Victor...»

«Maledizione...»

«Ma ne avevano affittata una a nome di *Robert Victor*».

«Cosa?»

«Ha fatto la prenotazione una settimana fa, ma non si è presentato per ritirarla venerdì sera».

Kay aggrottò la fronte e si passò una mano tra i capelli. «Perché mai Greg Victor avrebbe noleggiato una barca a suo nome e un'altra a nome di suo fratello?»

«La chiusa di Allington deve essere azionata da un guardiano», disse Gavin. «Se Greg non sapeva a che ora sarebbe arrivato lì sabato, potrebbe non essere stato in grado di telefonare in anticipo per far aprire la chiusa. Robert potrebbe aver noleggiato la seconda barca, dato che sarebbe dovuto tornare sabato. Forse voleva fare una sorpresa a sua figlia. Possiamo chiederglielo quando gli parleremo».

«La compagnia di noleggio barche di Allington ha confermato il numero di telefono usato per fare la prenotazione, o i dettagli della carta bancaria?» disse Barnes, grattandosi la sottile barba sul mento.

«Sì. Esattamente gli stessi usati per noleggiare la prima barca. In entrambi i casi, erano quelli di Greg».

«Se stava usando il suo numero di telefono e i dettagli della sua carta, allora perché diavolo prenotare a nome di suo fratello?»

Kay si passò una mano tra i capelli. «Stiamo girando in tondo».

CAPITOLO 18

Carys socchiuse gli occhi guardando la facciata georgiana della casa del mercante rivestita di pietra e sbatté la portiera dell'auto.

Una targa blu sulla parete indicava che l'edificio aveva ospitato uno scrittore semi-famoso per soli sette giorni, e automaticamente si guardò alle spalle. Non c'erano turisti, ancora, e si rilassò un po' sapendo che la loro visita al luogo di lavoro di Robert Victor sarebbe passata inosservata.

Laura si raccolse i capelli in una coda bassa. Fuori uniforme, l'agente di polizia indossava un elegante tailleur pantalone nero simile a quello che indossava Carys, ed emanava un nuovo livello di sicurezza accanto al detective.

«Cosa vuoi che faccia?» disse.

«Entriamo e ci presentiamo» disse Carys, controllando l'orologio. «Sono passate le nove, quindi tutti dovrebbero essere arrivati ormai. Voglio concentrarmi su Melissa Lampton questa mattina, però, nessuna delle altre dichiarazioni ha fatto scattare un campanello d'allarme. Se tu prendi appunti, io mi occuperò delle domande, ma se arriviamo alla fine dell'interrogatorio e pensi che abbia tralasciato qualcosa, intervieni pure. Non sono il tipo di persona che si preoccupa del proprio ego, e abbiamo ancora bisogno di trovare una bambina di cinque anni scomparsa. Pronta?»

Laura annuì e chiuse l'auto.

Carys salì di corsa una scalinata di tre gradini di pietra e spinse uno dei due doppi battenti di legno dipinti di un colore vivace. Entrò nell'ampia area della reception, con il pavimento coperto da una moquette color borgogna che assorbiva il suono dei suoi passi.

Alla sua sinistra, un lungo bancone della reception si curvava sotto una ringhiera di quercia. Grandi fotografie erano appese alle pareti, ognuna raffigurante un panorama scenografico di un vigneto all'imbrunire o all'alba, con la nebbia che si aggrappava a spettrali strutture di legno e filo metallico.

«Posso aiutarla?»

Carys attraversò la moquette verso la receptionist, che si era alzata dalla sedia ed era in attesa con una penna in mano, la fronte corrugata.

«Siete la polizia, vero?»

«Esatto.» Mostrò il suo distintivo e presentò Laura. «Mi scusi, lei è?»

«Sharon Eastman.»

Carys ricordò il nome dalle dichiarazioni raccolte nel corso del fine settimana. «Vorremmo parlare con Melissa Lampton, per favore.»

«Avete un appuntamento?»

«No, ma data la natura della situazione, sono sicura che non sarà necessario.»

«Certo.» Sharon abbassò lo sguardo e prese un telefono. «Accomodatevi, sono sicura che non ci metterà molto.»

Laura si diresse verso un paio di divani dall'altro lato dell'area reception che erano stati posizionati ai lati di un camino ornato.

Un vaso contenente fiori secchi era stato sistemato nel focolare, e Carys si chiese com'era l'edificio quando era una casa di famiglia.

Prese una delle riviste di settore che erano state lasciate su un tavolino accanto a uno dei divani e la sfogliò, cercando di stemperare la sua impazienza.

Quindici minuti dopo, stava camminando avanti e indietro sulla moquette mentre Laura guardava fuori dalla finestra verso la strada, mordicchiandosi un'unghia mentre osservava il traffico che passava.

«Mi dispiace tanto avervi fatto aspettare.»

Carys si voltò al suono della voce e vide una donna in camicetta blu e gonna blu navy che scendeva in fretta le scale verso di loro, i capelli castani tagliati in un caschetto netto che le sfiorava le guance.

La donna tese la mano mentre si avvicinava.

«Melissa Lampton.»

Più anziana di quanto si aspettasse, Melissa emanava un'aria di efficienza che fece sì che entrambe le agenti di polizia venissero rapidamente accompagnate su per le scale e condotte in una sala riunioni sul retro dell'edificio.

Qualsiasi rumore proveniente dalla strada fu bloccato

quando l'assistente personale di Robert Victor chiuse la porta e indicò il tavolo ovale al centro della stanza.

«Accomodatevi. Volete tè, caffè, magari acqua?»

«No, grazie.»

«Bene.» Melissa si rigirò l'anello sulla mano destra. «Di cosa volevate parlarmi?»

«Per favore, si sieda.»

Carys attese che la donna si fosse accomodata su una sedia alla sua sinistra e si assicurò che Laura fosse pronta a prendere appunti.

«Ha avuto notizie di Robert Victor da quando ha parlato con lui giovedì?»

Melissa scosse la testa. «Nemmeno una parola. D'altronde, la ricezione non è granché in quella regione.» Sorrise. «Potranno anche fare un vino favoloso, ma il loro segnale mobile lascia molto a desiderare.»

«Credo che stiamo aspettando una copia del suo itinerario.»

L'assistente personale alzò le mani. «Lo so, e mi dispiace tanto, quando siamo arrivati questa mattina, è risultato che la nostra intranet era fuori uso. Al momento non possiamo accedere a nessuno dei nostri lavori. I telefoni sono stati ricollegati solo mezz'ora fa.»

«Ha una copia cartacea disponibile?»

«No, mi dispiace, abbiamo una politica qui secondo cui nulla viene stampato a meno che non sia assolutamente essenziale.» La bocca di Melissa si contorse. «So che ci dicono che è tutto per il pianeta, ma a volte non posso fare a meno di pensare che sia solo un esercizio di risparmio sui costi.»

«Va bene, riesce a ricordare quali fossero gli accordi per il noleggio dell'auto per il suo viaggio?»

«Uhm... So che voleva qualcosa di speciale per poter viaggiare comodamente. Questa volta guidava lui stesso. Occasionalmente, prenotiamo anche un autista per lui, specialmente se ha in programma di visitare diversi vigneti su un'area vasta e fare degustazioni. Questa volta era da solo, però.»

«Dove è volato?»

«A Parigi. Avrebbe ritirato l'auto anche da lì.»

«Ha il nome della società di noleggio, e magari qualche recapito telefonico?»

«Ho uno dei loro biglietti da visita attaccato allo schermo del mio computer. Aspetti, vado a prenderlo per voi.»

Carys espirò quando la porta si chiuse dietro Melissa e alzò gli occhi al cielo. «Santo cielo. È un lavoro duro.»

Laura si stava mordendo il labbro, gli occhi divertiti. «Alcune persone non hanno proprio il senso dell'urgenza, vero, signora?»

«C'è da chiedersi.»

La porta si aprì e Melissa rientrò di fretta nella stanza. Porse un biglietto da visita sgualcito a Carys.

«Sono loro. Li utilizziamo da due anni.»

«Problemi?»

«No. Sono tra i migliori.»

Carys passò il biglietto a Laura e rivolse nuovamente l'attenzione a Melissa. «A che ora ha parlato con Robert giovedì?»

La donna aggrottò la fronte. «Verso le quattro e mezza, mi sembra di ricordare.»

«Di cosa avete parlato?»

«Voleva che gli inviassi via email alcune informazioni specialistiche da poter condividere con un potenziale cliente quel pomeriggio.» Melissa scrollò le spalle. «Abbiamo le nostre brochure di vendita standard e Robert le porta sempre con sé quando viaggia, ma se viene a conoscenza di un'opportunità non coperta da quelle, possiamo inviargli le informazioni. La maggior parte dei nostri dipendenti che viaggia porta con sé tablet per mostrare ai clienti le nostre potenzialità senza dover trasportare una grande quantità di documentazione.»

«Altro risparmio sui costi?» disse Carys.

Macchie rosse apparvero sulle guance di Melissa. «Suppongo di sì.»

«Ha parlato con lui dopo giovedì?»

Melissa scosse la testa. «No, non ce n'è stato bisogno. Doveva essere qui stamattina. Abbiamo un incontro con un fornitore alle due.»

«Che intende dire? Non l'ha visto?»

«No. Nessuno l'ha visto. Stiamo cercando di chiamarlo da quando le linee sono state riattivate», disse, con un'espressione di confusione che le attraversò il viso. «Non risponde al cellulare, continua ad andare in segreteria.»

CAPITOLO 19

Kay controllò i suoi appunti, poi scarabocchiò un aggiornamento sulla lavagna con grandi lettere maiuscole leggibili a distanza, sottolineando le parole per enfatizzarle dove necessario.

Rimise il tappo al pennarello e fece un passo indietro, osservando l'elenco puntato e le piste d'indagine che stavano cominciando ad assomigliare a una ragnatela di informazioni.

Al centro della lavagna, una fotografia di Alice serviva a ricordare a tutti i presenti cosa fosse in ballo.

E tutti volevano essere di turno quando la bambina fosse stata ritrovata sana e salva.

Kay deglutì. Non avrebbe contemplato un'alternativa, finché non ne fosse stata certa.

Fece una pausa mentre il frastuono di un elicottero sopra di loro fece tremare le finestre, un promemoria che i suoi colleghi in volo stavano facendo tutto il possibile per localizzare Alice.

Sfogliò i documenti che aveva in mano, leggendo gli

ultimi rapporti delle squadre cinofile, di Harry Davis nel suo ruolo di responsabile di casi di grande entità potenzialmente sospetti, e di altri agenti in uniforme che stavano coordinando aree di ricerca più ampie e tenendo i contatti con volenterosi membri del pubblico che richiedevano un'attenta supervisione.

Si morse il labbro. Se si fosse lasciata sopraffare, non sarebbe stata in grado di guidare la sua squadra.

Le sue spalle si abbassarono alla vista delle due donne che le si avvicinavano.

Il turno di quattordici ore e lo stress per la scomparsa di Alice avevano fatto un certo effetto su Carys e Laura, che apparivano entrambe esauste.

Carys si strofinò gli occhi stanchi mentre si avvicinava, ma riuscì a fare un piccolo sorriso. «Buongiorno, capo.»

«Buongiorno. Com'è andata?»

«Melissa Lampton ha confermato di non aver parlato con Robert Victor dopo giovedì pomeriggio, come nella sua dichiarazione originale. Ma abbiamo ottenuto questo.» Mostrò il biglietto da visita dell'autonoleggio. «Li chiamerò questa mattina, Melissa ha detto che Robert ha noleggiato un modello di lusso, quindi deve avere un localizzatore GPS installato per motivi di sicurezza. Speriamo di poterlo localizzare e metterci in contatto.»

«Sai cosa?» disse Kay. «Dallo a me e farò fare la telefonata a qualcun altro. Voi due sembrate distrutte, e avete bisogno di riposare.»

«Ma, capo...» disse Laura.

«È la mia ultima parola.» Kay sorrise per addolcire l'ordine. «Non mi siete di alcuna utilità se siete stanche, e dovete ancora tornare a casa sane e salve. Quante ore sono passate dall'ultima volta che avete dormito, sedici?»

Carys borbottò una risposta, poi alzò le spalle.

«Avete ricavato qualcos'altro dall'assistente di Robert?» chiese Kay.

«Solo che la loro connessione internet e le linee telefoniche sono state fuori uso tutto il weekend, a quanto pare,» disse la detective. «Il che spiega perché non abbiamo ricevuto una copia del suo itinerario.»

«Cosa ne pensate? Credete che sia stato trattenuto da qualche parte?»

«Forse ha una relazione,» disse Laura. Alzò le spalle, poi arrossì sotto lo scrutinio di Kay. «Voglio dire, non sarebbe ansioso di mettersi in contatto con noi se ciò significasse rompere il suo matrimonio.»

«Ottima osservazione,» disse Carys. «Ma sicuramente avrà visto le notizie? La foto di Alice è stata in televisione in tutto il Paese da ieri mattina, e le stazioni radio hanno trasmesso la notizia della sua scomparsa da sabato sera.»

Il terrore fece accelerare il battito cardiaco di Kay mentre un'idea cominciava a formarsi.

Vagò verso la lavagna, interrompendo le sue colleghe a metà frase con un leggero scuotimento della testa, e si fermò davanti ai vortici di scrittura a mano, la sua, quella di Sharp, quella di Barnes, che erano stati aggiunti man mano che le loro indagini crescevano e si diramavano in direzioni diverse.

Un uomo morto.

Una bambina di cinque anni rapita.

E, alla base di tutto, c'era il pensiero che non aveva né un sospettato né un movente.

«Capo!»

La voce di Barnes tagliò attraverso il rumore bianco e il brusio di conversazioni intorno a lei.

«Chi è?»

«Harriet. I risultati delle impronte digitali sono arrivati.»

«Dille di inviarli e faremo controllare a qualcuno nel sistema per confermare che si tratta di Greg Victor.»

«Non è questo, capo, hanno già fatto fare il controllo a qualcuno.»

«Qual è il problema, allora?»

«La nostra vittima non è Greg Victor,» disse Barnes. «È suo fratello. È Robert Victor.»

CAPITOLO 20

Kay strappò il telefono dalle mani di Barnes.

«Harriet? Quanto ne sei sicura?»

«Abbiamo parlato con Lucas, e sono sicura al novanta per cento», disse la responsabile della Scientifica. «Abbiamo trovato un'impronta completa sullo stipite della porta che porta giù nella cabina della barca, e una parziale sotto la finestra vicino alla porta. Abbiamo appena fatto passare i nostri risultati nel sistema e il nome di Robert è risultato corrispondente».

«Grazie, Harriet».

Kay restituì il telefono a Barnes, che mormorò una risposta alla responsabile della Scientifica prima di riagganciare.

«Perché Robert Victor è nel nostro database?»

«Aveva una precedente condanna per guida in stato di ebbrezza dieci anni fa», disse Barnes, con gli occhi che scorrevano sullo schermo. «Ha ricevuto una multa ed è stato sospeso dalla guida per un po', ma nessuna pena detentiva».

«Nell'ufficio di Sharp. Ora. Carys, prendi Gavin e raggiungeteci lì. Laura, scrivi il tuo rapporto e le note della conversazione di questa mattina con Melissa Lampton per favore, e chiedi a Debbie di telefonare all'autonoleggio. Dopo di che, vai a casa e ci vediamo qui alle sette di stasera».

«Sì, signora».

Kay afferrò il suo cellulare dalla scrivania mentre passava, poi tenne aperta la porta dell'ufficio di Sharp per Barnes.

«Quali sono le tue prime impressioni, Ian?»

«Forse i due fratelli hanno avuto un litigio», disse lui, appollaiandosi sul davanzale della finestra, con le braccia incrociate sul petto.

«Un bel litigio», disse Gavin mentre si univa a loro e si lasciava cadere su una delle sedie per i visitatori di fronte alla scrivania di Sharp. Indicò la meno malconcia delle due sedie e attese che Carys si fosse sistemata accanto a lui. «E ancora non spiega perché Robert sia tornato nel Regno Unito senza dirlo ai suoi colleghi di lavoro, o a sua moglie».

Kay camminava avanti e indietro sul tappeto, consapevole che il brusio di rumori dalla sala operativa si era acquietato mentre il resto della squadra metabolizzava le notizie di Harriet.

«Abbiamo localizzato il luogo dove lavorava Greg Victor?» chiese.

«Sì, Harris and Sons. È un mattatoio appena fuori Kegworth», disse Barnes. «Ho parlato con il tizio che lo supervisionava stamattina presto. Ha detto che non c'erano problemi con il lavoro di Greg».

«Allora, perché se n'è andato?»

«Il suo capo ha detto che Greg aveva accennato a qualche problema familiare da risolvere, e che doveva trasferirsi a sud per un po'».

«Nulla dai nostri colleghi di Nottingham che dica il contrario?»

«Assolutamente nulla. È pulito come un bambino appena nato».

«Maledizione». Kay smise di camminare e fissò il tappeto logoro. Controllò l'orologio. «Ok, ecco cosa faremo. Barnes, voglio che tu vada da Annette Victor per darle la notizia. Vedi cosa riesci a scoprire su Greg tramite lei. L'ultima volta che le abbiamo parlato fece intendere che non era del tutto a suo agio con Greg che viveva a casa sua, diceva che pensava sarebbe rimasto solo un paio di settimane. Scopri da lei chi potrebbe aver incontrato in queste ultime settimane, e se qualcuno si è presentato a casa per chiedere di lui. Se era vicino ad Alice, scopri dove altro potrebbe averla portata».

Si interruppe mentre l'elicottero passava di nuovo sopra la città e alzò lo sguardo verso il soffitto. «Si sta nascondendo da qualche parte con Alice, probabilmente spaventato. Non sembra che la morte di Robert fosse pianificata, quindi deve essere fuggito senza rifornimenti o mezzi per accamparsi».

«Chiederò anche ad Annette se ha notato qualcosa che manca dalla casa o da qualche dependance», disse Barnes. «Potrebbe essere tornato indietro per prendere alcune cose prima di ripartire».

«Sembra una buona idea. Gavin, ho bisogno che tu faccia da collegamento con Alistair e Harry e sia pronto ad ampliare l'area di ricerca in base a ciò che Barnes ci riporterà dopo aver parlato con Annette».

«Sì, capo».

«Chiamerò Sharp e gli farò sapere che abbiamo bisogno di convocare urgentemente una conferenza stampa per aggiornare i media sugli ultimi sviluppi», disse Kay. «Con un po' di fortuna riusciremo a trasmetterla in tempo per i notiziari radiofonici del rientro a casa, e poi per il telegiornale delle sei».

Si voltò verso Carys, che sbatté le palpebre e si raddrizzò sotto lo scrutinio di Kay.

«Miles?»

«Sì, capo?»

«È ora che tu vada a casa».

«Ma…»

«Niente discussioni. Hai fatto un ottimo lavoro questa mattina, ma ho bisogno che tu sia riposata e pronta a ricominciare questa sera».

«Va bene». Carys sbadigliò e si alzò dal suo posto.

Kay si mise le mani sui fianchi mentre esaminava i suoi colleghi. «Cazzo. Questo cambia tutto, vero?»

Gavin aggrottò le sopracciglia. «Cosa intendi, capo?»

«Quello che intende», disse Barnes, «è che in questo momento, Greg Victor è il nostro sospettato numero uno per l'omicidio di suo fratello Robert, e per il rapimento di sua nipote. E comunque vada, la stampa si scaglierà contro Annette Victor».

Carys sbuffò mentre si girava verso Kay. «Accidenti. Meglio che fronteggi tu quella conferenza stampa al posto mio, capo».

Kay alzò gli occhi al cielo. «Grazie mille».

CAPITOLO 21

«Questo è oltraggioso.»

Annette Victor stava in piedi nel corridoio di casa sua, con il mento proteso in avanti mentre un agente di polizia in uniforme le passava davanti in fretta con un computer portatile sotto il braccio e un grosso diario da scrivania in pelle.

«Non potete farlo.»

Barnes le posò una mano sul braccio e indicò il soggiorno. «Signora Victor, possiamo accomodarci? Mi dispiace, capisco che questo sia un terribile shock per lei, ma dobbiamo cercare qualsiasi cosa che possa avere attinenza con la morte di suo marito e il luogo dove potremmo trovare suo cognato.»

La donna si tamponò il naso con un fazzoletto di carta accartocciato, le spalle si abbassarono. «Oh, è terribile. Non so cosa fare. Robert era sempre quello bravo a organizzare le cose. Era lui che...»

Si interruppe mentre fresche lacrime le rigavano le

guance e si lasciò guidare da Barnes attraverso la porta fino a una poltrona lontana dalla finestra.

Già una decina di giornalisti si aggiravano presso il muretto basso che separava la casa dal viale più in là, i flash delle macchine fotografiche si riflettevano sulle pareti della stanza mentre uomini e donne si spintonavano per trovare spazio per scattare la foto perfetta della moglie e madre in lutto.

«Bastardi», mormorò Barnes tra i denti, e tirò le tende attraverso la finestra anteriore. «Hazel, puoi dire a uno dei nostri di far allontanare quei giornalisti? Crea un cordone o qualcosa del genere.»

«Capo.» L'agente di coordinamento con la famiglia si precipitò nel corridoio, chiudendo la porta dietro di sé.

Una luce filtrata brillava attraverso le porte francesi all'estremità del soggiorno, illuminando la penombra creata dalle tende chiuse sul davanti, e per un momento Barnes lasciò vagare lo sguardo sul patio e il giardino oltre.

Un'altalena per bambini era stata posizionata al centro di un prato immacolato delimitato da aiuole curate, un acero frondoso che forniva ombra verso il retro della proprietà.

«Adora giocare là fuori», la voce di Annette tremò. «Era solita supplicare Greg di spingerla sull'altalena quando tornava nel pomeriggio.»

Barnes si sedette all'estremità del divano in pelle più vicina a lei. «Tornava da dove?»

«Prego?»

«Lei ha detto "quando Greg tornava nel pomeriggio".»

«Oh.» Agitò la mano davanti al viso. «Solo per dire.»

«Suo cognato usciva spesso?»

Annette arricciò il naso. «No, non proprio. Voglio dire, usciva durante il giorno di tanto in tanto per colloqui di lavoro, suppongo. Ma anche quelli si sono esauriti nelle ultime settimane.»

«Si era registrato come disoccupato?»

«Non credo. Aveva dei risparmi, il lavoro poteva essere atroce, ma il mattatoio pagava bene. Penso sperasse di trovare qualcosa senza dover chiedere aiuto.» Un sorriso tirato le passò sulle labbra. «Robert era uguale. Voleva sempre fare le cose a modo suo. Una volta arrivata Alice, però, decise che avrebbe accettato qualsiasi offerta di lavoro gli fosse capitata.»

«E lei, signora Victor? Lavora?»

«Non al momento, lavoravo come assistente amministrativa prima che nascesse Alice, ma abbiamo deciso che avrei aspettato finché non si fosse ambientata a scuola a tempo pieno prima di tornare. Così risparmiamo sulla babysitter.»

«Il proprietario dell'enoteca, Kenneth Archerton. Andava d'accordo con suo marito?»

Annette strinse le spalle. «Sì, suppongo. Penso avessero dei disaccordi di tanto in tanto, ma tutti ce li hanno, no? Robert era trattato bene lì, detective. Come tutto il personale.»

Barnes abbassò lo sguardo sulle sue mani. «Mi dispiace, signora Victor, ma devo farle questa domanda. Come sono andate le cose qui a casa nelle ultime settimane?»

Affondò nella poltrona, torcendo il fazzoletto di carta tra le dita. «Come le ho detto sabato, c'è stata tensione con

Greg qui. Pensavo davvero che sarebbe rimasto solo un paio di settimane. Robert ed io…» Tirò su col naso. «Beh, abbiamo litigato ultimamente, suppongo.»

«A proposito di cosa?»

«Sciocchezze. Soldi. Il suo lavoro. Gli era stata offerta una promozione, non capitano spesso. Dopo la festa estiva a giugno, a Robert era stato chiesto di assumere un nuovo ruolo. Avrebbe significato più soldi in entrata, per cominciare.» Si asciugò nuove lacrime. «Noi, io volevo iniziare a risparmiare per il futuro di Alice. Le rette delle scuole private qui intorno stanno salendo alle stelle, e poi ovviamente c'è da pensare all'università più avanti.»

«Suo marito non ha accettato la promozione?»

«No, e si è rifiutato di cambiare idea. Non ne voleva sentir parlare.»

«Era preoccupato per e conseguenze che i turni più lunghi avrebbero potuto avere su Alice?» disse Barnes.

«Non lo so.» Annette si alzò dalla sedia e vagò verso la finestra, sbirciando attraverso una fessura nelle tende. «Dio, guardateli. Si sente parlare di queste cose al telegiornale, vero? Non ti aspetti mai di essere tu quello *nel* telegiornale.»

«Ha avuto notizie da Greg dopo venerdì?»

Annette lasciò ricadere la tenda. «Niente.»

«Ha idea di dove potrebbe essere?» disse Barnes. «Sa se aveva un posto dove andare se voleva un po' di pace e tranquillità?»

«Dopo i litigi, intende?» Le labbra di Annette si contorsero. «No. Amava il fiume. Gli piaceva pescare. Penso che da giovane fosse una sorta di osservatore di uccelli. Ho visto dei libri di sopra, guide, quel genere di cose.»

Come previsto, il suono di passi sulle scale raggiunse Barnes.

«Stanno prendendo tutto?» disse Annette.

«Solo ciò che è pertinente alla nostra indagine», disse lui. Controllò i suoi appunti, poi si alzò. «Signora Victor, la mia collega ispettrice Hunter e il nostro ispettore capo investigativo stanno organizzando un'altra conferenza stampa per questo pomeriggio per fornire aggiornamenti sulla scomparsa di Alice. Devo avvertila che daranno la notizia che suo marito è stato assassinato e che suo cognato è ora ricercato in relazione alla sua morte e al rapimento di sua figlia.»

«Oh, Dio.»

«C'è qualcosa a cui può pensare che potrebbe aiutarci a trovarli? C'erano luoghi preferiti dove Greg portava Alice quando faceva da babysitter per voi?»

«Ho già dato tutte queste informazioni a Hazel», disse Annette. «Non riesco a pensare a nessun altro posto.»

«Greg ha ricevuto delle telefonate o qualcuno è venuto a cercarlo mentre alloggiava da voi? Qualcuno che vi ha dato motivo di preoccupazione?»

«No, non che io sappia, almeno. Certamente non è venuto nessuno qui a cercarlo, e se ha fatto delle chiamate, le ha fatte dal suo cellulare. Di solito saliva in camera sua o usciva». Si girò verso le porte finestre. «A volte lo vedevo camminare avanti e indietro con il telefono all'orecchio durante il giorno. Quando Robert tornava a casa e glielo dicevo, mi diceva di non preoccuparmi.

Diceva che probabilmente era solo frustrazione per la mancanza di lavoro, cose del genere».

Barnes si sporse in avanti. «Signora Victor, un'ultima domanda. In tutto il tempo che Greg è stato qui, ha mai avuto la sensazione che potesse fare una cosa del genere? C'è stato qualche indizio che portasse rancore verso di lei o suo marito?»

«No. Assolutamente no. È questo che rende tutto così difficile. Non ho notato nulla del genere», disse Annette, il suo corpo esile tremava. «Lo stavamo aiutando a rimettersi in piedi, e questo è il modo in cui ci ripaga. Non avrei mai dovuto fidarmi di lui. Non avrei mai dovuto farlo entrare in casa mia».

CAPITOLO 22

Kay si coprì gli occhi con una mano mentre il flash di una macchina fotografica scattava troppo vicino al suo viso, e fece una smorfia quando quattro giornalisti le misero gli smartphone sotto il naso.

«Detective Hunter, perché non avete ancora trovato Alice?»

«Il cognato è noto alle forze dell'ordine?»

«Come si sente la signora Victor in questo momento?»

Lanciò un'occhiataccia alla donna che aveva fatto l'ultima domanda, poi la spinse da parte e salì i gradini fino a dove Sharp era in piedi davanti a un leggio di legno.

Un drappo con l'emblema della polizia del Kent era stato steso sul leggio, e l'ispettore capo investigativo stava regolando il microfono mentre lei si avvicinava.

Invece di organizzare la conferenza stampa nella stessa stanza utilizzata sabato, Sharp aveva seguito il consiglio del loro consulente per la comunicazione e aveva deciso di parlare con la stampa fuori dalla stazione di polizia.

«Darà l'impressione che siete troppo occupati a cercare

Alice per parlare con loro, ma che avete bisogno del loro aiuto», aveva detto Joanne Fletcher mentre passava in rassegna gli appunti che aveva preparato per loro.

Lo siamo, e ne abbiamo bisogno, pensò Kay.

Sharp indossava un completo grigio antracite tagliato perfettamente per la sua corporatura, e il suo sguardo severo era chiaro mentre esaminava la folla ai piedi delle scale.

Si voltarono verso la massa di giornalisti mentre una marea di telecamere, microfoni su aste e mani protese che tenevano telefoni si alzava in attesa.

«Grazie per essere venuti con così poco preavviso», iniziò Sharp. «Vorremmo cogliere questa opportunità per aggiornarvi su una serie di sviluppi nella ricerca di Alice Victor».

Un silenzio calò sulla folla sul marciapiede, e Kay ascoltò mentre esponeva le azioni intraprese fino ad allora nello sforzo di trovare la bambina scomparsa. Si sforzò di non stringere i pugni, seppellendo la paura e la frustrazione che minacciavano di emergere, e invece tenne d'occhio i giornalisti mentre Sharp arrivava alla svolta più recente nell'indagine.

«Possiamo confermare che il corpo del padre di Alice, Robert Victor, è stato trovato vicino al luogo del suo rapimento», disse Sharp, «e stiamo attivamente cercando suo fratello, Greg Victor, in relazione alla sua morte e al rapimento di Alice».

Una cacofonia di rumori colpì i sensi di Kay.

Come un sol uomo, la folla si spinse in avanti, una raffica di domande urlate rendeva difficile capire chi stesse parlando.

Sharp alzò una mano, rifiutandosi di parlare finché il rumore non si fosse placato.

«Come stavo dicendo», lanciò un'occhiataccia a un giornalista che aveva aperto la bocca per parlare e poi abbassò la testa, rimproverato, «abbiamo a disposizione fotografie di entrambi gli uomini, e vi chiediamo di condividere l'immagine di Greg Victor con urgenza. Data la natura della morte di Robert, stiamo avvertendo il pubblico di non avvicinarsi a lui, ma di chiamare la nostra linea d'indagine dedicata, o il numero anticrimine se si desidera rimanere anonimi. Bene, domande?»

«Perché non siamo stati informati dell'omicidio sabato?»

Kay fece un passo avanti. «A causa della natura delle ferite riportate dalla vittima, ci è voluto fino ad ora per ottenere un'identificazione definitiva. Come potete immaginare, finché non abbiamo avuto tutte le informazioni a nostra disposizione, non eravamo in grado di renderle pubbliche».

«Pensate che i due fratelli abbiano litigato prima che Greg venisse ucciso?»

«Non intendiamo speculare sulle circostanze durante un'indagine in corso», disse Kay. «Prossima domanda».

«Come è morto Robert Victor?»

«Queste informazioni non verranno rese pubbliche fino alla conclusione delle nostre indagini», disse Sharp.

«Greg Victor ha precedenti per violenza?»

«Non ci risulta», disse Kay. «Anche in questo caso, la nostra indagine è in corso a questo proposito».

Mentre le domande riempivano l'aria e Kay rispondeva

a ciascuna insieme a Sharp, iniziò a notare un numero decrescente di mani alzate.

Sharp alzò la voce. «Questo è tutto quello che abbiamo per voi al momento. Ribadisco che Greg Victor non deve essere avvicinato dai membri del pubblico e che, se lo vedete, dovreste chiamare la nostra linea d'indagine dedicata o il numero anticrimine. Stiamo lavorando sull'ipotesi che Alice sia con lui e possa essere in grave pericolo. Stiamo facendo tutto ciò che è in nostro potere per riportare quella bambina da sua madre. Quando avremo un altro aggiornamento per voi, ve lo faremo sapere. Grazie».

Si voltò e guidò il gruppo attraverso le porte della stazione di polizia, procedendo a passo rapido oltre la reception.

Passando la sua tessera di sicurezza sul tastierino, tenne aperta la porta interna per Kay e poi si fermò ai piedi della scala.

«Che ne pensi?»

Kay incrociò le braccia e si appoggiò al muro. «Penso che ora che il volto di Greg Victor è stato diffuso, sentiremo presto qualcosa. È in zona solo da quattro mesi, è stato disoccupato in questo periodo e non ha amici stretti che Annette conosca. Questo significa che non può ragionevolmente nascondere una bambina scomparsa, non ora. Anche se fosse riuscito a nascondersi da qualche parte con Alice, ora è esposto».

«Hai sentito qualcosa da parte di Hazel? Annette ha fatto commenti su cosa potrebbe aver motivato Greg a uccidere Robert?»

«Niente di niente. Barnes ha detto che sembrava

stordita dalla notizia quando è andato da lei oggi, e certamente non ha potuto offrire risposte sul perché sia successo».

Sharp iniziò a salire le scale. «Abbiamo bisogno di una svolta, Kay. E presto».

«Capo?» Kay si staccò dal muro mentre lui si fermava. «Cosa c'è?»

«E se Greg andasse nel panico? Se scoprisse che abbiamo diffuso la sua fotografia, che sappiamo cosa ha fatto?»

«Allora commetterà un errore», disse Sharp. «E se lo farà, allora uscirà allo scoperto, e speriamo che qualcuno lo avvisti».

«Non è questo che intendevo», disse Kay. «E se decidesse che Alice è un rischio troppo grande? Se la abbandonasse, o…»

«La troveremo, Kay». Sharp riprese a camminare con le spalle rigide. «La troveremo».

CAPITOLO 23

Kay si tolse le scarpe accanto allo sgabello del bancone della cucina, poi scorse con lo sguardo le e-mail sul suo telefono.

«Novità?» Adam entrò dal giardino, con un paio di forbici in mano che lavò sotto il rubinetto e ripose in un cassetto. Si asciugò le mani sul retro dei jeans e si avvicinò fino a posizionarsi dietro di lei, massaggiandole le spalle. «Avrai bisogno di farti vedere la schiena dopo tutto questo. I tuoi muscoli sono troppo tesi.»

«Lo so.» Kay chiuse gli occhi e cercò di rilassarsi sotto il suo tocco. «E no, nessun aggiornamento.»

Era rimasta alla stazione di polizia per guardare il telegiornale delle sei con il resto della squadra, e poi aveva concordato con Sharp di andare a casa per riposare qualche ora. Lui aveva seguito il proprio consiglio, incaricando Barnes di mantenere la supervisione della squadra per altre quattro ore in modo da poter dormire un po' prima di tornare a gestire il turno di notte con Carys.

I pollici di Adam si spostarono alla base della sua spina dorsale, e lei gemette.

«Te l'avevo detto», disse lui. «Fisioterapia per te appena possibile.»

Le diede dei colpetti sulle braccia, poi le baciò i capelli prima di spostarsi verso la porta sul retro.

«Si stanno ambientando le galline?» chiese lei, girandosi sullo sgabello.

«Va meglio.» Sorrise. «Speriamo che nel giro di una settimana o giù di lì si riprendano un po' di più. Devono iniziare a far crescere più piume prima che arrivi il tempo più freddo.»

Prendendo il sacco di mais che aveva aperto, scomparve dalla vista. Poco dopo, Kay lo sentì parlare con le galline mentre gettava un paio di manciate di cibo nel recinto e poi le chiudeva per la notte, al sicuro da ogni pericolo.

Sorrise quando lui tornò. «Hai dato loro dei nomi?»

«Potrei averlo fatto», disse lui, con un'espressione imbarazzata sul viso prima di scoppiare anche lui in un sorriso. «Sì, va bene, l'ho fatto. Mi dispiaceva un po' che non avessero dei nomi. Li fa sembrare animali domestici da ora in poi.»

«A questo punto non le darai in adozione.»

Adam fece l'occhiolino e riempì una brocca di vetro con l'acqua prima di tornare fuori.

Kay prese il telefono, si assicurò che non ci fossero nuovi messaggi, poi lo mise da parte e si alzò dal suo posto. Si occupò di smistare la posta che era stata consegnata quella mattina, gettò tutti i volantini pubblicitari nel contenitore per il riciclaggio sotto il lavandino, e poi avvicinò a sé un taccuino e annotò un promemoria per le provviste da fare al supermercato più tardi quella settimana.

Quando Adam finì fuori, sentì di aver almeno organizzato un aspetto della sua vita, anche se il suo posto di lavoro era come una zona disastrata.

Adam chiuse a chiave la porta sul retro, poi si voltò verso di lei con il viso accigliato. «Mi sono dimenticato di dirtelo, scusa, hanno chiamato i tuoi genitori.»

«Va tutto bene?» Kay sentì la paura nella sua voce e si morse il labbro.

«Niente di cui preoccuparsi. Stavano solo chiamando per farmi sapere a che ora prevedevano di arrivare qui domani pomeriggio.»

«Merda, me n'ero dimenticata.»

Kay tornò allo sgabello e fece roteare il bicchiere di vino in una pozza di condensa. Mesi prima, suo padre era stato portato d'urgenza in ospedale, dove gli era stato successivamente impiantato un pacemaker.

Aveva affrontato una serie di appuntamenti con specialisti nel corso della primavera e dell'inizio dell'estate prima di ricevere il benestare del suo consulente per non tornare a fare altri controlli per altri sei mesi. Era stato estatico, prenotando prontamente una vacanza di due settimane in Francia, anche se aveva dovuto accettare che la madre di Kay si assumesse alcune delle responsabilità di guida.

Kay era stata terrorizzata quando la sua condizione era stata diagnosticata per la prima volta, ma la sua costante ripresa le aveva fatto capire che avrebbe goduto della nuova vita che gli era stata donata.

La sua patologia era anche servita ad avvicinare Kay e sua madre.

Sua madre non era mai stata contenta della sua scelta di carriera, e dopo aver scoperto che un'indagine ingiusta degli Standard Professionali aveva portato Kay ad avere un aborto spontaneo che le impediva di avere altri figli, era stata inconsolabile. Erano state in conflitto per quasi due anni prima che il padre di Kay fosse quasi morto.

«Kay? Stai bene?»

Scosse la testa per schiarirsi le idee. «Scusa. Sì. Stavo solo pensando.»

Adam sorrise, poi rivolse la sua attenzione alla porta aperta del frigorifero. «Pensi di poter gestire qualcosa di un po' più sostanzioso stasera? Ho dei filetti di tonno qui che devono essere mangiati. Potrei prepararli con un'insalata e delle patate novelle.»

«Sembra perfetto, grazie.» Represse uno sbadiglio.

«L'ho sentito.»

«Se pensi che io stia male, avresti dovuto sentire Gavin questo pomeriggio. Credo che Barnes gli abbia vietato di bere caffè. Non sta funzionando bene.»

«Non riesco a immaginare come dev'essere in quella sala operativa al momento», disse Adam, mentre condiva i filetti e scaldava l'olio d'oliva in una padella.

«Hai ragione, non va bene. Soprattutto con la consapevolezza che la vittima era il padre di Alice.» Kay rabbrividì. «Che razza di persona uccide il proprio fratello?»

«Pensi che sia stato lui?»

«Non lo so. È certamente il nostro principale sospettato

finché non riusciremo a mettere insieme tutte le informazioni che abbiamo su entrambi.»

«Domani vai presto?»

«Sì. Pensavo di impostare la sveglia e andare un'ora prima del previsto, giusto per poter leggere alcuni dei nuovi rapporti prima del briefing mattutino e ricevere il passaggio di consegne da Sharp.»

«Non dimenticare che dovevamo portare tua mamma e tuo papà alla tomba di Elizabeth domani pomeriggio. Volevano lasciare dei fiori.»

Incrociò le braccia sul bancone e aggrottò la fronte. «Dovrei chiamare mamma. Disdire. Tornerebbero a casa più velocemente, comunque, se non deviassero qui prima, e risparmierebbe loro la spesa del motel. La camera degli ospiti è un disastro al momento, stavo smistando tutte quelle scatole di libri e cose che volevo donare.»

«La faresti solo preoccupare. Vuole passare del tempo con te. Sarà ancora più determinata a venire qui se cerchi di dissuaderla.»

Kay sospirò. «Odio quando hai ragione.»

CAPITOLO 24

Carys gemette quando una spia rossa lampeggiò sulla stampante e la macchina si arrestò bruscamente.

Sbatté i documenti che stava stringendo nel vassoio di uscita, poi attraversò l'ufficio fino alla scrivania di Debbie e trovò le chiavi dell'armadio della cancelleria. Nel corridoio, prese due risme di carta prima di restituire le chiavi e scrivere un biglietto all'agente di polizia per farle sapere cosa aveva preso.

Debbie West aveva la reputazione di custodire le scorte di cancelleria meglio della Federal Reserve a Fort Knox, e Carys non voleva finire nella sua lista nera.

Infilò un po' di carta nel vassoio della stampante, poi indietreggiò mentre la macchina riprendeva vita e tornò a leggere il rapporto mentre uscivano le pagine rimanenti.

Prima di andarsene per la notte, Kay aveva chiesto a Carys di esaminare più attentamente i datori di lavoro di Robert Victor. Poco impressionata dall'atteggiamento rilassato dell'azienda nel fornire informazioni, l'ispettrice aveva deciso di aggiungere un controllo dei registri finanziari pubblici e delle attività quotidiane dell'azienda alle linee d'indagine che la squadra stava seguendo.

Grata di avere una certa esperienza di lavoro con un investigatore forense in un caso precedente, Carys scoprì che in realtà stava apprezzando la lettura delle informazioni.

Tornando alla sua scrivania con gli occhi incollati alla pagina, tirò fuori la sedia e vi si lasciò cadere mentre finiva di leggere il rapporto.

L'azienda aveva celebrato il suo primo decennio di attività l'anno precedente, e Carys trovò una serie di comunicati stampa sul suo sito web che ne elogiavano i successi.

Originariamente avviata nella cucina della casa del proprietario, l'enoteca si era aggiudicata contratti favorevoli con alcune delle migliori cantine boutique dell'Europa continentale in breve tempo.

Una fotografia del proprietario mostrava Kenneth Archerton come un uomo sulla sessantina con lineamenti abbronzati, la pelle intorno agli occhi raggrinzita mentre posava per la macchina fotografica con un bicchiere di vino rosso in mano.

Vestito con una camicia di chambray aperta sul collo e jeans blu scuro, si appoggiava con nonchalance a una botte di quercia in posizione verticale accanto a rigogliosi filari verdi.

Una leggera brezza gli aveva scompigliato i capelli quando la fotografia era stata scattata contro il sole al tramonto, l'effetto gli conferiva un aspetto sbarazzino.

«È quello il proprietario?» disse Laura mentre camminava dietro la sedia di Carys.

«Sì. Kenneth Archerton».

«Sembra molto soddisfatto di sé».

«Probabilmente sta facendo una piccola fortuna».

«È bello vedere qualcuno che ha successo. Non è facile gestire un'azienda di questi tempi, vero?»

«Vero».

Carys abbassò di nuovo lo sguardo sul suo lavoro. Digitando il nome dell'azienda sul sito web del registro delle imprese, localizzò il recente bilancio presentato per l'attività e prese nota delle attività e passività correnti.

Il commento di passaggio di Laura non era lontano dalla verità: Kenneth Archerton stava andando estremamente bene.

Passò in rassegna i rapporti disponibili sul sito web e prese nota dei progressi dell'azienda. Archerton aveva avuto un inizio difficile, aveva avviato l'enoteca pochi mesi dopo la crisi finanziaria che aveva colpito le imprese a livello mondiale. Era stato frugale, però, assicurandosi sempre che le sue passività fossero gestite. Poi, cinque anni fa, la sua attività aveva avuto un'impennata.

Carys chiuse i dettagli del registro delle imprese e tornò alla pagina web dell'enoteca.

Continuò a scorrere la breve storia dell'azienda riportata accanto alla fotografia di Kenneth, notando che aveva trasformato il suo amore per il vino in un'attività dopo essere stato licenziato dal suo ruolo in una società di intermediazione assicurativa finanziaria.

«"È stata un'idea di mia moglie", ha detto. "Mi ha detto che se volevo continuare a bere i vini che mi piacevano, avrei dovuto trovare un nuovo lavoro"».

Carys sorrise per l'abile strategia di branding. Inserire

sua moglie e un po' di umorismo nella biografia ufficiale dava un approccio più morbido a una proposta commerciale altrimenti arida per fornitori e clienti.

Nessuno dei suoi dipendenti era menzionato sul sito web: una semplice pagina dei contatti forniva un modulo che poteva essere compilato al posto di un indirizzo email, oltre a un numero di telefono principale. L'indirizzo fisico dell'ufficio era stato sostituito con un numero di casella postale, e Carys suppose che non fosse il tipo di attività che incoraggiava i suoi clienti a presentarsi di persona.

Kenneth Archerton la incuriosiva però, e dopo aver messo da parte i rapporti, digitò il suo nome in un motore di ricerca.

Un elenco di risultati fu visualizzato in pochi secondi, e lei scorse verso il basso finché non trovò articoli provenienti da siti di giornali locali.

I primi due link su cui fece clic erano storie basate su comunicati stampa riguardanti nuovi accordi che Archerton aveva concluso per l'azienda. Il linguaggio utilizzato era arido, pieno di gergo aziendale, e accompagnato dalla stessa fotografia in posa sicura usata sul suo sito web.

Carys chiuse le schede e scorse ulteriormente i risultati della ricerca.

Ignorò gli elenchi relativi alle pagine dei social media dell'azienda, ma si fermò quando notò un articolo pubblicato dal *Kentish Times* il Natale precedente.

Gli enotecari celebrano un altro anno di successo con stile.

Carys diede un'occhiata veloce al resoconto, un pezzo pubblicitario sul continuo successo di Kenneth, il sostegno a enti di beneficenza locali e una lista crescente di clienti e accordi redditizi.

Sbadigliò, mosse il mouse per chiudere la pagina, e poi si fermò quando i suoi occhi caddero sulla fotografia di Archerton con alcuni dei suoi dipendenti, tutti con i bicchieri alzati verso la macchina fotografica. Sotto l'immagine erano stampati i nomi di ciascuno di loro.

Un volto familiare la fissava dallo schermo.

«Che diavolo?»

Laura alzò lo sguardo dal suo lavoro. «Che succede?»

Carys puntò il dito contro lo schermo del computer, con il cuore che le batteva forte. «Il capo di Robert Victor, Kenneth Archerton, è suo suocero. Perché Annette non ce l'ha detto?»

CAPITOLO 25

Carys bussò con le nocche sulla porta, e poi premette il campanello per scrupolo.

Dei passi riecheggiarono dall'altra parte prima che Hazel la spalancasse, con un'espressione preoccupata sul viso.

«Tutto bene?»

«Dov'è Annette?» disse Carys, e oltrepassò la soglia con passo pesante. «Devo parlarle.»

«Aspetta.» Hazel chiuse la porta. «Non puoi parlarle visto lo stato d'animo in cui ti trovi. Che succede?»

Carys fece un respiro profondo, espirando lentamente. Frugando nella sua borsa, tirò fuori una copia dell'articolo di giornale e lo consegnò all'agente di coordinamento con la famiglia.

«Questo.»

«Porca miseria.» Gli occhi di Hazel si spalancarono.

«È quello che ho detto anch'io. Ti ha detto qualcosa di suo padre?»

«Niente, no. Ha parlato con lui oggi dopo che

l'ispettrice Hunter se n'è andata, ma non ha menzionato nulla sul fatto che Robert fosse impiegato da lui.»

«Hai idea del perché?»

«No, affatto. Forse ha pensato che lo sapessimo già?»

Carys arricciò il naso. «Mi sembra un po' improbabile.»

«E sua madre? Ha menzionato lei?»

«Ha detto che è morta qualche anno fa. Ora stai meglio? Ti sei calmata un po'?»

«Sì. Scusa.»

Hazel sorrise. «Mi sarei arrabbiata anch'io, non preoccuparti. È fuori in giardino, sul patio. Mi sono appena fatta una tazza di tè. Ne vuoi una?»

«No, grazie, sto bene così.» Carys si avviò verso la cucina e poi aprì la porta sul retro.

Si ritrovò su un ampio patio piastrellato che avvolgeva il retro della casa, schermato su tutti i lati da arbusti che garantivano privacy dalle proprietà vicine.

Un crepuscolo viola-blu abbracciava il cielo serale, il sole stracciava le nuvole in toni rosa e gialli all'orizzonte, e Carys sollevò il mento per osservare un solitario jet passeggeri che tracciava una scia di vapore sopra la casa. In un altro giardino oltre la casa dei Victor, un padre stava chiamando i figli per dire loro di rientrare, con una disperazione palpabile nella voce.

Si chiese quanti altri genitori stessero tenendo d'occhio i loro figli quella sera, magari controllando due volte le serrature delle porte prima di andare a letto.

La scomparsa di Alice aveva aperto una voragine nella comunità, e si domandò se si sarebbero ripresi, o sarebbero rimasti paranoici per sempre.

Annette sedeva dandole le spalle, e Carys percepì un odore di nicotina prima di notare il rivelatore filo di fumo sopra la testa della donna.

«Mi scusi, signora Victor?»

Annette si girò di scatto sulla sedia, con la bocca aperta. «Cristo, mi ha fatto prendere un colpo.»

«Mi dispiace.» Carys mostrò il suo distintivo e si presentò. «Posso unirmi a lei? Avrei alcune domande da farle in merito alle indagini in corso sulla scomparsa di Alice.»

«Si accomodi.» Annette indicò una sedia di vimini abbinata accanto a lei prima di prendere un bicchiere di vino rosso e berne un sorso. Fece una smorfia, poi fece un altro tiro dalla sigaretta prima di tossire. «Di solito non fumo. Queste sono, erano, di Robert. Pensava che non sapessi che fumava. Le ho trovate infilate sul fondo del cassetto della sua scrivania prima. Ho pensato che potessero distendere i miei nervi. Mi diceva sempre che fumava solo perché lo aiutava a rilassarsi.»

Carys posò la borsa sulle pietre del pavimento mentre si accomodava sulla sedia, prendendosi un momento per osservarla.

La donna sembrava rattrappita nei suoi vestiti, una figura minuscola sommersa dalle pieghe di un sottile maglione di cachemire e jeans. Lo smalto sbavato macchiava le dita dei piedi che spuntavano da sandali di pelle color cuoio, e si era legata i capelli in una coda di cavallo morbida che lasciava ciocche ribelli intorno al viso e alle orecchie.

Annette si voltò verso di lei con occhi arrossati e leggermente persi nel vuoto. «Cosa voleva chiedermi?»

«Vorrei sapere di più sul lavoro di Robert. Da quanto tempo lavorava presso i mercanti di vino?»

«Sei anni.»

Carys aggrottò la fronte, ma prima che potesse fare i calcoli mentalmente, Annette parlò di nuovo.

«L'ho conosciuto lì. Ci siamo scontrati, letteralmente.»

«Oh?»

Annette si agitò sulla sedia, si portò la sigaretta alle labbra e inalò. «Stavo dando una mano per alcune settimane lì, lavori d'ufficio e cose del genere mentre una delle assistenti personali era in vacanza. Robert mi è venuto addosso mentre portavo una pila di nuove brochure appena arrivate. Sono volate dappertutto. Mi ha offerto da bere dopo il lavoro per scusarsi.»

«Non ha accettato un lavoro permanente lì?»

La donna emise una risata amara, con il fumo che le usciva dalle labbra. «Dio, no. Non faceva per me.» Contemplò le unghie dei piedi, con la bocca all'ingiù. «No, volevo fare qualcosa di diverso. E poi sono rimasta incinta di Alice qualche mese dopo. Robert è stato il solito gentiluomo e mi ha immediatamente chiesto di sposarlo.»

Carys frugò nella sua borsa e tirò fuori il ritaglio di giornale fotocopiato. «Perché non ci ha detto che suo padre era il capo di Robert?»

Annette scorse con lo sguardo la fotografia, ma non allungò la mano per prenderla.

Una singola lacrima le scivolò sulla guancia mentre si tamponava il naso con un fazzoletto di carta. «Mi dispiace, non ci ho pensato. Ero così sconvolta per Alice, e poi per Robert, che non mi è venuto in mente.»

Carys trattenne la risposta che le venne in mente, e

attese che la donna si ricomponesse prima di continuare con le domande.

«Suo padre e Robert andavano d'accordo?»

«Sì, credo di sì. Non li ho mai sentiti litigare. Papà adora Alice.» Si raddrizzò. «Dice che vuole che un giorno prenda in mano l'azienda, sta già mettendo da parte dei soldi perché vada all'università.»

Annette sbatté le palpebre, poi distolse l'attenzione dalla fotografia.

Carys la mise via.

«Qual è il grado di coinvolgimento di suo padre in azienda?» disse mentre chiudeva la cerniera della borsa.

«Non molto ultimamente. Probabilmente ci va un paio di mattine a settimana. Tende a lavorare da casa.» Fece cadere la cenere dalla sigaretta prima di fare un altro tiro. «Non sta molto bene.»

«Mi dispiace sentirlo.»

Annette alzò le spalle, poi spense la sigaretta sulla suola della scarpa e mise il mozzicone accanto al bicchiere di vino. «È peggiorato all'inizio di quest'anno. Ci sono volute settimane per una diagnosi perché si rifiutava di andare dal medico. Tipico degli uomini, vero?»

Carys non rispose.

«Comunque, è tornato da un appuntamento con il suo medico alla fine di marzo e ci ha detto che aveva la sclerosi multipla. Sta vedendo uno specialista a Manchester, una sorta di trattamento all'avanguardia offerto da una clinica che ha trovato. Non credo abbia molta fiducia in ciò che gli dicono i medici qui. Alcuni giorni sono peggiori di altri, quindi penso sia per questo che preferisce lavorare da casa». Scosse la testa, con tristezza negli occhi. «Papà lo vede come una debolezza. Pensa che se il suo personale lo vedesse così, si preoccuperebbe per il futuro dell'azienda e se ne andrebbe. Non vuole perderli, ha delle brave persone che lavorano per lui».

«Ci sono concorrenti che fanno domande?»

«Non che io sappia. Se devo essere onesta, non sono molto coinvolta sul lato aziendale delle cose». Si tirò le maniche del cardigan sui polsi e rabbrividì. «Credo sia per questo che papà ripone le sue speranze in Alice. Forse avrà più fortuna con la prossima generazione».

«Ha idea del perché Kenneth non abbia menzionato il suo rapporto con Robert quando è stato interrogato nel fine settimana?»

«Non lo so, mi dispiace. Posso solo immaginare che, come me, sia così preso dal rapimento di Alice che non gli sia venuto in mente di menzionarlo. È completamente sconvolto».

La mano di Annette tremava mentre estraeva un'altra sigaretta dal pacchetto e l'accendeva.

«Va bene», disse Carys, alzandosi in piedi. «Grazie per il suo tempo, signora Victor. Troverò l'uscita da sola».

CAPITOLO 26

Dopo un'altra notte insonne, Gavin sbadigliò prima di strofinarsi le mani e gettare lo sguardo sulla serie di oggetti sparsi sul tavolo di fronte a lui.

Era toccato a lui smistare tutto ciò che era stato raccolto e insacchettato nella casa di Robert Victor, compresi gli effetti personali di suo fratello, Greg.

Gavin mise da parte il portatile di Robert e si rivolse ad Andy Grey, l'esperto di informatica forense.

«Non sono sicuro di quanto successo avrai con quello», disse. «Presumiamo che abbia portato con sé il suo computer di lavoro principale, e la squadra di Harriet non l'ha trovato né sulla barca né nel fiume».

«Non preoccuparti», disse Grey. «Potremmo essere fortunati, potrebbe aver salvato tutto il suo lavoro sul cloud, o aver usato questo come una sorta di backup. Ti farò sapere appena avrò qualche novità».

Indicò il telefono cellulare che era stato messo in un sacchetto di plastica per le prove. «Quello è della moglie?»

«Sì. L'abbiamo già clonato così possiamo esaminare le

informazioni», disse Gavin. «Pensavo di riportarglielo questo pomeriggio».

«Se non hai tempo o non riesci a trovare qualcuno che esamini i tabulati telefonici per te, chiamami».

«Grazie».

Mentre Grey lasciava la stanza, Gavin rivolse la sua attenzione alla miriade di documenti che aveva disposto sulla destra del tavolo.

La maggior parte della documentazione era stata recuperata dall'ufficio di Robert Victor e aveva trascorso la mattinata ad organizzarla in diverse pile.

Lo shock della scoperta di Carys secondo cui Robert Victor era stato assunto dal padre di Annette aveva dato nuovo impulso all'indagine, e Kay aveva concluso il briefing mattutino con chiare istruzioni, voleva maggiori informazioni sui loro accordi commerciali entro la fine della giornata.

Gli estratti conto e i dettagli dei conti di risparmio erano stati separati dalle bollette e da altri articoli domestici quotidiani, mentre una terza pila di documenti conteneva tessere di iscrizione a palestre o circoli sociali che i Victor frequentavano. Lettere e altra corrispondenza, sia personale che relativa al lavoro di Robert, si trovavano nell'ultimo gruppo.

Gavin si grattò il lobo dell'orecchio, chiedendosi da dove cominciare.

«Estratti conto», disse una voce alle sue spalle.

Diede un'occhiata oltre la spalla e vide Debbie che avanzava verso il tavolo.

Lei prese la prima pila e cominciò a sfogliarne il contenuto.

«Cosa te lo fa dire?» disse Gavin.

«Esperienza», disse lei, strizzando l'occhio. «Sul serio, questa parte richiederà più tempo, ma almeno potremo vedere se ci sono state transazioni insolite da o verso i loro conti personali».

«Ok, bene, cominciamo allora?»

Gavin prese metà degli estratti conto dalle sue mani, tirò fuori una sedia all'estremità del tavolo e la girò finché non poté appoggiare i piedi sul radiatore sotto la finestra, poi si sistemò per leggere.

Cancellando le voci facilmente identificabili, rate del mutuo, spese per il cellulare, bollette, visite regolari al supermercato, gradualmente si costruì un quadro delle normali spese quotidiane. Oltre a ciò, aggiunse una nota dei regolari pagamenti di stipendio che Robert riceveva.

Alla fine, aveva cancellato la maggior parte delle voci sugli estratti conto che rappresentavano le entrate e le uscite domestiche.

Controllò l'orologio e notò con stupore che erano passate due ore.

«Come sta andando?» chiese, spingendo indietro la sedia e allungando le braccia sopra la testa.

Debbie alzò la testa dal suo lavoro e indicò i documenti davanti a sé. «Ho esaminato tutte le carte fedeltà dei negozi. Non vedo problemi da segnalare, ognuna viene saldata completamente all'inizio del mese per evitare addebiti di interessi. Penso che le abbiano prese solo per ottenere sconti e premi. Tu invece?»

«Ho appena finito di esaminare tutte le cose quotidiane. Non resta molto da fare».

«Facciamo un'altra ora, e poi usciamo a prendere un

panino o qualcosa?» disse Debbie. «Probabilmente avrò bisogno di un po' d'aria fresca a quel punto, mi si stanno incrociando gli occhi a guardare questi».

«Mi sembra una buona idea».

Gavin avvicinò la sedia al tavolo, trovando uno spazio per disporre i restanti estratti conto.

«Sappiamo quando è il compleanno di Alice?» disse.

«Il ventitré giugno», disse Debbie.

«Ok, grazie, almeno questo spiega questo gruppo di pagamenti in uscita». Fischiò sottovoce. «I miei genitori di sicuro non spendevano così tanto per me quando ero piccolo».

«Da quanto mi dice Hazel mi è parso di capire che fosse suo padre ad avere la tendenza a viziarla. Penso che Annette abbia detto di sfuggita che credeva che Alice avesse troppi giocattoli, ma siccome Robert era sempre via per lavoro immagino si sentisse in colpa, forse viziarla era il suo modo di compensare».

Gavin brontolò sottovoce e tornò a concentrarsi sulla documentazione, determinato a finire il compito prima di prendersi una pausa pranzo. Preferiva di gran lunga essere in giro a parlare con le persone o a seguire piste. Stare seduto in una sala riunioni a esaminare lo sfondo finanziario di qualcun altro non era qualcosa che lo faceva sentire come se stesse contribuendo a localizzare Alice o l'assassino di suo padre.

Prese la matita e cominciò a esaminare le voci rimanenti.

Girando la pagina, passò in rassegna le righe cancellate e si concentrò nel trovare le lacune nelle informazioni che avevano a disposizione.

Aggrottò la fronte quando notò un pagamento a quattro cifre che era arrivato sul conto congiunto all'inizio di quell'anno. I dettagli di riferimento della banca per la transazione erano in una stenografia confusa, che non aveva senso per lui.

Gavin allungò la mano verso l'estratto conto del mese precedente, ma non trovò alcuna transazione corrispondente. Frustrato, provò con il mese successivo, e trovò un importo identico che era arrivato a metà aprile.

Ogni mese dopo quello, un importo simile era stato versato sul conto congiunto dei Victor.

«Debbie? Che ne pensi di questo?» Gavin le porse tre degli estratti conto e indicò le transazioni. «Hai idea di cosa significhino quei numeri di riferimento?»

La fronte dell'agente di polizia si corrugò mentre esaminava gli estratti conto.

«Non ne sono sicura. È ovviamente un pagamento elettronico effettuato sul conto, ma ciascuno dei riferimenti è diverso. Potrebbe essere un pagamento proveniente dall'estero forse?»

«E se...» Gavin s'interruppe quando il suo telefono iniziò a squillare. «Pronto? Detective Piper».

«Detective, sono Alan Evershall».

Gavin corrugò la fronte cercando di ricordare il nome, prima che il chiamante parlasse di nuovo.

«Ci siamo incontrati domenica mattina ad Allington, sono il proprietario della *Daisy Lee*».

«Ah, Signor Evershall. Sì, ricordo. Cosa posso fare per lei?»

«In realtà, potrei avere qualcosa per lei».

Gavin si sporse in avanti e spinse via gli estratti conto

bancari, avvicinando il suo taccuino. «Oh? Cos'è successo?»

«Non sono sicuro se sia qualcosa di importante, ma ho pensato che dovessi dirglielo».

«Continui».

«Beh, stavo tornando in bicicletta lungo l'alzaia da Allington questa mattina, di solito faccio la spesa in un piccolo supermercato sulla A20 e torno a casa passando per il castello per variare il percorso. Mi mantiene in salute, capisce?»

«Sì». Gavin trattenne un sospiro e sperò che Evershall continuasse piuttosto che dargli un resoconto dettagliato della sua spedizione di shopping. «Ha visto qualcosa?»

«Credo di sì. Sono tornato sull'alzaia appena dopo i terreni del castello, non ci sono molte barche ormeggiate lì al momento, credo che ci sia una troupe cinematografica questa settimana e i proprietari devono tenere liberi gli ormeggi privati. Ho sentito qualcuno qui al cantiere menzionarlo la settimana scorsa perché tutti i proprietari di barche hanno dovuto ormeggiare da questa parte per un po'. Non sarebbe appropriato ingombrare il paesaggio, vero?»

Gavin ridacchiò e alzò gli occhi al cielo verso Debbie. «Assolutamente no, signor Evershall».

«Giusto, giusto. Quindi a circa duecento metri lungo l'alzaia, andando verso la chiusa, c'è una canoa canadese abbandonata».

«Una canoa?»

«Sì. Se ne vedono alcune in giro, sono davvero economiche da noleggiare e molti ragazzi qui le usano durante l'estate».

«Cosa le ha fatto pensare che questa fosse sospetta?»

«Era stata affondata e spinta tra le canne. Diventano piuttosto alte in questo periodo dell'anno finché il comune non viene a sistemare l'alzaia. Il fatto è che c'era un peluche che galleggiava nell'acqua all'interno, incastrato sotto il traverso, sa, la trave che attraversa il centro della canoa per rinforzare i lati». Evershall fece una pausa, come se stesse mettendo insieme i suoi pensieri. «Certo, potrebbe non essere nulla, ma...»

Gavin iniziò a camminare avanti e indietro sul tappeto. «Dove si trova in questo momento?»

«Di nuovo sulla *Daisy Lee*».

«E la canoa è ancora in acqua vicino al castello?»

«Beh, sì, suppongo di sì. Sono tornato solo da venti minuti. L'avrei chiamata prima, ma ho dovuto mettere i fegatini di pollo in frigorifero altrimenti si sarebbero rovinati con questo caldo. Io...»

«Ha toccato qualcosa nella canoa o ha rimosso il peluche?»

«No, non si preoccupi, ho visto abbastanza di quei programmi polizieschi in televisione».

«Va bene, ottimo. Signor Evershall, le dispiacerebbe tornare dove ha visto la canoa e assicurarsi che nessun altro si avvicini? La raggiungeremo lì il prima possibile».

«Certo, nessun problema».

«Grazie». Terminò la chiamata e si rivolse a Debbie. «Hai trovato investimenti esteri tra questi documenti?»

«Non ancora. Terrò gli occhi aperti».

«E le società di credito edilizio? Robert aveva altri conti, intendo quelli non intestati a entrambi? Da qualche parte da cui potrebbe essere arrivato il denaro?»

«Non ne hanno trovati nel suo ufficio, ma sai bene quanto me che questo non significa che non ne avesse uno da qualche parte».

«È quello che sto pensando. Senti, puoi continuare con questo e ci aggiorniamo più tardi? Devo informare Kay e Barnes di questa pista», disse Gavin, e uscì in fretta dalla stanza.

CAPITOLO 27

Barnes socchiuse gli occhi contro il sole pomeridiano e fissò la fila di veicoli della compagnia di catering, grandi camion articolati e auto assortite che fiancheggiavano la strada stretta che passava davanti al castello.

Scosse la testa. «Non c'è da meravigliarsi che continuino a parlare di quanto costi girare film al giorno d'oggi», disse. «Guarda tutta questa roba».

Gavin sorrise. «Questo è solo per uno spot pubblicitario».

«Davvero? Accidenti».

Il cellulare del giovane detective emise uno squillo, e Barnes attese mentre rispondeva alla chiamata.

Alla sua destra, una coppia di attori posava accanto a una nuova auto sportiva, la cui carrozzeria era stata lucidata e brillava sotto le luci del set che la circondavano.

«Grazie, Hazel». Gavin si avvicinò a lui, riponendo il telefono in tasca. «La squadra di Harriet ha trovato un coniglietto di peluche intrappolato nello scafo della canoa mentre stavamo venendo qui, e hanno scattato una foto.

Annette Victor ha confermato che è simile a quello che Alice aveva portato con sé la mattina della gita in barca. A quanto pare, avevano passato la notte a casa di Kenneth per cena e fatto colazione lì venerdì prima che Greg andasse a prendere Alice per portarla a Tonbridge. Annette ha detto che Alice si è innamorata del coniglio non appena l'ha visto quella mattina e ha insistito perché Greg lo mettesse nella sua borsa per portarlo con sé».

«Merda».

«Detective?»

Barnes guardò attraverso un'ampia distesa di erba rigogliosa verso un agente in uniforme che gli faceva cenno dal sentiero delimitato dal nastro, e diede una gomitata a Gavin.

«Andiamo. Sembra che Harriet sia d'accordo a farci dare un'occhiata ora. Dov'è questo Evershall che ti ha telefonato, comunque? Pensavo gli avessi detto di incontrarci qui».

«Gli agenti in uniforme hanno delimitato il sentiero all'altra estremità, oltre la canoa, quindi ci sta aspettando lì. Ho pensato che potremmo dare un'occhiata alla canoa prima e poi parlare con lui una volta che avremo preso le misure».

Barnes prese il blocco per appunti che l'agente gli porgeva, firmò il suo nome come registrazione dell'accesso alla potenziale scena del crimine, e poi si chinò sotto il nastro.

Nonostante diverse persone avessero utilizzato il sentiero durante il fine settimana, era fondamentale che la squadra mettesse al sicuro qualsiasi prova che potesse rimanere fino a quando non fosse stata recuperata e registrata.

Le sue scarpe sollevavano polvere e sassolini mentre lui e Gavin si affrettavano lungo il sentiero verso un gruppo di specialisti forensi vestiti con tute bianche.

«Quando ho chiamato Harriet mentre venivamo qui, ha detto che avevano fatto un controllo iniziale su questo tratto del sentiero, ma non hanno trovato nient'altro», disse Gavin.

Barnes imprecò sottovoce mentre stava per slogarsi la caviglia sul terreno irregolare. «Non ricordo di aver ricevuto segnalazioni di una canoa rubata, tu? Pensavo che qualsiasi cosa del genere dovesse essere segnalata alla task force».

«No. Forse il proprietario è via in questo momento».

«Prendi nota di far controllare a qualcuno le dichiarazioni che gli agenti in uniforme hanno raccolto dai proprietari delle case tra East Farleigh e Tovil, nel caso».

«Lo farò».

Barnes si fermò a pochi metri da dove Harriet e la sua squadra si erano riuniti, poi si girò e guardò verso il castello, i suoi pensieri si accavallavano l'uno sull'altro.

«Che c'è?» disse Gavin.

«Mi chiedevo... forse Greg non ha rubato la canoa. Forse aveva pianificato di usarla fin dall'inizio».

«Avrebbe senso. Dopotutto, la seconda barca è stata noleggiata a nome di Robert». Gavin riprese a camminare. «Quindi, dovremmo scoprire dove l'aveva nascosta, o con chi si era organizzato per prenderla in prestito».

«Ian, Gavin».

Harriet Baker diede le spalle al suo collega mentre si

avvicinavano, poi fece loro cenno di avvicinarsi. «Abbiamo analizzato la riva del fiume qui, quindi potete dare un'occhiata più da vicino».

«Grazie», disse Barnes.

«Ho lasciato la canoa e tutto il resto in loco mentre vi aspettavamo. Ho pensato che avreste voluto vedere la scena come l'ha trovata il signor Evershall».

«Ottimo», disse Gavin. «L'hai incontrato?»

«Brevemente, è laggiù vicino all'altro cordone».

«Va bene, ci orienteremo qui e poi parleremo con lui».

Barnes seguì Harriet fino al bordo dell'acqua dove due tecnici della Scientifica stavano iniziando a riporre le loro valigette di attrezzature.

Patrick, il fotografo, si fece da parte per lasciarlo passare.

«Caricherò alcune di queste immagini non appena tornerò in laboratorio così avrete qualcosa da mostrare al resto della vostra squadra», disse. «Probabilmente più facile che provare a scattare foto e far cadere il telefono nel fiume».

«Apprezzato, grazie». Barnes guardò verso la sponda opposta. Circa cinque agenti in uniforme si aggiravano sul sentiero, tenendo a bada i curiosi. «I media hanno già fiutato la notizia?»

«No, siamo stati fortunati», disse Harriet. «Abbiamo intenzione di spostare la canoa una volta che l'avrete esaminata e la copriremo con un telo di plastica prima di portarla al rimorchio che abbiamo in attesa».

«Diamo un'occhiata, allora».

Harriet indicò le canne sul bordo dell'acqua. «Dovrete

fare attenzione, la riva è piuttosto scivolosa in alcuni punti».

Barnes prestò attenzione al suo avvertimento. Non gli andava di tornare alla sala operativa con un completo bagnato.

Per cominciare, non avrebbe mai smesso di sentirne parlare da Gavin.

Allungò la mano e trattenne un ciuffo di canne, e scorse la canoa affondata vicino a dove si trovava.

Lo scafo rosso vivo sporgeva dall'acqua bassa di pochi centimetri, e sembrava che qualsiasi tentativo di affondarla non avesse tenuto conto della pendenza del letto del fiume.

Si sporse ulteriormente mentre l'acqua nella canoa formava dei mulinelli, e un coniglietto di peluche azzurro girava nel lieve movimento.

Barnes deglutì, fece un passo indietro e indicò con il pollice oltre la sua spalla.

«Vuoi dare un'occhiata prima che la spostino, Piper?»

«Certo».

Barnes attese sul sentiero e fissò il profilo della canoa.

Da questa angolazione, comprese perché aveva attirato l'attenzione di Evershall.

«L'ha fatto di fretta, vero?» disse Gavin. «Si potrebbe pensare che l'avrebbe spinta in acque più profonde».

«Probabilmente pensava di non avere tempo», disse Barnes. «Grazie, Harriet, andremo a parlare con Evershall e torneremo qui quando avremo finito, ma penso che tu possa iniziare a tirarla fuori dall'acqua. La nostra fortuna con i media non durerà ancora per molto».

Indicò due ciclisti in piedi sul sentiero opposto a pochi

metri dal secondo cordone, entrambi con i telefoni cellulari alzati.

«Dannazione», disse Harriet.

Barnes fece cenno a Gavin di seguirlo mentre la responsabile della Scientifica iniziava a impartire istruzioni alla sua squadra, e si diresse verso Alan Evershall.

«Ti lascio guidare questo interrogatorio», disse mentre si avvicinavano, e tirò fuori il suo taccuino.

«Signor Evershall, grazie per aver aspettato», disse Gavin. «Vuole firmare così possiamo parlare qui?»

Lanciò un'occhiataccia a un gruppo di curiosi che si aggirava vicino al cordone, le loro espressioni avide si trasformarono in delusione mentre lui e Barnes conducevano Evershall in un punto a qualche metro lungo il sentiero del canale.

«Avevo ragione?» disse Evershall. «Ha a che fare con la bambina scomparsa?»

«Siamo ancora nel mezzo delle indagini preliminari, ma ha fatto bene a chiamarmi. Può raccontarci cosa è successo questa mattina? Ha detto che era uscito a fare la spesa?»

«Sì, esatto. Sarei potuto andare al supermercato più piccolo sulla Chatham Road. È più vicino, ma preferisco quello ad Allington. C'è più scelta, e offre un cambio di panorama in bicicletta.»

Gavin annuì, senza dire nulla. Evershall fissava un punto oltre la sua spalla mentre ricordava i dettagli del ritrovamento della canoa, e non voleva interrompere il suo flusso di pensieri. Era meglio lasciare che l'uomo ricordasse cosa era successo con i suoi tempi piuttosto che rischiare di perdere qualche informazione vitale.

«Comunque», continuò, «sono tornato in bicicletta passando davanti al castello, pensando di dare un'occhiata a cosa stavano filmando, avevo sentito qualcuno nel negozio parlarne. Il sentiero del canale non era molto affollato, non si vedono molte persone qui fino all'ora di pranzo, quando apre il pub vicino alla chiusa». Aggrottò la fronte. «Suppongo che stessi fantasticando, pensando solo a cosa dovevo fare sulla barca una volta tornato. Ho visto un lampo di rosso tra le canne mentre mi avvicinavo al punto dove avete visto la canoa. Sembrava così fuori posto che mi sono fermato per dare un'occhiata più da vicino. L'avrei comunque segnalato al guardiano della chiusa, non si può lasciare che una barca urti qualcosa del genere, causerebbe ogni sorta di danni, ma quando ho visto il coniglietto di peluche, ho pensato fosse meglio chiamare voi.»

«Ha riconosciuto la canoa, pensa possa appartenere a qualcuno di qui?»

«No, non l'avevo mai vista prima.»

«Ha sentito parlare di furti in questo tratto nell'ultima settimana?»

«No, e una cosa del genere ci avrebbe messo tutti in allerta. Le notizie viaggiano velocemente qui, specialmente dopo quello che è successo. Tutti i residenti di lunga data sul fiume stanno tenendo gli occhi aperti per quella bambina. Non si parla d'altro.»

«Va bene, grazie, signor Evershall», disse Gavin. «Sa dove trovarmi se vede o sente qualcos'altro.»

«Okay, torniamo in centrale». Barnes chiuse il suo

taccuino mentre Evershall tornava verso il cordone. «Gran parte di questo dipenderà dalla fortuna, non è vero, Piper?»

«Lo so. Lo odio. Se non fosse uscito a fare la spesa, se non avesse preso proprio quella strada per tornare a casa...»

Barnes rallentò mentre si avvicinavano alla squadra della Scientifica, che stava sollevando con attenzione la canoa dal fiume, ogni passo del processo veniva fotografato da Patrick mentre lavoravano.

L'acqua fuoriusciva da un grande foro nello scafo, e Barnes osservò mentre gli ultimi resti di prove venivano raccolti e insacchettati.

«Harriet, appena hai finito di analizzare il giocattolo, puoi provvedere a farmelo inviare?»

«Nessun problema.»

«Grazie.»

«Perché vuoi il coniglietto, Ian?» disse Gavin mentre tornavano verso la macchina.

«Se Alice l'ha perso quando Greg Victor la stava spostando da qui a dove l'ha portata, probabilmente le manca», disse. «Voglio assicurarmi che lo riabbia quando la troveremo.»

CAPITOLO 28

Kay si sporse in avanti sul volante mentre rallentava con l'auto e socchiuse gli occhi per osservare i numeri di ottone fissati su un pilastro di mattoni sul lato destro della strada.

Soddisfatta di aver trovato l'indirizzo giusto, svoltò nel vialetto di ghiaia, abbassò il finestrino dell'auto e allungò il braccio per premere il pulsante di chiamata del citofono sotto i numeri. Mentre aspettava una risposta, osservò i cancelli in ferro battuto e la casa indipendente in stile Tudor oltre di essi.

Travi di legno scuro si incrociavano sulla facciata dell'edificio, in netto contrasto con l'intonaco bianco al piano superiore e i mattoni rossi al piano inferiore che si abbinavano ai pilastri del cancello accanto a lei. Due camini si ergevano nel cielo sopra un tetto di tegole, e riusciva a vedere degli abeti lungo i lati dell'edificio che garantivano la privacy dal vialetto e da eventuali sguardi indiscreti dalla strada.

«Pronto?»

La voce di una donna giunse attraverso il citofono, e Kay si voltò in modo da essere udita chiaramente.

«Ispettrice Kay Hunter. Vorrei parlare con il signor Archerton, per favore.»

«Ha un appuntamento?»

«Si tratta della scomparsa di sua nipote. Speravo non fosse necessario, date le circostanze.»

Un fruscio le giunse alle orecchie, e lei rivolse lo sguardo verso la casa. Non aveva dubbi sul fatto di essere osservata, e come a confermare i suoi sospetti, una tenda su una delle finestre anteriori ricadde al suo posto.

«Venga» disse infine la donna. «Parcheggi sulla sinistra. C'è una porta su quel lato della casa che può usare.»

La linea si interruppe prima che Kay potesse confermare di aver capito le istruzioni, e poi i cancelli si aprirono verso l'interno.

Accelerò non appena ci fu abbastanza spazio per passare, parcheggiò dove le era stato indicato e attraversò la ghiaia fino alla casa.

Si fermò un momento per orientarsi, stimando che la proprietà avesse almeno cinque camere da letto e due salotti. Il giardino anteriore era stato curato nei minimi dettagli e si chiese quanto costasse la manutenzione.

Kay si voltò al suono della porta che si apriva e vide una donna con i capelli grigi fino alle spalle che le faceva cenno.

«Da questa parte.»

Kay si pulì i piedi sullo zerbino, poi entrò. «Grazie. Mi scusi, lei è?»

«Patricia Wells. Sono la badante e la governante del

signor Archerton.» La donna chiuse a chiave la porta e fece cenno a Kay di seguirla attraverso un arco di travi scure simili a quelle sull'esterno della casa. «Attenzione alla testa. Il signor Archerton è nel suo studio questa mattina.»

Kay la seguì in un ampio corridoio e attraverso un folto tappeto fino a una porta a pannelli che rimaneva risolutamente chiusa. Guardò alla sua destra e vide la porta d'ingresso chiusa a chiave e un pezzo di stoffa appuntato alla finestrella a sinistra di essa.

«Giornalisti,» disse Patricia, arricciando il labbro. «È per questo che le ho chiesto di usare la porta laterale.»

«Stanno causando problemi?»

«Non ancora. Ho sentito cosa è successo a casa di Annette, però.» Alzò la mano verso la porta, poi si voltò verso Kay e abbassò la voce. «Il signor Archerton ha giorni buoni e giorni cattivi. Oggi è un buon giorno, ma le chiederei di non stancarlo troppo. È già abbastanza sotto stress al momento, e non ci vorrebbe molto per scatenare una ricaduta.»

«Lo terrò a mente.»

Patricia bussò, e una voce baritonale rispose.

«Avanti.»

La prima impressione di Kay della stanza fu che se avesse avuto i soldi, avrebbe voluto uno studio a casa proprio così.

Librerie dal pavimento al soffitto rivestivano la parete alla sua destra, mentre di fronte a lei un paio di porte finestre si aprivano su un ampio prato, con le tende che ondeggiavano in una leggera brezza. Alla sua sinistra, una grande scrivania di quercia era stata posizionata davanti a un camino, il cui focolare vuoto era colmo di pigne.

«Signor Archerton, questa è l'ispettrice capo Kay Hunter,» disse Patricia.

Kay si avvicinò alla scrivania mentre Kenneth Archerton si alzava faticosamente da una poltrona in pelle color borgogna con l'aiuto di bastoni da passeggio e la scrutava con occhi azzurri penetranti.

A parte la sua evidente difficoltà nel camminare, il suo mento sporgeva in modo sfidante mentre raccoglieva i bastoni in una mano e si appoggiava alla scrivania, i suoi capelli grigi e sottili pettinati all'indietro da una fronte alta.

«Avete trovato mia nipote?»

«Stiamo seguendo diverse piste, signor Archerton. Posso chiederle perché non ha detto ai miei colleghi nel fine settimana che lei era il suocero di Robert Victor?»

La fronte dell'uomo si corrugò per un momento, poi le sue spalle si afflosciarono. «Non l'ho fatto? Evidentemente non stavo pensando lucidamente. Ho risposto alle loro domande il più rapidamente possibile in modo che potessero mettersi alla ricerca di Alice.»

Fece cenno a una sedia di fronte alla sua scrivania e attese che Kay si sedesse prima di rivolgere la sua attenzione alla badante. «Patricia, le dispiacerebbe portarci del caffè?»

«Certamente.»

Passi leggeri precedettero la chiusura della porta dietro la donna, e Archerton si sistemò di nuovo sulla sua sedia. «Patricia è una benedizione. Lavora part-time come governante ma è anche una badante qualificata. Immagino che mia figlia le abbia detto che ho una sclerosi multipla a esordio precoce?»

«L'ha menzionato a uno dei miei colleghi, sì. Ho capito che lavora da casa la maggior parte dei giorni?»

«Vado in ufficio un giorno alla settimana per le riunioni del personale e per firmare eventuali nuovi contratti. Ero a tempo pieno fino a sei mesi fa, quando la mia salute ha preso una brutta piega,» disse Archerton. Sorrise. «Non vorrei che il mio personale pensasse che sto trascurando i miei doveri.»

Kay tirò fuori dalla borsa il suo taccuino e la penna. «Quando ha visto Alice l'ultima volta?»

Archerton si appoggiò allo schienale della sedia come se fosse stato colpito, il suo sorriso svanì.

«Giovedì sera. Greg è venuto a prenderla qui il giorno dopo per portarla sulla barca. È arrivato presto, e io non mi ero ancora alzato, quindi non ho potuto salutarla.»

«Resta spesso qui?»

Fece un cenno verso le porte del patio aperte. «Adora correre sul prato. Qui è al sicuro. Le piacciono le farfalle; mia moglie, quando era viva, aveva piantato ogni tipo di arbusto e fiore per loro, e ho cercato di mantenere questa tradizione. Naturalmente, ora ho qualcuno che viene una volta alla settimana a occuparsi di tutto.»

«Quando ha parlato con Robert l'ultima volta?»

«Lunedì mattina, prima che prendesse il volo. Volevo dargli alcune indicazioni riguardo a un potenziale nuovo cliente.»

«Sembrava preoccupato per qualcosa?»

«Per nulla. Affari come al solito.» Archerton tamburellò le dita sul bracciolo della sedia. «Stavamo pianificando di fare una grigliata nel fine settimana. Domenica, infatti. Volevo avere la mia famiglia intorno a me.» Si interruppe. «Mi scusi. È solo che...»

«Capisco, signor Archerton,» disse Kay, «e mi dispiace se le mie domande sembrano invadenti. Sto solo cercando di capire perché sia successo tutto questo.»

Annuendo, le fece cenno di continuare.

Attese mentre la porta si apriva e Patricia appariva con un vassoio.

La governante dispose una caffettiera, tazze, latte e zucchero prima di ritirarsi nuovamente, e Kay versò il caffè per entrambi.

«Grazie, detective,» disse Archerton mentre lei gli passava il latte. «Ora, cos'altro voleva chiedermi?»

«Com'è il suo rapporto con Greg Victor?»

La sua bocca si contorse. «Non abbiamo un rapporto,» disse. «Ovviamente passa di qui di tanto in tanto se è con gli altri, ma non parlo con lui. Non è proprio tipo di persona con cui vado d'accordo.»

«Le ha mai chiesto lavoro?»

«No. E Robert non ha mai menzionato che fosse in cerca di un impiego.»

«Annette ha detto che viveva con loro da quattro mesi ormai, e che si aspettava che rimanesse solo un paio di settimane.»

«Sì, e non ne era affatto contenta. Ad Annette piace la sua privacy, e anche a me. Posso immaginare che le cose fossero un po' tese.»

«Robert sembrava preoccupato per qualcosa prima di partire?»

Archerton sorseggiò il suo caffè, poi scosse la testa.

«Non credo. Se lo era, non mi ha detto nulla. Pensa che lui e Greg abbiano avuto un litigio o qualcosa del genere?»

«Non sta a me dirlo, signor Archerton. Ha ricevuto richieste di riscatto?»

Lui sbatté le palpebre. «No. No, non ne ho ricevute.»

«E ha qualche idea del perché Greg potrebbe aver preso Alice?»

«No.» Archerton posò la tazza nel piattino con un tintinnio. «Ma se scopro che ha fatto del male ad Alice in qualsiasi modo, detective Hunter, gliela farò pagare.»

CAPITOLO 29

«Come diavolo è possibile che nessuno l'abbia visto?»

Barnes fissava lo schermo del computer con uno sguardo torvo. Nella mano sinistra teneva un foglio stampato con un elenco di punti di ormeggio lungo il fiume Medway, che agitava in aria.

Kay sollevò il mento per guardare oltre il suo schermo verso dove era seduto lui. «Deduco che non hai avuto fortuna?»

«Niente. Zero. Nada». Gettò di lato i documenti, arricciando il labbro con disgusto. «Non c'è modo che Greg sia riuscito a pagaiare con quella canoa attraverso tutta Maidstone senza essere visto. Un venerdì sera? Sai com'è la situazione lungo il fiume in questo periodo dell'anno».

«Affollato», disse Parker mentre distribuiva copie dell'ultimo ordine del giorno per il briefing. «Lo so bene, ero di pattuglia».

«Lungo il fiume?»

«Sì. Non ho visto passare un uomo e una bambina in

170

canoa, però. C'erano i soliti motoscafi e galleggianti che si contendevano lo spazio prima del tramonto, ma non ricordo di aver visto nessuno che potesse essere Greg Victor e Alice».

«E verso mezzanotte? Potrebbe essere riuscito a passare pagaiando senza essere notato».

Parker scosse la testa. «C'era ancora molto traffico pedonale lungo il fiume. Abbiamo esteso la nostra pattuglia oltre il Palazzo Arcivescovile e poi sul ponte fino al centro ricreativo un paio di volte a causa di alcuni gruppi chiassosi che facevano baldoria. Sono abbastanza sicuro che una canoa di passaggio sarebbe rimasta impressa nella mente delle persone, semplicemente perché sarebbe stato pericoloso a quell'ora di notte. Non è per questo che insistono affinché le barche siano ormeggiate entro il tramonto?»

Kay avvicinò a sé la tastiera e digitò qualcosa in un motore di ricerca. «C'erano eventi speciali in programma?»

«No», disse Parker. «C'era solo la solita folla del fine settimana. Immagino che la gente volesse godersi gli ultimi momenti delle lunghe serate. Abbiamo avuto qualche problema in uno dei pub vicino a Fairmeadow, ma nient'altro. Tutto sommato, è stato un turno tranquillo».

«Tanto vale abbandonare quell'idea, allora», disse Kay, e spinse di nuovo via la tastiera mentre Sharp appariva sulla porta. «Radunatevi all'estremità della stanza e inizieremo il briefing. Voglio aggiornamenti da tutti voi, quindi assicuratevi di essere preparati».

Raccolse i suoi appunti e si avviò verso la lavagna.

Sharp la raggiunse mentre stava rivedendo i compiti principali che erano stati elencati, e si allentò la cravatta.

«Non stiamo riuscendo a depennare molto da quella lista, vero? Com'è il morale?»

«Tutti sono frustrati», disse lei, e si voltò verso la stanza mentre la squadra cominciava a radunarsi intorno a loro. «Sono ancora concentrati al cento per cento però, e completamente determinati a trovare Alice».

«Lo sapevo che lo sarebbero stati. D'accordo, prenderò posto e ti lascerò gestire il briefing. Passa dal mio ufficio prima di andare a casa: ti darò un aggiornamento sui livelli del personale per la prossima settimana».

«Grazie».

Kay attese un momento mentre gli ultimi del gruppo si sedevano o si appoggiavano a un muro lì vicino, si assicurò che la squadra del turno di notte fosse al completo e avesse ricevuto una copia dell'ordine del giorno, e poi iniziò. Dopo aver riassunto la conversazione con Barnes e Parker, puntò il dito sulla mappa del fiume, indicando il centro città.

«Prima di passare ad altre questioni, qualcuno ha delle idee su questo?»

Gavin alzò la mano. «Capo, da quando siamo tornati ho esaminato le dichiarazioni che abbiamo raccolto dai residenti lungo il fiume tra East Farleigh e Tovil, oltre a rivedere i registri delle chiamate di venerdì sera. Non abbiamo ricevuto segnalazioni di canoe rubate tra quelle persone. Stavo pensando, però, dato che sappiamo quanto quella parte del sentiero sia affollata di venerdì sera, Greg avrebbe potuto portare Alice in braccio lungo quel percorso, e nessuno avrebbe battuto ciglio. Non era uno sconosciuto che l'ha rapita: lei lo conosceva».

«Nulla è emerso dalle telecamere di sorveglianza»,

disse Debbie, «quindi forse ha lasciato il sentiero prima di arrivare al Palazzo Arcivescovile e ha tagliato per le strade secondarie fino a raggiungere di nuovo il fiume».

«Esatto», disse Gavin. «E poi potrebbe aver visto la canoa ormeggiata da qualche parte e l'ha rubata. A quel punto, sia lui che Alice sarebbero stati stanchi. Se lei avesse fatto una scenata o qualcosa del genere per lo sfinimento, avrebbe attirato l'attenzione della gente».

Kay annuì quando Gavin finì di parlare. «Penso che tu sia sulla pista giusta. Voglio che tu coordini la squadra in uniforme per estendere le loro indagini alle proprietà tra Maidstone e Allington, e se scoprono che qualcuno è in vacanza, facciano tutto il possibile per rintracciarli e chiedere se possiedono una canoa canadese come quella trovata».

«Lo farò, capo».

«Nel frattempo», disse Kay, «dov'è finito quell'itinerario di Robert che stiamo aspettando? Pensavo che Melissa Lampton dovesse inviarcelo via email ieri sera?»

«Ho lasciato un messaggio per lei prima di uscire questa mattina chiedendole di chiamare la sala operativa quando fosse arrivata», disse Carys. «Non l'ha ancora mandato?»

«Non abbiamo avuto notizie da lei», disse Debbie, alzando lo sguardo dal computer. «Nessuno ha registrato una conversazione con lei in HOLMES2 oggi».

«Cazzo», disse Barnes. Attraversò la stanza fino alla sua scrivania e afferrò il cellulare e le chiavi dell'auto. «Andrò lì a prenderlo di persona».

CAPITOLO 30

Kay si lisciò i capelli mentre passava di corsa accanto all'utilitaria parcheggiata alla meglio sul suo vialetto.

Nonostante suo padre insistesse sul fatto che il suo medico gli avesse detto che poteva guidare tranquillamente, la madre di Kay si era autonominata sua autista per accompagnarlo ovunque.

Un sorriso si disegnò sulle labbra di Kay mentre immaginava le conversazioni tra i due mentre suo padre veniva portato in giro.

Il fuoristrada di Adam era parcheggiato davanti al garage, e il familiare odore di fumo di barbecue proveniva dal giardino sul retro mentre girava la chiave nella serratura.

«Sono a casa!»

«Siamo di qua». La voce di sua madre arrivò dalla cucina.

«Va bene, mi cambio prima».

Salì le scale a due a due, gettò i vestiti da lavoro nel cesto della biancheria e indossò un paio di jeans preferiti e una maglietta nera a maniche lunghe sottile prima di legarsi i capelli in una coda di cavallo.

Entrando nel piccolo bagno privato, controllò il suo aspetto allo specchio.

Fortunatamente, non sembrava troppo stanca.

Lei e sua madre avevano timidamente iniziato a ricucire i loro rapporti all'inizio dell'anno; sua madre si era resa conto che nessuna quantità di osservazioni sarcastiche o commenti sprezzanti avrebbe fatto in modo che Kay lasciasse il suo ruolo nella polizia del Kent, e aveva ammesso che la sua rabbia era stata un modo per affrontare la paura di poter perdere Kay per sempre.

Kay non era ancora sicura che sua madre l'avesse perdonata per aver tenuto segreto il suo aborto spontaneo così a lungo, ma stavano facendo lenti progressi, e oggi era la terza volta che si riunivano tutti per un pasto in famiglia nel corso dell'estate.

Abby, la sorella minore di Kay, era ancora perplessa rispetto alla piega che avevano preso gli eventi, ma esprimeva apertamente il suo sollievo per il fatto che la frattura tra sua madre e Kay si stesse rimarginando. Avevano condiviso molte telefonate nel corso dell'estate per monitorare i progressi.

Kay si tamponò un po' di correttore sotto gli occhi per nascondere le occhiaie che si erano formate da quando era uscita di casa quella mattina, e poi scese al piano di sotto.

Posò il cellulare sul piano di lavoro e poi abbracciò sua madre. «Quando siete arrivati?»

«Un paio d'ore fa. Adam era appena rientrato dal lavoro, così siamo andati al supermercato a prendere le cose che voleva per il barbecue». La tenne a distanza di un braccio, scrutandola con lo sguardo. «Come stai? Abbiamo sentito le notizie mentre eravamo via».

Kay si morse il labbro. «Sto bene. Voglio solo trovarla».

Sua madre annuì, ma non disse nulla. In quel momento, suo padre entrò dalla porta che collegava la cucina al garage, con il viso raggiante mentre si dirigeva verso di lei.

«Ecco la mia bambina», disse.

Kay sentì l'aria uscire dai polmoni mentre lui la avvolgeva in un abbraccio da orso. «Piano, papà».

Lui sorrise e allentò la presa.

«Hai un bell'aspetto», disse Kay. «Buona vacanza?»

«Perfetta», disse lui. «Proprio quello di cui avevamo bisogno dopo l'anno che abbiamo avuto».

Si voltarono al suono di un forte chiocciare proveniente dalla porta sul retro, e videro una gallina color sabbia che sbirciava dallo stipite.

«Cosa vuoi, Mabel?» disse il padre di Kay.

«Mabel?» Kay guardò da lui a sua madre. «Avevo detto a Adam che si sarebbe pentito di dar loro dei nomi, così facendo non riusciremo mai a darle via, lo sai com'è fatto. Finiremo per tenerle noi».

Sua madre alzò le spalle. «Tuo padre ha deciso che sembrava una Mabel, Adam aveva già dato il nome alle altre due. Quella marrone là fuori è Gretchen, e quella bianca, be' sarà bianca quando le cresceranno più piume, è Snowball».

«Ho bisogno di un drink».

Ridendo, sua madre prese una scodella di insalata e si diresse verso il giardino.

Kay si voltò quando il suo cellulare vibrò sul piano di lavoro e lo afferrò non appena vide il nome visualizzato.

«Ian?»

«Mi dispiace disturbarti, capo. Ho finalmente ottenuto una copia dell'itinerario di Robert Victor».

«Ottimo lavoro. Dove ti trovi in questo momento?»

«Sto tornando dai suoi uffici».

«C'è qualcosa nell'itinerario che potrebbe aiutarci?»

Alzò lo sguardo mentre sua madre tornava e si dirigeva verso il frigorifero prima di tirare fuori una bottiglia di Sauvignon Blanc e alzare un sopracciglio.

Kay alzò il pollice.

«Ci vorrà un po' di lavoro», disse Barnes, la sua voce si sentiva sopra il rumore del motore dell'auto. «L'inizio della settimana dovrebbe essere facile, dato che sono elencati hotel e potenziali clienti. Sembra che guidasse la mattina e poi incontrasse diversi vigneti o individui nel corso dei pomeriggi. Ci sono meno informazioni sulla seconda metà della settimana, e nessun hotel elencato. Sono annotate solo due località: Le Mans e Laval. Ho dato un'occhiata a una mappa della zona sul mio telefono prima di lasciare i loro uffici».

«Puoi farmi un favore prima di andare a casa? Lascia un messaggio a Carys, dille di chiamare tutti i vigneti tra Le Mans e Laval per scoprire se Robert aveva fissato appuntamenti per visitarli e, in caso affermativo, di organizzare interrogatori il prima possibile per telefono o videoconferenza».

«Lo farò, capo».

«Va bene, Ian, grazie. Vai a casa una volta che avrai consegnato l'itinerario e ci vediamo domani mattina».

Terminò la chiamata e fece scivolare il telefono nella borsa. Quando si voltò, sua madre era in piedi sulla porta con un bicchiere di vino in ciascuna mano e un'espressione interrogativa sul viso.

«Scusa, mamma. Dovevo rispondere».

«Era per la bambina scomparsa?»

«Sì. Grazie». Prese il bicchiere che sua madre le porgeva.

«Pensi che l'abbiano portata in Francia, allora?»

«Cosa? Oh, no. Barnes ha ottenuto l'itinerario della vittima. Era in viaggio di lavoro la settimana scorsa. Stiamo cercando di ricostruire i suoi spostamenti».

«Era un commerciante di vini, vero?» Sua madre arrossì. «L'ho sentito al telegiornale».

Kay sorrise, riconoscendo il timido interesse di sua madre per il suo lavoro. «Esatto, sì».

«È pronto!» La voce di Adam arrivò dal giardino.

«Dai, andiamo a mangiare».

Sua madre si diresse di nuovo verso il giardino, fece un passo di lato mentre una gallina entrava barcollando dalla soglia, chiocciando lievemente prima di infilare il becco in un vaso di origano accanto a un tubo di scarico.

«Beh, sembra che si stiano ambientando, non credi?»

Kay sorrise. «Come puoi vedere, si stanno ambientando. È un bene che le tenga chiuse nel recinto di notte, altrimenti penso che prenderebbero il sopravvento in casa».

«Posso immaginarle sedute sul divano a guardare un film con lui».

Suo padre porse a Kay un piatto pieno di salsicce e bistecca mentre si sedeva su una sedia accanto a lui, poi si voltò di nuovo verso il barbecue e aiutò Adam a servire il resto.

Kay aggiunse una porzione di insalata e una goccia di salsa sul lato del piatto, poi chiuse gli occhi quando il primo boccone colpì le sue papille gustative.

«Oh mio Dio, è buonissimo». Aprì gli occhi e trovò la sua famiglia che le sorrideva, con i piatti pieni. «Che c'è? Ho fame, va bene?»

Adam rise. «È una fortuna che abbia cucinato di più».

Lei mangiò mentre la conversazione si spostava sulla vacanza dei suoi genitori, con Adam che aggiungeva una nota sul suo telefono riguardo a un bed and breakfast che il padre di Kay raccomandava per un futuro riferimento.

«Kay?»

«Sì?» Si voltò verso sua madre.

«Non ho potuto fare a meno di sentire la tua conversazione. Al telefono».

Kay ingoiò l'ultimo boccone e posò le posate prima di appoggiarsi allo schienale della sedia con un sospiro. «Barnes stava indagando sugli ultimi movimenti della nostra vittima, tutto qui».

Le labbra di sua madre si strinsero. «Guarda, non voglio essere invadente, e so che non sono affari miei, ma ti ho sentito menzionare un commerciante di vini e un posto chiamato Laval».

«La nostra vittima era lì per cercare nuovi clienti che vogliono esportare il loro vino qui».

«Ma è proprio questo il punto».

«Cosa?»

«Quella zona che hai menzionato. Non ci sono vigneti lì».

«Dove?» Il padre di Kay interruppe la sua conversazione con Adam.

«Laval», disse la madre di Kay. «Stavo dicendo a Kay, non ci sono vigneti commerciali, vero?»

«No. Nessuno che io ricordi, comunque. Non siamo passati di là questa volta, ma ci siamo stati due anni fa. Abbiamo guidato dritto oltre Le Mans e poi fino a Rennes. Non ricordo di aver visto cartelli per vigneti». Fece l'occhiolino. «Altrimenti tua madre avrebbe insistito per fermarci».

Adam e i suoi genitori risero mentre la madre di Kay dava un colpetto giocoso al braccio di suo marito, ma Kay aggrottò le sopracciglia.

Perché Robert Victor avrebbe visitato una zona senza vigneti?

Kay spinse indietro la sedia. «Scusate, devo fare una telefonata».

CAPITOLO 31

Carys si scostò la frangia dagli occhi, soffiò via una ciocca ribelle e cercò di concentrarsi sull'itinerario che Barnes aveva ottenuto da Melissa Lampton.

Le sembrava che i colleghi di Victor fossero, nel migliore dei casi, disorganizzati, e poteva solo immaginare cosa aveva detto Barnes quando aveva scoperto che l'informazione era disponibile da ventiquattro ore.

Ciò stonava con l'immagine professionale trasmessa dal sito web che aveva visionato la sera prima, e si chiese se gli standard fossero peggiorati da quando Kenneth Archerton si era ammalato.

Sullo schermo di fronte a lei c'era una mappa che aveva trovato della zona dove Robert Victor aveva viaggiato mentre era in Francia. Dopo aver ricevuto una chiamata da Kay che le aveva detto che non c'erano vigneti nella zona visitata da Robert alla fine della settimana, ne aveva stampato una copia e aveva usato un evidenziatore per segnare le principali città lungo il percorso. Iniziò a raccogliere informazioni su ciascuna di esse, seguendo la richiesta dell'ispettrice di indagare su quali attività extracurricolari Robert potesse aver perseguito, soprattutto considerando il suggerimento di Laura secondo cui avrebbe potuto avere una relazione extraconiugale.

Spostò il mouse sullo schermo e selezionò l'opzione per visualizzare la mappa come immagine satellitare, e zoomò più da vicino.

La maggior parte degli edifici che costeggiavano la strada principale del percorso sembravano essere di natura industriale piuttosto che residenziale. Di tanto in tanto, bar a bordo strada si contendevano lo spazio con garage fatiscenti e fornitori di ricambi auto.

Arricciò il naso.

Decisamente nessun vigneto, neanche qui.

Allora perché andarci?

Si voltò al suono di passi e vide Sharp avvicinarsi. «Non ho idea di cosa stesse combinando, capo. Ma Kay ha ragione: non ci sono vigneti da queste parti».

L'ispettore capo investigativo si appoggiò alla scrivania e indicò lo schermo. «Ha visitato vigneti in generale?»

«All'inizio del suo viaggio, sì». Carys prese l'itinerario e girò la pagina. «Ce n'è uno qui a Orléans, che ha visitato lunedì dopo aver ritirato l'auto. Ha pernottato in un motel nelle vicinanze, e poi si è diretto verso un altro martedì mattina. È dopo che le cose sembrano un po' strane».

«In che senso?»

«Beh, all'inizio di questo viaggio mantiene un ritmo piuttosto sostenuto. Laura è riuscita a ottenere le informazioni GPS dalla società di noleggio e ritiene che l'unico modo per riuscire a coprire quella distanza è superare il limite di velocità. È quasi come se stesse cercando di sbrigare i suoi impegni di lavoro prima di queste attività extracurricolari».

«Riesci a ricavare degli indirizzi dai dati GPS?»

«Solo le strade, non l'edificio esatto che potrebbe aver visitato. Non c'era nulla di programmato nemmeno nel navigatore. Ovunque stesse andando, chiunque stesse incontrando, sapeva come arrivarci. Abbiamo solo questi dati perché la società di noleggio installa un localizzatore GPS su tutte le loro auto di fascia alta in caso vengano rubate».

«Cosa dice l'itinerario di Robert per il resto della settimana?»

Carys girò la pagina. «Non molto. Sembra che Melissa abbia prenotato l'alloggio per le prime due notti ma, a parte questo, non ho nient'altro».

«Va bene, allora suggerisco che domani tu faccia andare qualcuno in uniforme all'ufficio per prendere una dichiarazione formale da Melissa Lampton».

Carys girò la sedia per guardare Sharp. «Pensi che avessi ragione, allora? Credi che qualcun altro possa essere stato coinvolto nella morte di Robert?»

«Forse. In ogni caso, dobbiamo scoprire se c'è una correlazione tra quello che hai in mano e dove Robert è effettivamente andato mentre era in Francia. Se necessario, contatta i nostri colleghi a Coquelles e vedi cosa possono dirti su queste zone».

«D'accordo». Carys represse la sua delusione. L'unico problema di lavorare nel turno di notte era perdere i progressi che il resto della squadra faceva durante il giorno.

Sapeva che ciò che stava facendo contribuiva all'indagine, ma invidiava Gavin per la sua posizione nel turno diurno, e i progressi che aveva fatto negli ultimi due giorni in sua assenza.

I suoi occhi si spostarono verso la finestra quando uno degli agenti in borghese aprì le tende, e vide con stupore che il sole era già sorto. Controllò l'orologio.

«Il tempo passa più velocemente di quanto pensi», disse Sharp. «Questo è il problema, no?»

Si raddrizzò, e poi indicò lo schermo del computer mentre il telefono sulla scrivania di lei iniziava a squillare. «Stai facendo un buon lavoro, Carys. Continua così».

«Grazie, capo».

Il telefono iniziò a squillare mentre lui si allontanava, e lei rispose, incapace di nascondere la stanchezza nella sua voce.

«Detective Miles».

«Signora, è il sergente Tasker di Snodland, abbiamo una segnalazione di un possibile avvistamento di Alice Victor».

CAPITOLO 32

Kay allungò ciecamente la mano verso il suo cellulare quando le prime note di una canzone degli Aerosmith la svegliarono di soprassalto.

Accanto a lei, Adam gemette e si girò prima di spingere via le lenzuola e barcollare assonnato verso il bagno.

«Carys. L'avete trovata?»

«Buongiorno, capo. Non siamo sicuri, abbiamo appena ricevuto una chiamata circa un possibile avvistamento vicino a Wouldham Common. Ho pensato che avresti voluto unirsi a noi.»

«Sarò pronta tra dieci minuti.»

«D'accordo, farò in modo che qualcuno ti venga a prendere lungo la strada.»

«Grazie.»

Terminò la chiamata mentre Adam tirava lo sciacquone e rientrava in camera da letto.

«Buone notizie?»

«C'è stato un possibile avvistamento di Alice», disse,

mentre tirava fuori della biancheria pulita da un cassetto e la gettava sul letto. Si sfilò la canottiera, la lanciò nel cesto della biancheria sporca e si affrettò in bagno. «Carys farà in modo che qualcuno mi venga a prendere tra dieci minuti.»

«Ti preparo un caffè da portare via. Hai fame?»

«No, non preoccuparti, mangerò qualcosa più tardi. Grazie.»

Si mise sotto i getti d'acqua calda, si fece una doccia veloce e poi si vestì.

Otto minuti dopo era in piedi nel vicolo fuori casa, con un bicchiere di caffè da asporto in mano, quando un'auto rossa a quattro porte sfrecciò verso di lei girando l'angolo e si fermò con una sgommata.

«Buongiorno, capo», disse Laura.

«Buongiorno. Chi ha fatto la segnalazione?» Kay infilò la sua borsetta nel vano piedi e allacciò la cintura di sicurezza mentre l'agente di polizia svoltava a sinistra alla rotonda per poi sfrecciare attraverso il quartiere residenziale verso la strada principale.

«Un uomo di nome David Sykes. A quanto pare è un appassionato osservatore di uccelli. È salito sul Common sperando di avvistare qualcosa alle prime luci dell'alba, e dice di aver visto un uomo con una bambina. Ovviamente, da lassù ha una vista su tutto il villaggio, attraverso le paludi fino al fiume Medway. Si può vedere per chilometri.»

«Conosci bene il posto?»

«Avevo dei parenti a Meopham, capo. Passavo lì le vacanze scolastiche a gironzolare.»

«Bene. Rimani con me questa mattina, so che hai

appena finito un turno completo, ma mi servirebbe qualcuno che conosce bene la zona in questo caso.»

«Grazie, capo.»

Kay notò che Laura si metteva più dritta sul sedile del conducente mentre scalava marcia e guidava l'auto oltre il campo da golf alla loro sinistra, e ricordò i commenti di Sharp sul coinvolgere l'agente di polizia nella squadra investigativa.

«Quanto tempo ci vuole per ricevere notizie sulla tua domanda per diventare detective?»

«Sei settimane, capo.»

«Hai pensato a qualche specializzazione che vorresti intraprendere dopo aver superato gli esami?»

Laura le rivolse un sorriso. «Questa, capo. Reati gravi.»

Kay sorseggiò il suo caffè e guardò il paesaggio che sfrecciava fuori dal finestrino.

Laura rallentò mentre si avvicinavano alla deviazione per Rochester Road e poi guidò abilmente lungo una strada tortuosa verso il villaggio di Burham. Svoltò a destra qualche chilometro dopo, e l'auto iniziò a salire.

«C'è già una squadra che si sta posizionando qui», spiegò. «Sykes, l'uomo che ha fatto la segnalazione, dice di averli visti camminare lungo il perimetro di un campo vicino ai campi da gioco. L'ispettore capo investigativo Sharp ha altre due squadre in borghese giù nel villaggio.»

Kay aggrottò la fronte. «Mi chiedo se Greg abbia finito il cibo o l'acqua? Sta correndo un rischio avvicinandosi così tanto al villaggio. Ci sono state chiamate ad Annette Victor?»

«Hazel non le ha riferito nulla», disse Laura. «Sharp le

ha detto di non dire niente ad Annette per ora, almeno finché non siamo sicuri..»

Kay si conficcò le unghie nei palmi delle mani. Un possibile avvistamento che coinvolgeva sia Greg Victor che Alice era una buona notizia, soprattutto se la bambina sembrava stare bene, ma non potevano permettersi che l'uomo andasse nel panico una volta avvicinato. Nonostante tutto il lavoro che la squadra aveva svolto dalla scoperta del corpo di Robert, non avevano ancora compreso il movente delle azioni di suo fratello, o accertato che suo fratello fosse responsabile della sparatoria.

Sperava di avere presto le risposte che cercava, e avrebbe insistito per essere presente quando Greg Victor sarebbe stato interrogato.

Espirò e forzò la sua attenzione sul compito più immediato.

Dovevano prima trovarlo.

Laura fece entrare l'auto accanto a un'ambulanza parcheggiata vicino a un tavolo da picnic, e Kay scese.

Vide Carys parlare con un gruppo di agenti in uniforme, si avvicinò per unirsi a lei e le fece cenno di continuare il suo briefing.

La detective mostrò una mappa al gruppo, sforzandosi di tenerla piatta contro la brezza mentre indicava l'area di ricerca.

«David Sykes dice di aver avvistato un uomo e una bambina corrispondenti alla descrizione di Greg e Alice qui», disse, indicando un boschetto di alberi al margine delle paludi. «È un bel po' lontano dal fiume, ma evita la nuova passeggiata lungo il fiume e le zone più edificate ai margini del villaggio. Sykes dice che ci sono alcune case lungo questa zona, e Greg potrebbe aver finito il cibo o l'acqua. Magari sta cercando un posto dove entrare e rubare qualche provvista.»

«Se è laggiù, capo, perché siamo quassù?» disse un giovane agente.

«Abbiamo due squadre giù nel villaggio, ma Greg sarà all'erta per chiunque cerchi di avvicinarsi a lui», disse Carys. «Se tenta di scappare, la nostra posizione qui ci dà due vantaggi. Uno, possiamo osservare dove corre, e secondo, se si dirige da questa parte, possiamo fermarlo.»

«Una cosa che tutti devono tenere a mente è che Alice sarà una bambina molto stanca e spaventata», disse Kay, «quindi spingere Greg in uno spazio dove si sente minacciato è qualcosa che dobbiamo evitare. Se corre, lasciatelo andare, sarà esausto di essere stato nascosto negli ultimi cinque giorni e non durerà a lungo qui fuori. Possiamo seguirlo una volta che è allo scoperto.» Si girò quando un furgone si fermò accanto, con un forte abbaiare proveniente dall'interno. «E non voglio che i cani vengano usati finché non è assolutamente necessario. Non voglio che quella povera bambina venga terrorizzata, chiaro?»

«Sì, capo.»

Il coro di voci si spense, e Kay fece cenno a Carys.

«Va bene per te continuare? Non sei troppo stanca?»

La detective scosse la testa. «Non vorrei essere in nessun altro posto in questo momento, capo.»

CAPITOLO 33

Gavin fissò lo schermo del suo cellulare e imprecò sottovoce.

«Qualche novità?» chiese Barnes.

«Niente.»

«Andiamo allora. Prima lo facciamo, prima potrai tornare a controllare il telefono.»

Arrivati quella mattina nella sala operativa, Sharp aveva fornito a entrambi gli uomini un aggiornamento riguardo al possibile avvistamento di Greg Victor e Alice.

Ansioso di unirsi alle ricerche, Gavin era rimasto deluso quando l'ispettore capo investigativo li aveva incaricati di parlare con i proprietari delle aziende con cui Greg aveva avuto colloqui di lavoro dal suo arrivo nel Kent quattro mesi prima.

«Dobbiamo sapere che impressione hanno avuto di lui», aveva detto Sharp. «Le dichiarazioni raccolte dagli agenti in uniforme forniscono solo la conferma del fatto che ha avuto incontri con loro. Voglio sapere cosa ha detto loro. Più informazioni avremo prima di interrogarlo, meglio sarà.»

Gavin non poteva contestare la logica dell'ispettore capo investigativo, e represse la sua frustrazione per il fatto che, nonostante avesse lavorato quattro turni di notte di fila, era Carys ora a guidare le ricerche di Alice.

Andava d'accordo con la sua collega, ma c'era sempre stata una sottile vena competitiva nel loro rapporto di lavoro. Un anno prima, era convinto che lei avrebbe fatto domanda per il ruolo di sergente detective che era stato pubblicizzato all'interno della squadra di Maidstone, e fu sorpreso dalla sua ammissione di non sentirsi pronta per un tale compito.

«Ehi, Piper.»

La voce di Barnes lo distrasse dai suoi pensieri. Il sergente detective stava tenendo aperta la porta del negozio di tappeti, con un sopracciglio alzato. «Vieni o no?»

«Scusa.»

Gavin lo seguì in fretta, e sbatté le palpebre mentre i suoi occhi si adattavano all'illuminazione artificiale all'interno del negozio.

Un odore travolgente di composti chimici assalì i suoi sensi, l'aria era densa del tanfo di tappeti e moquette nuovi. Alla sua sinistra, rotoli di campioni di moquette erano stati impilati lungo la parete, con tonalità vibranti, finto antico e smorzate che offrivano una pletora di scelte per i clienti del negozio. Pile di tappeti di forme e dimensioni diverse erano state ammucchiate sul pavimento del negozio alla sua destra.

In fondo al negozio, due uomini in maniche corte e cravatta interruppero la loro conversazione e osservarono lui e Barnes che si avvicinavano.

Barnes mostrò il suo distintivo. «Chi è il responsabile qui?»

Il più basso dei due, un uomo sulla quarantina con l'attaccatura dei capelli arretrata e occhiali con montatura metallica, quasi alzò la mano prima di cambiare idea all'ultimo momento e indicarsi il petto.

«Io. Di cosa si tratta?»

«Scusi, il suo nome è?» disse Barnes.

«Clive Morton.»

«C'è un posto dove possiamo parlare in privato?»

Morton si voltò verso il suo collega. «Charlie, puoi chiamarmi se si affolla?»

L'altro uomo annuì bruscamente, con la bocca rivolta verso il basso. «Certo.»

Morton fece cenno a Gavin e Barnes, poi passò oltre una scrivania ad angolo carica di cataloghi e un computer antico, prima di strisciare una tessera di sicurezza su un pannello accanto a una porta sul retro del negozio e tenerla aperta per loro.

«C'è un angolo cucina vicino all'uscita di sicurezza sul lato sinistro», disse. «Possiamo parlare lì.»

Gavin entrò nello spazio angusto, arricciò il naso davanti alle tazze sporche impilate sullo scolapiatti e allo sportello del microonde coperto di macchie, poi si voltò verso Morton e tirò fuori il suo taccuino.

«Di cosa si tratta?» disse Morton. Incrociò le braccia sul petto e si appoggiò allo stipite della porta, spostando lo sguardo da un detective all'altro.

«Greg Victor», disse Barnes. «Sappiamo che ha fatto un colloquio per un lavoro qui. Può confermare quando è stato?»

Morton si grattò il mento. «Pensavo che il nome mi suonasse familiare. È quel tizio che è scappato con quella bambina, vero? Pensavo ci fosse qualcosa di strano in lui.»

«Quando gli ha fatto il colloquio?»

«Deve essere stato circa otto o nove settimane fa. Charlie là fuori è stato il candidato prescelto, e ha iniziato circa un mese fa, quindi sì, otto o nove settimane.»

«Che impressione ha avuto di lui?»

Morton aggrottò la fronte. «Non riesco davvero a ricordare.»

«Ha appena detto che pensava ci fosse "qualcosa di strano in lui"», disse Gavin.

Il volto dell'uomo arrossì. «Era solo un modo di dire. Ricordo che era in anticipo per l'incontro. Io ero in ritardo, tornavo dalla nostra sede centrale ad Ashford, e lui stava girando per il negozio quando sono arrivato. Megan, che lavorava qui quel pomeriggio, ha detto che non aveva parlato molto dopo essersi presentato.»

«Cosa le ha detto del suo precedente impiego?» chiese Barnes.

«Non molto, oltre a quello che c'era già sul suo CV. Insomma, andiamo, uccideva animali per vivere, no? Non sembrava entusiasta della cosa, questo è certo.» Rabbrividì. «Se fossi stato in lui, avrei cercato un nuovo lavoro anch'io.»

«Ha ancora una copia del suo CV in archivio?» Gavin si guardò intorno nell'angolo cucina angusto, ma non vide nessuno schedario.

«Probabilmente no», disse Morton. «La sede centrale si occupa di tutto ciò. Gli unici CV che tengo in archivio sono quelli delle persone che alla fine assumo.»

«Avremo bisogno di un nome e un numero di qualcuno con cui possiamo parlare lì», disse Barnes. «Perché non gli ha dato il lavoro?»

«Perché avevo altri due candidati meglio qualificati», disse Morton. «Avevo l'imbarazzo della scelta.»

Dopo aver concluso l'interrogatorio, Barnes guidò il cammino di ritorno alla macchina e si fermò accanto alla portiera del conducente, lanciando le chiavi da una mano all'altra.

«Beh, nonostante l'affermazione di Kay secondo cui questi interrogatori ci aiuteranno a costruire un quadro su Greg, non posso fare a meno di sentire che è un uomo piuttosto discreto. Non è esattamente mister personalità, a quanto pare, vero?»

«Era solo un colloquio di lavoro», disse Gavin. «A quante persone ricordi di aver fatto un colloquio nel corso degli anni, nonostante il nostro addestramento?»

Barnes fece una smorfia. «Chi è il prossimo sulla lista?»

Gavin controllò i suoi appunti. «C'è un rivenditore di materiali edili a circa ottocento metri da qui in direzione Tonbridge. Secondo la documentazione che abbiamo trovato nella sua stanza a casa di Robert e Annette, Greg ha fatto un colloquio lì all'inizio di agosto.»

«Era solo poche settimane fa.» Barnes spalancò la portiera dell'auto. «Speriamo che si ricordino di più di lui.»

Gavin non disse nulla, ripose il taccuino e poi tirò fuori

il cellulare dalla tasca. Non c'erano nuovi messaggi, nessuna chiamata persa.

Il finestrino del passeggero si abbassò.

«Fidati», disse Barnes, «se trovano Alice, Carys te lo farà sapere. Andiamo.»

Gavin si accigliò e salì in macchina.

CAPITOLO 34

Barnes strinse le dita intorno al volante, digrignò i denti e pregò che il semaforo diventasse verde.

Accanto a lui, Piper scorreva le app sul suo telefono borbottando tra sé e sé. Il giovane agente detective rivolse la sua attenzione alla strada mentre Barnes accelerava di nuovo.

«In che strada si trova questo rivenditore edile?»

«Appena fuori da London Road», disse Barnes, per poi ricadere nel silenzio.

Dovette fare uno sforzo per non fermarsi e controllare il proprio telefono.

Pensare che Alice Victor fosse stata portata tra le paludi da suo zio gli riportò alla mente dolorosi ricordi del rapimento e del quasi annegamento di sua figlia.

Era stata solo la prontezza di un agente di polizia e di un sergente a salvare la vita di Emma. Barnes non sapeva cosa avrebbe fatto se l'avesse persa, o cosa avrebbe fatto all'uomo che l'aveva rapita.

Cercò di reprimere il senso di nausea che sentiva nello

stomaco e promise a sé stesso che avrebbe chiamato sua figlia quella sera una volta finito il turno. Ora che era all'università, le loro conversazioni erano diventate troppo brevi per i suoi gusti. Sospettava che lei lo considerasse a volte opprimente, ma aveva la gentilezza di capire cosa alimentasse le sue paure.

«Cosa?» La voce del suo collega lo distrasse dai suoi pensieri. «Scusa, non ho sentito. Che hai detto?»

Piper indicò fuori dal parabrezza. «È questa svolta a sinistra qui davanti».

«Ok».

Il rivenditore edile occupava un ampio lotto all'angolo dell'incrocio, con l'entrata su una strada e l'uscita sull'altra. Una polvere color sabbia copriva il piazzale di cemento, e Barnes represse un gemito quando vide un uomo che maneggiava una smerigliatrice angolare tagliando lastre di cemento su un lato del cortile vicino al parcheggio.

«Sembrerà che questa macchina abbia attraversato il maledetto Sahara quando ce ne andremo di qui», disse.

Piper sbuffò. «Beh, tu sei il guidatore, quindi tocca a te pulirla».

Barnes alzò gli occhi al cielo, spense il motore e scese. Sbatté le palpebre mentre la brezza sollevava una nuova nuvola di polvere verso di loro, starnutì, poi chiuse la macchina a chiave e si affrettò verso l'edificio delle dimensioni di un magazzino.

Si spolverò una fine polvere dalle spalle mentre Piper lo seguiva tra un paio di banconi di servizio non presidiati, e ignorò l'allegra musica pop che risuonava dagli altoparlanti nelle profondità delle travi d'acciaio che si ergevano sopra la sua testa.

Otto file di alti scaffali correvano da un lato all'altro del negozio, e cartelli appesi alle travi indicavano dove trovare forniture idrauliche, accessori e arredi per il bagno o elettrodomestici per la cucina.

«Un incubo», disse Piper, mentre una famiglia di quattro persone guidata da un padre dall'aria esasperata gli passava accanto, le loro voci litigiose scomparvero dietro un angolo in una fila etichettata "illuminazione".

«Tra qualche anno, sarai tu», disse Barnes. «Un paio di marmocchi ai piedi, moglie che brontola, tutto il pacchetto».

Sorrise mentre il suo collega rabbrividiva, poi notò un uomo con una polo giallo brillante che spingeva un carrello carico di rotoli di carta da parati.

«Mi scusi?»

L'uomo rallentò fino a fermarsi e guardò Barnes dall'alto in basso, poi Piper. «Siete della polizia?»

«Ci chiedevamo se potessimo scambiare due parole con il direttore».

«Stephen? È sul retro. Andate dritto, poi girate a sinistra. Vedrete un ufficio, è lì dentro».

«Grazie».

L'uomo grugnì in segno di riconoscimento, poi si allontanò con il carrello, lo stridio di una ruota che indicava il suo lento progredire mentre Barnes si girava e camminava nella direzione opposta.

Notò una doppia fila di finestre sul retro dell'edificio simile a un magazzino dove il dipendente li aveva indirizzati, e bussò con le nocche sulla porta aperta.

Un ragazzo sui vent'anni dall'aspetto etereo si girò di

scatto dal portatile che stava scrutando e balzò in piedi. «Chi siete?»

Barnes fece le presentazioni. «Stiamo cercando il direttore».

«Sono io. Stephen Francis».

«Davvero?» Barnes si schiarì la gola per nascondere la sorpresa nella sua voce, e si chiese quando tutti avessero iniziato a sembrare così giovani. «Quanti anni ha?»

«Ventinove. Perché?»

«Volevamo parlarle di Greg Victor. Ho capito che ha fatto un colloquio di lavoro qui circa tre o quattro settimane fa».

«Oh. Lui». Francis si lasciò cadere di nuovo sulla sedia e si passò una mano tra i capelli lunghi fino al collo. «Sì, sono un po' contento di non averlo assunto ora. Che incubo sarebbe stato».

«Cosa può dirci di lui?»

«Non molto». Il labbro superiore di Francis si arricciò. «Non credo gli piacesse l'idea di dover rispondere a qualcuno più giovane di lui. Appena mi ha visto, si è come chiuso in sé stesso. Avrebbe potuto svolgere il lavoro, voglio dire, sistemare gli scaffali e usare una cassa non è difficile, ma avevo intuito che sarebbe stato un problema. Ho dato il lavoro a qualcun altro».

«Ha ancora una copia del suo CV?»

«Penso di sì. Aspetti».

Barnes si spostò mentre Francis spingeva indietro la sedia e attraversava il minuscolo ufficio verso un archivio a quattro cassetti nell'angolo della stanza.

Il direttore del negozio si chinò mentre apriva il

cassetto inferiore e frugava tra i contenuti prima di estrarre un documento di due pagine e spingerlo verso di lui.

«Ecco qui».

«Può farci una copia?»

«Può tenere quello. Tanto non lo assumerò ora, no?»

Barnes non rispose, e invece passò in rassegna il contenuto del CV. Corrispondeva esattamente a quello che era stato trovato a casa di Annette e Robert Victor, e non forniva nuove informazioni sul background di Greg.

Resistette all'impulso di sospirare. «Ok, grazie per il suo tempo. La chiameremo se avremo altre domande».

«Hai ragione», disse Piper mentre lasciavano il rivenditore edile e attraversavano il polveroso parcheggio. Finì di sfogliare il CV e poi lo piegò. «Niente di straordinario. Verrebbe da chiedersi perché sia andato così fuori di testa».

«Vero? Voglio dire, rapire sua nipote è dannatamente estremo».

Barnes si fermò mentre il suo telefono iniziava a vibrare nella tasca. Lo tirò fuori e deglutì per contrastare il nodo alla gola mentre leggeva il messaggio.

Il telefono di Piper vibrò un secondo dopo.

«L'hanno trovata», disse Barnes, con la voce roca. «L'hanno trovata, dannazione».

CAPITOLO 35

«Dammi quei binocoli».

Kay li strappò dalla mano tesa dell'agente di polizia accanto a lei, poi li puntò sulla distesa piatta e paludosa sotto il Common.

«Dove?» chiese.

«Trova le porte del campo da gioco», disse Laura, riparandosi gli occhi dalla luce del sole. «Poi spostati in avanti finché non vedi i confini esterni della palude. Ci sono alcuni alberi stentati nel mezzo. Ho visto un lampo di blu tra di essi, e poi un uomo e una bambina».

Kay trattenne il respiro mentre seguiva le sue indicazioni, poi lasciò sfuggire un sussulto.

«Diavolo, Hanway, ottimo avvistamento». Kay restituì i binocoli e prese la radio che Carys le porgeva. «Ho bisogno di due squadre che tornino verso il campo ricreativo ora. Abbiamo un probabile avvistamento nelle paludi, ma non voglio farlo scappare. Dobbiamo pensare alla sicurezza di Alice».

Si voltò verso l'agente Morrison. «Dave, dov'è la

pattuglia fluviale? Ho bisogno di una barca giù alla passeggiata sul fiume, per sicurezza».

«Ci penso io, capo».

Restituendo la radio, incrociò lo sguardo di Carys mentre la detective abbassava il cellulare. «Hai avvisato Barnes e Piper?»

«Sì».

«Bene. Falli tornare alla sala operativa e inizia a telefonare per trovare un agente per l'ascolto protetto dei minori più vicino, disponibile per un briefing non appena Alice sarà stata recuperata. Assicurati che controllino anche le celle, non voglio che Greg Victor tenti di farsi del male mentre è in custodia. Sorveglianza ventiquattr'ore su ventiquattro, capito?»

«Capo».

Carys si allontanò e portò il cellulare all'orecchio, le sue istruzioni ai colleghi furono trasportate dalla leggera brezza che frusciava tra i rami degli alberi sopra la testa di Kay.

L'agente per l'ascolto protetto dei minori sarebbe stata l'unica persona autorizzata a interrogare Alice su ciò che era accaduto sulla barca e sul suo successivo rapimento. Nemmeno alla madre di Alice sarebbe stato permesso di essere presente, ma c'era la possibilità di nominare un intermediario specializzato se Annette lo avesse desiderato.

Kay sapeva quanto sarebbero state vitali le prove di Alice, e che la sua gestione del salvataggio della bambina e del suo ritorno dalla madre sarebbe stata analizzata in modo critico dai suoi superiori, dalla Procura della Corona e dall'avvocato difensore di Greg Victor.

«Chi guida le due squadre di ricerca più vicine?» chiese a un sergente di polizia nelle vicinanze.

«Hughes è laggiù, più vicino al campo ricreativo, capo», disse la donna, «e Tasker si sta spostando verso le paludi dall'estremità inferiore del Common».

Kay alzò la mano alla fronte e si riparò gli occhi dal riflesso del sole che sorgeva sul fiume. Batteva sulla sua nuca, un promemoria che l'estate non era ancora finita e che una bambina era all'aperto, esposta agli agenti atmosferici.

Osservò l'equipaggio dell'ambulanza che stazionava ai margini degli agenti radunati, e deglutì mentre li vedeva controllare la loro attrezzatura e le forniture. Avrebbero avuto tutto il necessario per curare Alice se fosse stato necessario, ma sapeva per esperienza personale che tenersi occupati era anche un modo per contrastare il nervosismo e la paura che qualcosa potesse andare storto.

«Capo, guardi».

La sua attenzione tornò bruscamente alla zona paludosa sottostante la voce del sergente, in tempo per vedere un uomo che conduceva una bambina lontano da un boschetto di alberi.

Le sue spalle erano curve per la stanchezza, eppure, quando la bambina inciampò sul terreno irregolare, non esitò e la sollevò tra le braccia. Trascinò i piedi verso le case che davano sul campo ricreativo, tutto il suo linguaggio corporeo ritraeva un uomo sconfitto.

«Si sta arrendendo», disse Kay. «Fai scendere quella squadra laggiù per disperdersi, non accerchiatelo. Lasciagli un po' di spazio nel caso cambi idea. Non abbiamo idea di quale sia il suo movente, e non voglio che nessuno lo spaventi».

«Ricevuto, capo», disse il sergente, e portò la radio alle labbra.

«Cosa sta succedendo, capo?» Carys apparve alle sue spalle, con il cellulare ancora stretto in mano. «Si sta muovendo?»

«È uscito allo scoperto», disse Kay, indicando la figura che si avvicinava a una siepe dietro una delle porte. «Hai una mappa?»

«Ecco». Carys alzò il telefono, poi ingrandì un'immagine. «C'è un sentiero nell'angolo del campo che porta alla strada».

«Hai sentito?» Kay si voltò verso il sergente accanto a lei.

La donna annuì e trasmise l'informazione, e Kay osservò mentre un terzo gruppo di agenti si riversava sulla strada da un fitto boschetto, eliminando ogni speranza di fuga.

«Carys, hai le chiavi della macchina?»

«Sì».

«D'accordo, portami laggiù. Laura, vieni con noi».

Carys si affrettò verso una berlina blu a quattro porte parcheggiata alla rinfusa dietro due auto della pattuglia, e ingranò la marcia non appena Kay chiuse la portiera e Laura si buttò sul sedile posteriore.

La detective passò il suo cellulare e accelerò superando un ciclista.

Kay afferrò il bracciolo. «Laura, puoi mantenere il contatto radio con Hughes al posto mio? Fagli sapere che sto arrivando».

«Signora».

La campagna sfrecciava oltre il finestrino in un turbine mentre Carys guidava l'auto intorno a una curva stretta che scendeva verso le paludi.

Ordini secchi tra le squadre in uniforme intervallati da scoppi di statica dalla radio si aggiungevano all'ondata di adrenalina che scorreva in Kay.

E se Greg Victor si fosse fatto prendere dal panico?

E se Alice fosse malata? Era per questo che si stava arrendendo?

Un lampo di blu attirò la sua attenzione nello specchietto retrovisore e inclinò la testa fino a quando non riuscì a vedere l'auto della pattuglia nella loro scia.

«Laura? Fai spegnere quelle maledette luci. Non c'è bisogno di annunciare il nostro arrivo».

La voce dell'agente di polizia giunse dal sedile posteriore mentre trasmetteva le istruzioni di Kay, poi si sporse in avanti.

«Fatto. E Hughes dice che hanno un contatto visivo. Sono a circa quattrocento metri da loro».

«Ok».

Kay si aggrappò forte mentre Carys affrontava l'ultima curva e fermava l'auto con una sgommata dietro due veicoli della polizia del Kent in una piazzola di sosta.

«Il campo ricreativo è proprio lì sulla nostra sinistra, capo», disse, e strappò le chiavi dal quadro di accensione.

«Andiamo».

Kay rimase sul ciglio sinistro della strada mentre saliva verso il villaggio, e resistette all'impulso di correre.

Ora aveva tre squadre che circondavano Greg Victor, e non aveva alcun desiderio di spaventare l'uomo. La siepe accanto a lei era un intrico di rovi di more, biancospino e nocciolo, e, mentre si affrettava verso il confine del sentiero che Carys aveva identificato sulla mappa, cercò di guardare attraverso il fogliame.

Era inutile, non riusciva a vedere nulla.

«Laura, assicurati che il volume della tua radio sia abbassato, va bene?» disse voltandosi.

«Sì, signora. Hughes dice che Victor ora è a duecento metri dalla strada. È entrato nel sentiero e si sta muovendo in questa direzione».

Lo stomaco di Kay si contorse. «Alice è ancora con lui?»

«Sì, la sta portando in braccio».

La sua attenzione si spostò bruscamente verso la cima della collina a causa di un trambusto.

Un uomo emerse accanto a un cartello che indicava il campo ricreativo nello stesso momento in cui otto agenti di polizia in uniforme sbucarono da un cancello accanto a una proprietà che confinava con la strada.

Kay riuscì a sentire la voce di Hughes che le arrivava mentre faceva cenno ad Alice.

Le spalle di Greg si afflosciarono mentre abbassava la bambina a terra e alzava le mani.

Alice si strinse al suo fianco, rannicchiandosi dietro la sua gamba destra mentre lui parlava con il sergente di polizia e il resto degli agenti lo circondava, eliminando ogni via di fuga.

«È terrorizzata», disse Kay, e corse verso di loro.

Mentre si avvicinava, lo sguardo di Greg si allontanò da Hughes e la fissò, con gli occhi imploranti.

«Non spaventatela», disse. «Per favore. Non capisce».

Kay esaminò la bambina di cinque anni, notando le macchie d'erba sui jeans, il fango intorno agli orli e i fili strappati del maglione verde che indossava.

Occhi azzurri brillanti splendevano sotto una frangia bionda, e Kay si sforzò di sorridere.

Si accovacciò davanti alla bambina. «Ciao, Alice. Sono Kay».

«Dov'è la mia mamma?»

CAPITOLO 36

Ignorando le grida di Greg Victor, Kay prese Alice tra le braccia e corse verso l'auto di Carys.

La detective aveva già avviato il motore e girato il veicolo, e mentre Kay metteva in sicurezza Alice sul sedile posteriore e le sistemava la giacca accanto per riempire la cintura di sicurezza, Carys le disse da sopra la spalla:

«Ho parlato con Barnes, sta andando a casa di Kenneth Archerton. Gavin si è messo in contatto con Annette, ma la sua casa è ancora assediata dai giornalisti. Non vuole che la reunion avvenga lì, vuole tenere Alice lontana dalle telecamere».

Kay si spostò verso lo sportello del passeggero e salì. «Ok, andiamo. Non la biasimo, saranno come avvoltoi ora».

Gli occhi di Carys si spostarono sullo specchietto retrovisore e sorrise. «Hai abbastanza caldo, Alice?»

Voltandosi verso la bambina, Kay vide che stava guardando fuori dal finestrino, con il pollice in bocca.

I suoi occhi erano spalancati mentre osservava il

paesaggio che sfreccia, poi rivolse lo sguardo ai sedili anteriori.

«Dov'è la mia mamma?»

«Ti sta aspettando, Alice. Ti stiamo portando da lei adesso. Hai freddo?»

«No».

«Va bene».

Il cellulare di Carys iniziò a vibrare nel supporto sul cruscotto, e Kay lo prese.

«Gavin?»

«Capo, abbiamo l'ambulanza che vi segue fino a casa di Kenneth Archerton così possono visitare Alice. Abbiamo anche una specialista in arrivo. Ho chiesto ad Annette di portare un cambio di vestiti per Alice».

«Grazie, Gav. Probabilmente siamo a venti minuti di distanza ora».

«Ci saremo».

L'auto di Carys rallentò dietro una fila di traffico diretta a Maidstone, e Kay represse l'impulso di continuare a voltarsi per controllare Alice. Non voleva dare alla bambina motivo di preoccuparsi e aggiungere confusione a quello che doveva essere già un momento difficile per lei.

Nonostante i vestiti sporchi della bambina, non aveva notato lividi o graffi sul suo viso o sulle mani, ma sarebbe stato compito della soccorritrice che viaggiava al loro seguito condurre un esame approfondito mentre si riuniva con sua madre.

Kay strinse i denti, incerta su cosa avrebbe fatto se fosse emerso che Greg Victor aveva fatto del male a sua nipote in qualche modo.

Poco dopo, Carys rallentò mentre i cancelli della casa

di Kenneth Archerton entravano in vista, e Kay tirò un sospiro di sollievo.

Non c'erano giornalisti appostati fuori, e una volante della polizia era parcheggiata sul ciglio della strada accanto al vialetto. L'autista alzò la mano verso Kay e Carys prima che passassero attraverso i cancelli.

La porta d'ingresso si aprì mentre il loro veicolo scricchiolava sulla ghiaia verso la casa, e apparve Barnes. Il detective più anziano si voltò e fece cenno a qualcuno in casa mentre i cancelli si chiudevano dietro l'auto.

Annette Victor apparve sulla soglia accanto a lui, con la mano sulla bocca.

«Mamma!»

Carys frenò fino a fermarsi al grido di Alice, e Kay balzò fuori dal sedile del passeggero. Spalancò la portiera posteriore prima che Annette inciampasse giù dai gradini d'ingresso verso di loro mentre l'ambulanza svoltava nel vialetto. Dopo aver slacciato la cintura di Alice, Kay sollevò la bambina a terra.

«È qui, Alice. La tua mamma è qui».

Fece un passo indietro mentre un singhiozzo sfuggiva dalle labbra di Annette e la donna si accovacciava sul vialetto con le braccia tese.

La bambina cadde nell'abbraccio di sua madre, e Kay sbatté le palpebre per scacciare una lacrima mentre Annette si alzava con gambe tremanti e stringeva sua figlia al petto.

Le accarezzò i capelli, le passò le dita sul viso, poi si voltò verso Kay.

«Grazie, grazie».

La sua voce si spezzò mentre le lacrime le scorrevano sul viso.

Kay annuì e fece un respiro profondo. «Entriamo? Il personale dell'ambulanza vorrà visitarla per assicurarsi che stia bene».

Annette si voltò mentre la soccorritrice attraversava il vialetto verso di loro, con una borsa di tela in mano.

La bionda minuta si fermò a pochi passi di distanza e attese il segnale di Kay.

Alice si dimenò tra le braccia di sua madre, scalciando, e Annette la mise a terra, mantenendo una presa salda sulla sua mano.

«Certo», disse. «Gli altri sono in cucina, i detective, intendo. E una donna che dice di essere una specialista per questo tipo di situazioni».

«È per assicurarci di fare tutto nel miglior interesse di Alice», disse Kay. «Tuo padre è qui?»

«È dovuto andare in ufficio, c'è stata un'urgenza. Sta tornando. L'ho chiamato non appena ho sentito la notizia».

«Ok, bene, prima che Kenneth arrivi avremo bisogno che tu cambi i vestiti ad Alice, così possiamo prenderli come prova», disse Kay mentre seguiva Annette in cucina. «Poi dovremo organizzare un interrogatorio con Alice domani mattina, finché i suoi ricordi sono ancora vividi».

«Ma…ma non può. Ha bisogno di stare qui con me. Ha bisogno di riprendersi».

«Capisco la tua preoccupazione, Annette, ma la sua testimonianza è vitale per la nostra indagine volta a capire il motivo per cui Greg l'abbia rapita e cosa sia successo mentre erano in fuga». Kay incrociò lo sguardo del responsabile dell'ascolto protetto dei minori. «Bethany qui condurrà l'interrogatorio con Alice. Ha molta esperienza in questo, e tua figlia sarà in buone mani».

Alice scivolò dalla presa di sua madre e si avvicinò alla porta sul retro, con le mani contro i vetri mentre fissava il vasto giardino oltre.

«Ma ci sarò anch'io, vero?» Annette guardò dalla poliziotta bruna a Kay, poi di nuovo indietro.

Bethany si allontanò dal bancone della cucina su cui si era appoggiata, con il viso impassibile. «Avremo una stanza specializzata allestita per interrogare Alice, e la metteremo il più possibile a suo agio. È essenziale che parliamo con lei da soli perché...»

«Ma voglio stare con lei...»

«Signora Victor...»

«Annette».

«Annette, so che è difficile per te, ma c'è il rischio che Alice possa non dirci tutto se sei nella stanza con lei», disse Bethany. I suoi occhi si addolcirono. «Potrebbe sentirsi imbarazzata, o voler evitare che tu senta qualcosa che, altrimenti, mi direbbe se tu non fossi presente nella stanza».

«È molto importante che facciamo questo nel modo giusto», disse Kay. «Come ha detto Bethany, non puoi essere nella stanza con lei. Possiamo farlo solo una volta, quindi dobbiamo assicurarci di farlo correttamente e ascoltare ogni aspetto della storia di Alice».

Annette impallidì. «Pensi che le abbia fatto del male?»

«Se potessi fare in modo che il paramedico qui presente la visiti mentre si cambia, gliene ne sarei grata. Anche Bethany verrà con voi, nel caso dovesse annotare qualcosa». Kay fece un cenno al paramedico che indugiava sulla soglia, con gli occhi pieni di preoccupazione per il fatto che la bambina di cinque anni si era allontanata dalla porta sul retro e ora guardava sua madre, in silenzio.

«Oh». Annette sbatté le palpebre, poi scosse leggermente la testa. «Va bene. Andiamo di sopra, Alice? Togliamo questi vestiti sporchi?»

Alice fece un piccolo sorriso, poi infilò la sua mano in quella della madre e la seguì docilmente fuori dalla cucina.

«Gavin, puoi andare con Lucy e Bethany e aspettare fuori dalla stanza per mettere quei vestiti in un sacchetto?» disse Kay.

«Certo, capo».

Kay fece un respiro profondo mentre le voci si allontanavano lungo il corridoio e su per le scale. «Carys, torna alla stazione e inizia a lavorare sul piano formale dell'interrogatorio, per favore. Chiedi a Fiona Wilkes di assistere, potremmo usare il suo contributo sugli aspetti psicologici di questo caso. Io tornerò con Barnes e Piper».

«Lo farò, capo».

«Poi vai a casa, ti voglio in ufficio alle sette domattina».

La detective annuì, poi schizzò fuori dalla stanza, la porta d'ingresso si chiuse con un tonfo alle sue spalle prima che Kay si girasse verso Barnes e sospirasse.

«Stai bene?» disse lui.

«Sì, credo di sì. Tu?»

La pelle agli angoli dei suoi occhi si increspò. «Adesso sì. È stato un buon risultato, Kay. Dov'è Greg?»

«In custodia alla stazione ormai. Sharp è ancora lì, in effetti, non credo che nessuno sia andato a casa questa mattina. Una volta che avremo messo i vestiti di Alice tra le prove, torneremo. Io interrogherò Greg con Piper, ma vorrei che tu osservassi con Carys».

«Pensi che parlerà?»

«Non l'hai visto alle paludi, Ian. Si è arreso. Cinque giorni in fuga, e poi, niente».

«Forse sta provando un po' di rimorso?»

«Non lo so. È per questo che voglio il contributo di Fiona. Avrà un'idea che noi potremmo non considerare.»

L'esperta di interrogatori lavorava con la Polizia del Kent da diversi anni, fornendo analisi e input per alcuni degli interrogatori più difficili che erano stati condotti, e Kay rispettava l'etica del lavoro della donna. Richiedere il suo aiuto non era un segno di sconfitta, ma un altro modo per assicurarsi di formulare le domande più attentamente quando avrebbe iniziato a parlare con Greg Victor.

Alzò lo sguardo sentendo dei passi leggeri che si avvicinavano alla cucina e vide Alice vestita con jeans puliti e una felpa bianca, i capelli bagnati le incorniciavano le guance.

Un fresco profumo di fragole e ibisco riempì l'aria mentre la bambina vagava verso il tavolo della cucina e si arrampicava su una delle sedie di pino accanto ad esso, i suoi occhi erano pieni di speranza.

«Qualcuno ha fame», disse Annette entrando nella stanza, un sorriso di sollievo le si formò sulle labbra.

«È fantastico», disse Kay. «Prima che andiamo, credo che Ian abbia qualcosa per te, Alice».

Barnes tirò fuori il coniglio blu da dietro la schiena e mimò il suo saltellare sul tavolo verso Alice.

Il viso della bambina si illuminò, un ampio sorriso a

trentasei denti le increspava i lineamenti mentre allungava la mano per prenderlo.

«Thomas!»

Barnes sorrise. «È questo il suo nome?»

«Sì». Alice strinse il coniglio al petto. «Era scappato».

«Ma ora è tornato da te, vero?»

Il suo viso si abbassò, e annuì. Il suo labbro inferiore tremò, e Annette le mise un braccio intorno, tirandola a sé.

«Va tutto bene, tesoro mio. È tutto finito».

Alice si divincolò dall'abbraccio di sua madre e porse il coniglio a Barnes.

«Il mio papà ha detto che dovevo tenere Thomas al sicuro, ma non l'ho fatto».

«Non importa. L'hai ripreso, giusto?» disse Barnes, con la voce carica di emozione.

«Tu l'hai trovato». La bambina spinse il coniglio di peluche verso di lui. «Voglio che tu lo tenga».

CAPITOLO 37

L'ispettore capo investigativo Devon Sharp si fermò nel corridoio fuori dalle sale per gli interrogatori e fece cenno a Kay di aspettare.

«Sono qui dalle sei di ieri sera, quindi sto per andare a riposarmi qualche ora. Prima di andare, voglio che tu sappia quanto sono orgoglioso di te. Sei in questo ruolo solo da diciotto mesi, eppure hai dimostrato a me e ad altri che eri la persona giusta per il lavoro. Larch non avrebbe mai dovuto trattenerti.»

Kay fece un passo indietro. «Grazie, capo. Lo apprezzo.»

«Il merito va dato a chi lo merita, Kay. Hai una grande squadra al piano di sopra, ma è merito tuo per il modo in cui la gestisci. So che anche il Commissario Capo è impressionato.» Si interruppe quando apparve Gavin. «Va bene, ci vediamo domani mattina.»

Il detective annuì all'ispettore capo investigativo mentre usciva, poi consegnò una delle due cartelle manila a Kay.

«Fiona Wilkes ha avuto alcune idee su un paio di domande», disse. «C'è un riassunto in cima per te.»

Kay aprì la cartella e scorse con lo sguardo i suggerimenti dell'esperta di interrogatori. «Questo è buono. Tutti quelli che hanno lavorato qui ieri notte sono andati a casa?»

«Sì», disse lui. «Persino Carys.»

«Meno male, sembrava uno zombie a casa di Archerton.»

Gavin indicò verso la sala interrogatori. «Pronta, capo?»

«Ci puoi scommettere. Fai strada.»

Gavin aprì la porta della sala interrogatori numero tre e si fece da parte per farla passare. Fece cenno a un agente in uniforme di lasciare lo spazio, e Kay osservò la figura abbattuta accasciata su una delle sedie di plastica che circondavano un tavolo di metallo.

Greg Victor era stato ridotto a una creatura patetica. Da quando era arrivato alla stazione di polizia, i suoi vestiti erano stati presi per l'analisi forense ed era stato sottoposto a una perquisizione corporale completa prima che venissero prelevati i campioni di DNA.

Ora, sedeva in una tuta di carta sgualcita e copriscarpe, con i capelli bagnati dritti in testa e cerchi scuri sotto gli occhi.

Abbassò lo sguardo sulle sue mani intrecciate quando Kay tirò fuori una sedia di fronte a lui, e lei notò che le sue unghie erano state rosicchiate fino all'osso.

Mentre Gavin premeva il pulsante "registra" sulla macchina accanto a lui e recitava l'avvertimento formale, Greg sussultò e si agitò sulla sedia.

Accanto a lui, il suo avvocato allentò la cravatta, evidentemente rassegnato al fatto che sarebbe stata una lunga giornata.

«Dichiari il suo nome completo e indirizzo per la registrazione, per favore», disse Gavin.

Greg Victor balbettò la sua risposta, poi si passò il dorso della mano sulla bocca.

«Da quanto tempo vive a quell'indirizzo?»

«Dalla fine di maggio.»

«E dove si trovava prima di allora?»

Greg fece un respiro tremante e confermò l'indirizzo della sua ex moglie a Nottingham. «Ci siamo separati. L'ho sorpresa mentre mi tradiva. Mia figlia, Sadie, vive con lei.»

«Parliamo di cosa è successo venerdì scorso», disse Kay. «A che ora ha lasciato la casa di Kenneth Archerton con sua nipote, Alice?»

«Verso le otto.» Greg si schiarì la gola e abbassò lo sguardo sulle sue mani. «Sì, le otto. Avevo noleggiato la barca dalle dieci, e sapevo che il traffico sarebbe stato lento se avessi attraversato la città a quell'ora del mattino.»

«Perché Alice era a casa di Kenneth?»

«Lei e sua madre avevano dormito lì la notte prima.»

«Perché ha portato Alice con lei?»

«Le avevo promesso che l'avrei portata sul fiume prima che iniziasse la scuola. Ha sentito che ne parlavo a un barbecue qualche settimana fa e ha continuato a insistere.» Alzò la testa. «Annette e Robert erano d'accordo. Facevo da babysitter per loro saltuariamente da quando sono venuto qui. Aveva un giubbotto di salvataggio.»

«Dove ha noleggiato la barca?»

«Da Toppings. Ho visto la loro pubblicità sui social media. Sono a Tonbridge.»

«A che ora siete partiti da Toppings?»

«Erano passate le dieci quando ho finito la procedura di consegna con loro e mi sono assicurato che Alice capisse i pericoli. Ci siamo fermati per pranzo a Yalding.» Si strofinò un occhio con una nocca, poi abbassò la mano sul tavolo, con il pugno chiuso. «Sta bene? Ho cercato di assicurarmi che stesse al caldo, e abbiamo finito il cibo solo questa mattina. Ha perso il suo coniglio. È blu, l'avete trovato?»

«L'ha toccata in qualche modo?» disse Gavin.

«Cosa?» Gli occhi di Greg si spalancarono, poi afferrò il bordo del tavolo e guardò con disprezzo il detective. «No, dannazione, non l'ho fatto. È mia *nipote*. Che tipo di mostro pensa che io sia?»

«Il genere di mostro che rapisce una bambina e scompare per cinque giorni, lasciando sua madre traumatizzata.»

«Non l'ho toccata. Non le ho fatto del male. Stavo solo cercando di tenerla al sicuro.»

«Se stava cercando di tenerla al sicuro, perché non è andato alla polizia? Perché scappare?»

«Guardi, so che è stato stupido. Avrei dovuto venire da voi, ma quando ho sentito quello sparo, ho capito che dovevo portare Alice via da lì il più velocemente possibile. Solo ieri mi sono reso conto che probabilmente avevo peggiorato le cose.»

«Ha sparato a suo fratello?»

«No!»

«Da chi stava cercando di proteggere Alice?» disse Kay.

«Non lo so», disse. «Robert è arrivato quella notte e ha detto che c'era un problema. Mi ha detto di portarla via dalla barca.»

«Aspetti», disse Kay, aggrottando la fronte. «Torniamo indietro. Ha detto che vi siete fermati per pranzo a Yalding. Cosa è successo dopo?»

Un triste sorriso attraversò i lineamenti di Greg. «È stato un pomeriggio perfetto. Solo poche barche sul fiume tra lì e Teston. Alice ha visto le altalene vicino all'area picnic prima del ponte e voleva andare a giocare; quindi, ho ormeggiato lì per un'ora circa. Alla fine si è annoiata, quindi siamo ripartiti. L'ho fatta stare dentro quando siamo passati attraverso la chiusa perché non potevo tenerla d'occhio e aprire e chiudere i cancelli, ma a parte quello era felice di stare sul ponte con me. Le piace avvistare le arvicole d'acqua.»

«Quando l'ha contattata Robert?»

Il viso di Greg si rabbuiò. «Mi ha telefonato poco prima che arrivassimo a Barming. Ero sorpreso: era stato in Francia tutta la settimana e non sarebbe dovuto tornare fino a sabato. Mi ha detto che era rientrato quella mattina con il traghetto a Dover e che aveva bisogno di vedere Alice. Gli ho detto che sarei tornato la mattina dopo, ma lui ha insistito sul fatto che si trattava di un'emergenza». Sospirò. «Sembrava arrabbiato e spaventato. A quel punto, Alice mi stava guardando in modo strano perché poteva sentire la sua voce, quindi gli ho detto di incontrarci alla chiusa di East Farleigh. Sapevo che avrei dovuto ormeggiare poco dopo per la notte, e Alice stava iniziando ad avere fame; quindi, ho pensato che tanto valeva che Robert si unisse a noi per cena».

«A che ora siete arrivati a East Farleigh?»

«Quando siamo passati attraverso la chiusa erano quasi le sei e mezza. La maggior parte del traffico dei pendolari era già passato sul ponte e le cose cominciavano a tranquillizzarsi. Mentre controllavo le cime d'ormeggio sono passate un paio di persone a passeggio con i cani, ma questo è stato tutto».

«A che ora è arrivato Robert?»

«Alle sette, più o meno».

«Raccontami cosa è successo quando è arrivato».

«Alice era contenta di vederlo. Abbiamo cenato e poi abbiamo lasciato che Alice rimanesse sveglia un po' per giocare». Aggrottò la fronte. «Siamo saliti sul ponte: Robert ha detto che doveva parlarmi. Si è acceso una sigaretta, Annette non gli permetteva di fumare davanti ad Alice. Però potevamo vederla attraverso il finestrino». Greg espirò. «Gli stavo chiedendo del suo viaggio in Francia e perché avesse bisogno di parlarmi con tanta urgenza, dato che non aveva detto nulla da quando era arrivato. Immagino non volesse spaventare Alice. Comunque, non so, ha notato qualcosa, o qualcuno, in direzione di East Farleigh. Mi ha detto di stare zitto mentre ero a metà frase, ha allungato il collo e poi mi ha detto di andare a prendere Alice».

«Chi era?»

Scosse la testa. «Non lo so. Non riuscivo a vedere nessuno, ma la luce stava calando a quel punto. Giurava che c'era qualcuno sotto il ponte che ci guardava».

«Cosa hai fatto?»

«Niente, all'inizio. Pensavo mi stesse prendendo in giro. Poi ha iniziato a spaventarsi, supplicandomi, e mi ha detto che Alice era in pericolo e che dovevo portarla via da lì».

«È stato allora che ha sparato a Robert?» disse Gavin.

«No, ve l'ho detto: non gli ho sparato io. È stato qualcun altro».

«Chi?»

«Non lo so. Robert mi ha detto di prendere Alice e scappare. Non capivo di cosa stesse parlando. Gli ho detto che se voleva andarsene, se era spaventato, avremmo dovuto prendere la barca, ma lui ha detto che non avrebbe funzionato. Ha gettato la sigaretta in acqua, poi è entrato nella cabina e ha fatto mettere una felpa ad Alice. Lei piangeva, perché lui le stava urlando di sbrigarsi». Scosse la testa. «Ha messo alcune scatolette di cibo e un paio di bottiglie d'acqua in uno zaino e me l'ha lanciato. Ho cercato di calmare Alice e ho urlato a Robert, dicendogli che la stava spaventando, ed è allora che si è zittito. Era terrorizzato, me ne rendo conto adesso. Alice era in piedi in mezzo alla cabina, piangendo a dirotto, e poi lui ha visto il coniglietto di peluche che aveva ricevuto da Kenneth. Robert glielo ha dato, suppongo per cercare di calmarla perché gli avevo detto che non l'aveva lasciato da quando l'aveva ricevuto quella mattina. E poi ci ha spinto entrambi sul ponte e mi ha detto di andarmene. Ha detto che qualunque cosa fosse successa, non dovevo tornare alla barca e che avrei dovuto usare quella che aveva noleggiato ad Allington».

«Sapevi della seconda barca?»

«Era la prima volta che ne sentivo parlare».

«Perché rubare la canoa, allora?»

Greg si passò una mano sui capelli rasati. «Alice era troppo stanca per camminare quando siamo arrivati a Maidstone, e sapevo di dover fare qualcosa. Siamo riusciti a evitare la folla, e poi ho visto la canoa trascinata tra la vegetazione vicino al circolo di canottaggio. Non ci ho pensato: l'ho tirata in acqua e sono partito. Non mi sono reso conto che c'era un maledetto buco sul lato finché non eravamo quasi ad Allington».

«Dove avevi intenzione di andare?»

«All'inizio, pensavo di prendere la barca che Robert aveva noleggiato, ma poi mi sono reso conto che non avevo le maledette chiavi. Nella fretta di cacciarmi dalla barca, si era dimenticato di darmele. A quel punto ero spaventato. Pensavo che forse ero stato seguito, che potessero aver trovato le chiavi. Voglio dire, se sapevano che era andato a East Farleigh, avrebbero potuto sapere di cercarmi ad Allington, giusto? Ho portato Alice lungo l'alzaia finché sono riuscito prima dell'alba, e poi abbiamo dormito accampati sotto il ponte che passa sotto la M20. Non avevo un piano dopo quello. Volevo solo tenerla al sicuro: deve capire questo».

Nel silenzio che seguì, Kay poteva sentire il ticchettio dell'orologio sulla parete dietro di lei e il debole suono di voci lungo il corridoio verso la porta che dava sul banco di accoglienza.

L'avvocato girò la pagina del suo taccuino, il fruscio e lo scricchiolio erano assordanti alle sue orecchie mentre fissava gli occhi verso Greg Victor.

«Quanto hai portato Alice lungo l'alzaia prima di tornare indietro e sparare a tuo fratello?» disse.

«Non ho mai sparato a Robert» disse lui, con voce bassa.

«Allora chi l'ha fatto?»

«Guardi, ho fatto quello che mi ha chiesto. Ho lasciato la barca e mi sono diretto verso Maidstone. Ero arrivato a circa ottocento metri quando…» Fece un respiro tremante e si passò una mano sugli occhi. «Ho sentito un *bang*, dietro di noi. Non avevo mai sentito una pistola prima, non nella vita reale. Ma sapevo che si trattava di quello. Sapevo che era stato ucciso. E sapevo che non potevo tornare indietro. Ho preso in braccio Alice e ho iniziato a correre».

«Ha idea di chi avrebbe voluto uccidere tuo fratello?» disse Kay.

«No, ma era spaventato. Avrei dovuto chiedergli perché, ma non c'era tempo. Quando stavamo parlando dopo cena, ha detto che avrebbe parlato con Annette di un trasferimento fuori zona. Ha detto che ne aveva abbastanza».

«Aveva mai parlato di trasferirsi prima?»

«Non con me».

«Cinque giorni in fuga, Greg. Cosa è successo oggi? Ti aspettavi di essere catturato, vero?»

L'uomo di fronte a lei crollò visibilmente, con gli occhi che si arrossavano. «Perché pensavo che lei sarebbe stata più brava di me a proteggerla. Sono un padre, detective, e lo zio di Alice. Non sono un fuggitivo. Non sono un bastardo malvagio che va in giro a rapire bambine. Stavo cercando di salvarla, come mi aveva detto di fare suo padre, mio fratello».

Kay controllò l'orologio e fece cenno a Gavin di

concludere l'interrogatorio. Chiuse di scatto la cartellina manila e si alzò, la mente vacillava per la dichiarazione di Greg e le rivelazioni che aveva ascoltato.

Mentre apriva la porta, sentì il rumore di una sedia che strisciava sul pavimento piastrellato e si voltò, pronta a difendersi.

Invece, Greg Victor era in piedi accanto al tavolo, le mani lungo i fianchi e il viso sconvolto.

«La prego, si prenda cura di Alice, credo che sia ancora in pericolo. Non ho ucciso mio fratello, è stato qualcun altro. Deve credermi».

CAPITOLO 38

Kay guidò il gruppo nella sala operativa, lasciò cadere la cartella che aveva in mano sulla sua scrivania mentre passava, e richiamò l'attenzione della squadra investigativa.

«Tutti quanti, briefing, ora. Abbiamo molto da fare e poco tempo.»

Si diresse verso l'angolo cucina in fondo alla stanza e versò una generosa dose di caffè solubile in una tazza sbeccata, aggiungendo due zollette di zucchero. Si voltò mentre Fiona Wilkes, l'esperta di interrogatori, la raggiungeva.

«Cosa ne pensi?» chiese Fiona, con un'espressione corrucciata.

«Abbiamo ancora molta strada da fare con questo caso» disse Kay. «Ho parlato con Sharp e ha autorizzato altre dodici ore per interrogare Greg in modo da concedergli pause sufficienti, ma ho anche inoltrato una richiesta a un magistrato per trattenerlo più a lungo se necessario, considerata la gravità delle accuse di rapimento.»

«Probabilmente è la cosa migliore. Riesaminerò la registrazione e ti farò sapere se posso offrirti suggerimenti per il prossimo interrogatorio.»

«Grazie, Fiona.»

Non appena l'ultimo membro della squadra prese posto, Kay si spostò davanti alla stanza. «Greg Victor, come sospettavamo, nega di avere avuto qualcosa a che fare con l'omicidio di suo fratello e ha dichiarato che c'era una terza persona coinvolta nell'uccisione di Robert Victor.»

Un brusio di conversazione attraversò gli agenti riuniti, per poi spegnersi quando l'attenzione tornò su Kay.

Controllò l'elenco dei punti sulla lavagna. «Cos'è successo riguardo alle nostre indagini sulla canoa? Abbiamo scoperto da dove proveniva?»

«Sì, capo.» L'agente Phillip Parker alzò la mano. «Eve Henderson di Penenden Heath. Si è fatta avanti quando stavamo parlando con i frequentatori abituali del circolo di canottaggio oggi pomeriggio. È tornata dalle vacanze ieri e ha scoperto che la canoa era sparita quando è arrivata lì. Stava per denunciarne la scomparsa quando siamo arrivati noi. Era sorpresa che fosse stata presa, ha detto che era stata colpita da una chiatta a luglio e non era sicura da usare.»

«Grazie. Sembra che Greg l'abbia rubata per mettere un po' di distanza tra sé e il centro città e non si sia reso conto che fosse danneggiata, ha confermato durante l'interrogatorio che perdeva, motivo per cui l'ha abbandonata» disse Kay.

«E se stesse dicendo la verità, e non avesse sparato a suo fratello?» disse Gavin. «Che dire del suo commento sul fatto che Alice non è al sicuro?»

«Se sta dicendo la verità sull'assassino di Robert, forse è preoccupato che quella persona si presenti a casa» disse Barnes. «Organizzerò una squadra di sorveglianza dopo questo briefing, ma Annette e Alice al momento stanno a casa di Kenneth.»

«Quindi dovrebbero essere al sicuro lì» disse Kay. «E c'è una sorveglianza ventiquattr'ore su ventiquattro ai cancelli, mettiti in contatto con la squadra in uniforme e avvertili di ciò che Greg ci ha detto. Non voglio che siano messe in pericolo se sta dicendo la verità, quindi di' loro di rimanere in allerta.»

«Capo.»

Fece una pausa quando il telefono di Debbie iniziò a squillare, e attese mentre lei parlava brevemente con il chiamante per poi terminare la chiamata.

«Ci è stata concessa un'ulteriore proroga oltre a quella di Sharp per interrogare Greg Victor» disse. «Alla luce della gravità di ciò che ha fatto, e considerando che Alice non sarà interrogata fino a domani mattina, il magistrato ha firmato i documenti un attimo fa.»

«Queste sono buone notizie. Grazie, Debbie» disse Kay. «Bene, alcuni di voi sono qui dalle prime ore di questa mattina, quindi dichiaro la fine anticipata del turno. Oggi abbiamo ottenuto un risultato fantastico, e vi sono molto grata per la vostra tenacia e dedizione nel riportare Alice Victor a casa sana e salva. Debbie, puoi far girare il turno per questa sera e per il resto della settimana? In questo modo potremo farvi tornare tutti dalle vostre famiglie il prima possibile. Okay, tutti, siete congedati.»

Si spostò di nuovo alla sua scrivania e prese il suo telefono cellulare, poi sorrise al messaggio di testo visualizzato sulla schermata di blocco.

Ben fatto. Ti amo, Adam.

Le venne in mente un pensiero, un calore le cresceva nel petto mentre digitava una risposta.

«Stai andando via?» disse Barnes mentre raccoglieva le chiavi della sua auto dal suo lato della scrivania.

«Sì» disse lei, sorridendo. «Mancano un paio d'ore prima che i miei genitori tornino a casa, e devo fare delle cose.»

CAPITOLO 39

Kay parcheggiò l'auto accanto al fuoristrada di Adam, aprì la portiera e si scostò i capelli dagli occhi mentre una leggera brezza soffiava sul paesaggio ondulato.

Nuvole grigie si ammassavano all'orizzonte, mentre un temporale di fine estate, previsto per la serata, rumoreggiava a qualche chilometro di distanza.

I suoi tacchi affondavano nel sottile strato di ghiaia mentre attraversava il parcheggio verso il verde del cimitero, e si abbottonò la giacca con una mano mentre con l'altra stringeva un mazzo di fiori.

Un gruppo di tre persone era in piedi sulla cima della collina, e riuscì a distinguere l'alta figura di Adam che l'aspettava con le mani nelle tasche del cappotto leggero che indossava.

Sua madre e suo padre erano accanto a lui, gli occhi di sua madre pieni di preoccupazione mentre Kay si avvicinava. Suo padre teneva in mano un altro mazzo di fiori.

Adam sorrise e la strinse in un abbraccio quando lo raggiunse, poi la baciò.

«È stata una buona idea», disse.

Lei sorrise, poi si voltò verso i suoi genitori. «Grazie per aver aspettato. Non ero sicura che sarei riuscita a uscire in tempo per vedervi prima che partiste».

«Non dire sciocchezze», disse sua madre. «Avremmo sempre potuto fermarci una o due notti in più se fosse stato necessario. Tuo padre non deve essere in ospedale per il prossimo controllo prima dell'inizio della prossima settimana».

«Siete qui da molto?»

«Siamo arrivati circa venti minuti fa», disse Adam. «I tuoi genitori volevano sgranchirsi le gambe prima del viaggio di ritorno, così abbiamo fatto una passeggiata intorno al perimetro mentre ti aspettavamo».

Kay espirò, liberandosi di parte dello stress degli ultimi cinque giorni.

Si girò fino a quando non riuscì a vedere giù per la collina verso i campi aperti dietro il quartier generale della polizia, oltre i confini del cimitero. Non smetteva mai di stupirla il fatto che a pochi minuti di distanza dal lavoro potesse trovarsi in aperta campagna. Era per questo che lei e Adam avevano scelto di stabilirsi in quella città, ed era per questo che non avrebbe mai potuto pensare di andarsene.

Qualunque cosa il suo lavoro le riservasse, ora sapeva di poterla affrontare.

«È un bel posto», disse sua madre.

«Hai ragione, lo è».

Intrecciò le dita con quelle di Adam e gli strinse la mano. «Andiamo?»

Scesero lungo il pendio finché non raggiunsero una fila di semplici tombe, con ornamenti in pietra più nuovi e meno consumati degli altri. Fiori e peluche erano stati lasciati accanto a più di una, ma Kay tenne gli occhi distolti da quelli e si concentrò invece su quella che cercava al centro della fila.

C'era troppo dolore qui, troppa tristezza, e non poteva sopportare di assorbire il dolore degli altri mentre stava ancora affrontando il suo.

Le arrivava a ondate, travolgendola nei momenti più inaspettati, svegliandola di soprassalto o colpendola allo sterno mentre fantasticava nel bel mezzo delle riunioni dirigenziali.

Finalmente erano lì, la precisione delle lettere di bronzo sulla pietra di granito screziato catturava la luce del pomeriggio.

Elizabeth Hunter-Turner. Amata figlia, portata via troppo presto.

Adam la strinse al petto e la baciò. «Ti amo».

«Ti amo anch'io». Gli mise il mazzo di fiori in mano e si voltò verso sua madre e suo padre, che si erano fermati a qualche passo di distanza per lasciarli un po' soli. «Se aspettate qui, vado a prendere dell'acqua fresca per il vaso».

Non aspettò una risposta e si allontanò prima che potessero vedere le sue lacrime.

Schiarendosi la gola, camminò lungo la fila fino a un rubinetto che era stato installato sotto un tasso, sciacquò il vaso di metallo e si appoggiò al rubinetto mentre lo riempiva.

Il rapimento e il salvataggio di Alice avevano riportato a galla emozioni che aveva disperatamente cercato di seppellire, e mentre si asciugava gli occhi con il dorso della mano e tirava su col naso, si chiese come avrebbe fatto se fosse stata al posto di Annette Victor.

Era per questo che era stata disposta a fare qualsiasi cosa per trovare la bambina di cinque anni. Era per questo che aveva spinto la sua squadra a lavorare così duramente.

Chiuse il rubinetto e tornò verso le tombe.

Adam era accovacciato alla base della tomba di Elizabeth, parlando con i suoi genitori mentre strappava ciuffi d'erba alta che minacciavano di cancellare le date incise sotto l'epitaffio di loro figlia. Sorrise quando lei lo raggiunse e prese il vaso dalle sue mani.

«Vieni qui», disse sua madre. Si avvicinò e le mise un braccio intorno alla vita, appoggiando la testa sulla sua spalla.

Rimasero in silenzio mentre Adam e suo padre sistemavano i fiori, e si rese conto di quanto fosse grata per il fatto che lei e sua madre si fossero riconciliate. Aveva avuto paura di quale sarebbe stata la reazione di sua madre al suo aborto spontaneo, paura del rifiuto; quindi, le aveva tenuto nascosta la verità per molto tempo. Sua madre era stata inconsolabile quando l'aveva scoperto, isolandosi da Kay.

Il tempo e la malattia del padre di Kay avevano aiutato a guarire il suo risentimento.

«Avrei voluto conoscerla. Avrei voluto che ne avessimo avuto la possibilità». Espirando, si allontanò da sua madre e sorrise a suo padre. «Grazie per essere venuti qui con noi».

Lui annuì, incapace di parlare.

Adam gli diede un colpetto sul braccio. «Sai cosa, Phil? Torniamo alla macchina e lasciamo che queste due si prendano un momento per loro, che ne dici?»

Kay guardò i due uomini allontanarsi verso il vialetto principale, le loro voci un basso mormorio.

«Starà bene? La bambina che avete trovato?»

Si voltò verso sua madre. «Lo spero. Lo specialista la interrogherà domani, e abbiamo dato a sua madre il numero di uno psicologo che può aiutare se necessario».

«Le ha fatto del male?»

«Non lo sappiamo con certezza. Non ancora. Spero di no».

Cominciarono a camminare verso il parcheggio, la brezza soffiava sulle spalle di Kay e faceva frusciare le foglie degli aceri e delle betulle argentate. I colori stavano cominciando a cambiare, con una sottile tonalità di giallo e arancione nei rami che delimitavano il cimitero, e una manciata di foglie cadute precocemente copriva l'erba.

Sua madre smise di camminare e le afferrò il braccio. «Aspetta».

«Cosa c'è che non va?»

«Niente». Sua madre fece un respiro profondo. «Volevo solo dirti. Ora capisco perché fai questo, Kay. Sono così orgogliosa di te».

Kay respinse le lacrime e mise un braccio intorno alle spalle di sua madre.

«Grazie».

CAPITOLO 40

La mattina seguente, Kay bevve gli ultimi sorsi del suo terzo caffè e spinse la tazza dall'altra parte della scrivania.

La squadra aveva trascorso il tempo dopo il briefing mattutino ad aiutare Bethany a preparare la sala interrogatori numero due in modo che non intimidisse Alice.

Barnes e Piper avevano trasportato faticosamente un tavolino da caffè e due comode poltrone, noleggiati per il giorno, attraverso il parcheggio e dentro l'edificio, e questi erano stati sistemati accanto a un tappeto colorato e una scatola di giocattoli. Il detective più anziano era scomparso alle nove, con grande costernazione di Kay, finché non era riapparso mezz'ora dopo con una piccola collezione di macchinine giocattolo.

«Annette ti aveva detto che Alice voleva diventare una pilota di auto da corsa, ricordi?» disse. «Ho pensato che queste potessero essere d'aiuto.»

Kay aveva sorriso, sapendo che il rapimento di Alice aveva riportato alla mente del suo collega dolorosi ricordi, ed era commossa dal fatto che avesse pensato così tanto al benessere di Alice per il prossimo interrogatorio.

Avvicinò la sedia alla scrivania mentre squillava il telefono, mostrando il numero della reception della stazione sul display.

«Hunter.»

«Sono Hughes della reception, capo. La signora Victor è qui con Alice.»

«Grazie, arrivo subito. Puoi accompagnarle nella stanza che abbiamo preparato così che possa far sistemare Alice?»

Ripose il ricevitore sulla base e fece un cenno ai due detective.

«Carys, Piper, andate negli uffici di Ken Archerton e parlate con Melissa Lampton. Vedete se può far luce sulla dichiarazione di Greg Victor secondo cui Robert era in pericolo. Chiedetele se ha ricevuto minacce mentre era al lavoro. Dopo aver fatto questo, andate a casa di Ken e scoprite se ha ricevuto minacce contro l'azienda o i suoi dipendenti. Speriamo che con Annette fuori dai piedi, si senta più incline a parlare.»

«Lo faremo, capo» disse Gavin. «Buona fortuna con Alice.»

«Grazie» disse Kay. «Non sarà facile per nessuno di noi. Barnes,- sei pronto?»

«Sì, capo.»

Kay raccolse il suo taccuino, il cellulare e un paio di penne e iniziò a camminare verso la porta dietro di lui, quando Gavin la chiamò.

«Ehi, Ian.»

Barnes si fermò e guardò oltre la spalla. «Che c'è?»

Carys alzò il giocattolo che ora troneggiava sulla sua scrivania.

«Non dimenticarti di prendere il tuo coniglio» disse.

«Molto divertente.»

Barnes alzò gli occhi al cielo mentre la sala operativa si riempiva di risate, e Kay sorrise.

«Sapevi che te la stavi cercando, se lo lasci sulla tua scrivania» disse, dandogli una leggera spinta verso la porta. «Perché non l'hai portato a casa?»

«Perché lì non ho dove metterlo, e poi cosa direbbe Pia?» Raggiunse la cima delle scale e si fermò. «Se devo essere sincero, mi piace lì sulla mia scrivania. Mi ricorda perché faccio questo lavoro.»

Kay sorrise, e poi lo seguì giù per le scale verso le sale per gli interrogatori.

La porta della sala interrogatori numero due era aperta, e mentre entrava Bethany e Annette tacquero e si voltarono verso di lei.

Alice era in piedi accanto a sua madre, con il viso chino.

Kay diede un'occhiata agli occhi arrossati della bambina e si rivolse ad Annette. «Mi rendo conto che questo sarà sconvolgente per entrambe, ma è parte essenziale della nostra indagine in corso, per capire perché sia successo tutto questo. Faremo del nostro meglio per rendere le cose il più facile possibile per Alice, e qui verrà messa a suo agio.»

Annette si tamponò gli occhi con un fazzoletto sgualcito, poi tirò su col naso e si sforzò di sorridere guardando sua figlia. «Aiuterai la detective Hunter e la sua squadra questa mattina?»

La bambina di cinque anni abbassò lo sguardo ai suoi piedi, fece rimbalzare la punta della scarpa sul pavimento piastrellato e scrollò le spalle.

«Sì» disse.

«Ti ho portato delle macchinine nuove» disse Barnes. «Vuoi vedere quali sono?»

Il viso di Alice si illuminò mentre prendeva i giocattoli da lui e si avvicinava al tavolino da caffè.

Kay si voltò di nuovo verso Annette. «Prima di iniziare l'interrogatorio con Alice, volevo chiederle di alcune voci sugli estratti conto bancari di Robert. Uno dei miei colleghi ha notato che ci sono stati alcuni grossi depositi di denaro effettuati ogni mese da aprile in poi.»

«Oh, mi ha detto che erano una sorta di bonus per le prestazioni che aveva ricevuto, tutto qui» disse Annette. «Ha concluso un paio di buoni affari per l'azienda all'inizio dell'anno.»

Mentre il suono dei tentativi di Alice di imitare i rumori dei motori e le frenate improvvise riempiva la stanza, Kay fece un cenno a Bethany. «Dovremmo lasciarle parlare, Annette. Vuole venire con me? Troverò qualcuno che le porti una tazza di tè o qualcosa, e potrà aspettare nella nostra area mensa.»

La madre della bambina fece un respiro profondo, e poi annuì. «Va bene. Immagino che prima iniziate, prima sarà finita, no? Torno tra un po', Alice.»

«Va bene, mamma.»

Bethany si aggiustò l'auricolare che indossava. «Capo, ho bisogno di un paio di secondi per assicurarmi di riuscire a sentirla bene quando sarà nella sala di osservazione, per favore.»

«D'accordo.»

Kay mandò Annette alla mensa con un agente di polizia e poi si sistemò in una delle sedie di fronte ai monitor nella sala di osservazione accanto.

Bethany stava giocando con Alice e ora ciascuna di loro era seduta su una poltrona, le macchinine giocattolo sfrecciavano avanti e indietro sul tavolo tra di loro.

Kay parlò nel microfono accanto al monitor, e Bethany si prese un momento per assicurarsi che Alice fosse occupata prima di alzare lo sguardo verso una delle telecamere e annuire.

Si appoggiò allo schienale della sedia e si sforzò di rilassarsi. Ormai, l'unico modo in cui lei e Barnes potevano comunicare con Alice era attraverso il collegamento, e si morse il labbro mentre ascoltava la responsabile dell'ascolto protetto dei minori che guidava Alice attraverso il copione preparato accuratamente.

Ogni domanda era stata formulata in modo da estorcere informazioni alla bambina senza causarle eccessivo disagio.

«Ci siamo» mormorò Barnes sottovoce. «Forza, Alice. Puoi farcela.»

CAPITOLO 41

Gavin si affiancò a Carys, schermandosi gli occhi dal sole mentre attraversava la strada trafficata accanto a lei.

Emise un leggero fischio mentre osservava la facciata in pietra dell'edificio che ospitava gli uffici dei mercanti di vino, poi rise quando vide la targa blu sul muro sopra una delle finestre anteriori.

«Che ufficio.»

«Lo so, aspetta di vedere l'interno. Un lusso sfrenato rispetto al nostro.» Carys sorrise e spinse la porta d'ingresso.

Mentre Gavin si guardava intorno, lasciò che la sua collega prendesse l'iniziativa e la osservò mentre si avvicinava alla donna seduta dietro la reception.

Le due donne parlarono a bassa voce, ma dopo aver visto un'espressione confusa attraversare il volto di Carys, si avvicinò.

«C'è qualche problema?»

«Questa è Sharon Eastman» disse Carys. «La signora

Eastman mi stava giusto dicendo che Melissa Lampton non lavora più qui.»

«Cosa?» Gavin aggrottò la fronte. «Perché no?»

Le labbra della receptionist si assottigliarono. «Mi dispiace, non mi è permesso parlare di questioni relative al personale.»

«Quando se n'è andata?» disse lui.

«Ieri mattina.»

«Lei era qui in quel momento?»

Si sedette e fece scorrere lo sguardo sullo schermo del computer e sulla tastiera, con un'espressione infelice. «Sì.»

«Cos'è successo, Sharon?» disse Carys, addolcendo la voce.

Gavin alzò lo sguardo verso la scala alla sua sinistra e il pianerottolo sopra l'area della reception, ma lo spazio era silenzioso. Oltre una porta chiusa, poteva sentire una risata femminile, e poi delle voci. Il suo sguardo tornò sulla receptionist.

«Può dircelo, Sharon. Potrebbe essere d'aiuto.»

La donna tirò fuori un fazzoletto di carta spiegazzato dalla manica della camicetta e si soffiò il naso. Sbatté le palpebre.

«Posso dirvi solo quello che ho sentito. Non ho visto nulla.»

«Va bene, continui» disse Carys.

«È successo poco dopo il mio arrivo, quindi verso le otto e venti. Mi piace arrivare dieci-quindici minuti prima dell'inizio del mio turno alle otto e mezza: mi dà il tempo di sistemarmi e prendere un caffè prima di togliere i telefoni dalla segreteria notturna.»

Gavin rimase in silenzio, con la mascella serrata.

«Mi ero appena seduta qui e stavo per mettermi le cuffie quando ho sentito qualcuno gridare di sopra. All'inizio pensavo che qualcuno stesse scherzando, ma poi lui è sembrato arrabbiato.»

«Chi sembrava arrabbiato?» disse Carys.

«John Lavender: ha un ruolo simile a quello che faceva Robert.»

«Da quanto tempo lavora qui?»

«Sei mesi. Ken lo ha assunto quando la sua salute è peggiorata dopo l'inverno, così da assumere parte del suo carico di lavoro.»

«Continui.»

«Poi ho sentito una donna parlare, come se stesse cercando di calmarlo, e ho riconosciuto la voce di Melissa.»

«È riuscita a sentire cosa si dicevano?»

Sharon scosse la testa.

«Cos'è successo dopo?» disse Gavin.

«Ho sentito una porta aprirsi.» La receptionist abbassò la voce e si avvicinò. «L'ufficio di John è quello in fondo al corridoio, a sinistra in cima alle scale. L'ho sentita sbattere, e poi dei passi sul pianerottolo sopra la mia scrivania qui. Deve essere stata Melissa, perché l'ho sentita parlare con una delle ragazze dell'ufficio amministrativo, e poi è scesa qui. Mi ha consegnato il suo badge per la porta d'ingresso e il cellulare aziendale.»

«Le ha detto qualcosa?» disse Carys.

«Sì. Ha detto che John le aveva chiesto di andarsene. Ha detto che lui le aveva detto che data la morte di Robert, non potevano permettersi di tenerla perché non c'era bisogno di un'assistente personale di riserva. Tremava quando è uscita dalla porta d'ingresso.»

Gavin espirò e alzò un sopracciglio verso la sua collega prima di rivolgersi di nuovo a Sharon. «Non avrà per caso un indirizzo di Melissa, vero?»

Sharon si morse il labbro. «Non posso, mi metterei nei guai. Dovrete chiederlo al signor Archerton o a John quando tornerà in ufficio più tardi.»

«È fuori al momento?»

«Sì, aveva un appuntamento alle dieci a Hythe.»

«Va bene» disse Carys. Tirò fuori un biglietto da visita dalla sua borsa e glielo consegnò. «Grazie per il suo tempo. Può dare questo al signor Lavender quando torna e chiedergli di chiamarci?»

Il telefono accanto a Sharon iniziò a suonare mentre lei girava il biglietto tra le dita, e annuì. «Lo farò.»

Gavin attraversò il soffice tappeto fino alla porta d'ingresso e la tenne aperta per Carys. Si fermò sul marciapiede e fissò l'edificio.

«È stato un po' improvviso.»

«Proprio così.»

«Non mi dispiacerebbe sentire la versione di Melissa.»

«Anche a me. Vieni, guido io mentre tu vedi se riesci a rintracciare un indirizzo per lei.»

Pochi istanti dopo, Carys stava guidando nel traffico mentre Gavin teneva il telefono all'orecchio.

«Chi è questo John Lavender di cui parlava?» disse lei. «Sto cercando di ricordarlo dalle dichiarazioni.»

«È un rappresentante di vendita come lo era Robert» disse lui. «Un paio d'anni più giovane, però. Credo sia della zona di Staplehurst.»

«Dovremmo parlargli questo pomeriggio se non ci richiama.»

«Aspetta» disse Gavin. Attivò l'opzione vivavoce mentre la sua chiamata riceveva risposta. «Debbie? Puoi trovare un indirizzo per Melissa Lampton per noi? Non è al lavoro, apparentemente se n'è andata ieri e non tornerà.»

«Nessun problema.»

Sentì il fruscio di carte, e poi il rapido battere di tasti mentre Debbie effettuava una ricerca online.

«Ecco qua: deve essere una delle ultime persone qui intorno ad avere un numero di telefono fisso non riservato. È un indirizzo a Borough Green. Ve lo mando per messaggio.»

«Grazie, Debs.»

«La chiamerai prima?» disse Carys.

«No.» Il telefono emise un *ping*, e lui lesse l'indirizzo ad alta voce. «Non voglio darle una scusa per andarsene prima che arriviamo lì.»

Diede l'indirizzo a Carys e poi si sistemò per il breve tragitto. «Cosa pensi che stia succedendo?»

Lei alzò le spalle. «Non lo so. Forse Robert stava lavorando alle spalle di Ken per cercare di concludere un accordo con un altro fornitore o qualcosa del genere. Voglio dire, al momento, non sappiamo nemmeno se Greg stia dicendo la verità su ciò che è accaduto. Potrebbe essere stato lui. Potrebbe aver sparato a suo fratello e stare mentendo spudoratamente. Immagino che non lo sapremo a meno che Alice non possa fare un po' di luce sulla vicenda.»

«Sembra una brava bambina, non credi? Intelligente, intendo.»

«Speriamo», disse Carys. «Perché al momento siamo aggrappati a un filo, non è vero?»

Poteva sentire la frustrazione nella voce della sua collega, ma non c'erano frasi fatte che potesse offrire per consolarla.

CAPITOLO 42

Melissa Lampton viveva in una casa bifamiliare in una strada chiusa che si diramava dalla strada principale che attraversava Borough Green.

Carys spinse un cancello di legno ed entrò in un giardino ordinato con lastre di cemento che conducevano a una porta d'ingresso dai colori vivaci, e notò che la casa, costruita negli anni '30, era in fase di ristrutturazione. Vasi di varie dimensioni erano stati disposti sulla soglia, un costante ronzio delle api era accompagnato da un'ondata di profumi di lavanda intensamente profumata e abelie."

Dopo aver suonato il campanello, bussò anche alla cassetta delle lettere per sicurezza, e poi represse uno sbadiglio.

Il passaggio dai turni notturni a quelli diurni la lasciava sempre stremata e disorientata per almeno quarantotto ore, e non rimpiangeva affatto il suo periodo come agente di polizia. Faceva sempre fatica a dormire e non capiva come le persone riuscissero a dormire otto ore o più, o perché ciò fosse considerato normale.

«Vuoi prendere un caffè dopo?» disse Gavin, con uno sguardo preoccupato.

Lei riuscì a sorridere. «Buona idea. Tocca a te offrire, vero?»

«Molto divertente.»

Si voltarono di nuovo verso la porta mentre si apriva e apparve Melissa Lampton, i suoi occhi grigi si spalancarono mentre il suo sguardo passava da loro alla strada e poi di nuovo indietro.

«Cosa ci fate qui?»

«Ci chiedevamo se potessimo scambiare due parole, signora Lampton. Possiamo entrare?»

«Suppongo di sì.»

Carys entrò in un corridoio che era in fase di decorazione. Una scala a pioli era stata ripiegata e appoggiata al muro dietro la porta d'ingresso, mentre un mucchio di teli antipolvere copriva il tappeto accanto alle scale. Vari barattoli di vernice erano allineati accanto alla scala, con due pennelli appoggiati sui coperchi.

«Non riesco a decidere quale colore scegliere», disse Melissa. Incrociò le braccia sul petto. «Cosa volete, comunque? Ho già rilasciato la mia dichiarazione e ho parlato con voi lunedì.»

«Abbiamo capito che non lavora più per Wilkinson's Wine Merchants», disse Carys. «Potrebbe dirci perché?»

«Dovrete chiedere a John Lavender. O a Ken.» La donna pronunciò quelle parole con disprezzo, il suo disgusto era evidente.

«Signora Lampton, potremmo sederci da qualche parte?» disse Gavin. «Vorremmo sentire la sua versione dei fatti.»

«Oh, va bene. Venite in cucina. Il soggiorno è un disastro, avevo intenzione di far venire qualcuno a levigare il pavimento nel fine settimana, ma ora non so se dovrei farlo. Non so se posso permettermelo.»

Mentre seguiva la donna in una cucina sul retro della casa, Carys si azzardò a fare un'altra domanda. «Vive qui da sola?»

La bocca della donna si contorse. «Sì, per fortuna. Ho divorziato cinque anni fa. Non commetterò più quell'errore.»

«Capisco.» Carys annuì, e intuì che non le sarebbe stata offerta una tazza di tè.

«Prima che lo chiediate, sì, sono stata licenziata ieri. Da John Lavender, tra tutti. Sapete che è con Ken solo da sei mesi? Che faccia tosta. Sharon probabilmente ve l'ha detto, sapevo che stava origliando quando ho visto la sua faccia mentre scendevo le scale, ma non dev'essere stato difficile. Credo che tutto l'ufficio ci abbia sentiti.»

«Immagino che la sua decisione sia stata uno shock», disse Gavin.

«È arrivata come un fulmine a ciel sereno.» Melissa fece un respiro tremante e ricacciò indietro le lacrime. «Sono stata lì cinque anni. Ho lavorato tutte le ore dopo che il mio divorzio è andato a buon fine. Non so cosa farò adesso.»

«Non ha ricevuto alcun preavviso che l'avrebbero licenziata?»

«Nessuno. Voglio dire, so che Ken è ammalato e tutto il resto, ma pensavo che dopo tutto questo tempo avrebbe avuto la decenza di dirmelo lui stesso.»

«Tornando al suo lavoro con Robert Victor», disse

Carys. «Le ha mai fatto pensare che la sua vita fosse in pericolo? O che fosse minacciato in qualche modo?»

«No. Altrimenti l'avrei detto lunedì quando abbiamo parlato. Era tutto come al solito fino a...» Melissa si interruppe, asciugandosi gli occhi. «Che maledetto pasticcio. Grazie a Dio avete trovato sua figlia.»

«L'ha mai incontrata?»

«Alice? Una volta o due. Annette veniva in ufficio con lei se erano in città per pranzare con Robert. Una bambina adorabile. Pensate che starà bene?»

Carys pensò all'interrogatorio che in quel momento la responsabile dell'ascolto protetto dei minori stava conducendo alla stazione, e si sforzò di sorridere. «Lo speriamo. È sicura che non ci sia nient'altro a cui possa pensare? Qualcosa che potrebbe aiutarci a capire perché Robert è stato ucciso?»

«Non credo, no.»

«Ok, grazie per il suo tempo. La lasceremo in pace.»

Delusa, Carys chinò la testa verso la porta, pensando alle domande che avrebbero dovuto porre a Kenneth Archerton, e seguì Gavin lungo il corridoio.

«Detective?»

Carys si voltò sul gradino, con la mano sullo stipite della porta. «Sì?»

Melissa si aggrappava alla porta come se stesse cercando di mantenersi in equilibrio. «C'è... c'era qualcosa. Ieri mi sono chiesta se avrei dovuto chiamarvi quando me ne sono resa conto.»

«Resa conto di cosa?»

Melissa si morse il labbro. «Ho dato al vostro collega l'itinerario sbagliato.»

«Come, scusi?»

«L'itinerario di Robert. Per il suo viaggio in Francia. Andavo di fretta una volta che il nostro sistema informatico ha ripreso a funzionare correttamente lunedì quando ho stampato l'itinerario. Non me ne sono resa conto. Ho letto solo la prima pagina, perché era uguale, e non mi sono preoccupata di controllare il resto. Avevo intenzione di leggerlo prima di inviarvelo via email, ma poi mi sono messa a parlare con Sharon e me ne sono dimenticata. L'ho lasciato alla reception, c'era il panico per una consegna di Chablis che era in ritardo e io ero l'unica in giro per sistemare la cosa. Lei deve averlo messo in uno dei suoi vassoi per restituirmelo e se ne è dimenticata fino a quando il vostro collega non si è presentato martedì pomeriggio tardi chiedendo una copia. Ha supposto che fosse lì per quello, per passarglielo.»

«Immagino che non possa ricordare cosa c'era di diverso in quello che avrebbe dovuto darci?»

«In origine, doveva visitare un vigneto a pochi chilometri da Vallaire negli ultimi due giorni. Mi ha telefonato per cancellare quella parte del viaggio la domenica sera prima del suo volo. Ho dovuto correre in ufficio presto il giorno dopo per presentare le sue scuse ai proprietari e organizzare un suo ritorno il mese successivo per incontrarli.»

«Ha detto cosa avrebbe fatto in quegli ultimi due giorni per cui ha cambiato i suoi piani?» chiese Gavin.

«Solo che aveva delle questioni personali da sistemare e che avrebbe preso lo stesso volo di ritorno per Gatwick che avevo prenotato per lui.»

«Perché non ce l'ha detto prima?» disse Carys.

«Mi dispiace. Non ci ho pensato al momento.»

Carys represse la sua frustrazione. «Solo un'ultima domanda. L'itinerario è stato modificato in qualche modo dopo la morte di Robert?»

La donna aggrottò le sopracciglia. «No. Non che io sappia, almeno. Perché avrebbe dovuto?»

«Non importa. Grazie per il suo tempo.»

«Non potete dire a nessuno che siete stati qui, d'accordo? Non voglio che sappiano che avete parlato con me.» I suoi occhi si spalancarono. «Ho bisogno di quell'indennità di licenziamento, non so quanto tempo ci vorrà per trovare un altro lavoro se non mi daranno una referenza.»

«Saremo il più discreti possibile,» disse Carys.

CAPITOLO 43

«Wow, che bel posto», disse Gavin mentre Carys attraversava i cancelli in ferro battuto e saliva lungo il vialetto verso la casa di Kenneth Archerton.

«Ogni volta che vedo una casa così grande, mi chiedo quanto tempo ci voglia per tenerla pulita», disse lei. «Che incubo.»

«Se puoi permetterti questo, puoi permetterti il personale. Ha una badante, no? Mi chiedo perché abbia risposto lui al citofono.»

«Probabilmente stava passando di lì quando ho premuto il pulsante. Non lo assiste in ogni momento, no?»

«Kay ha detto di usare la porta laterale. A quanto pare quella principale è di nuovo chiusa a causa dei giornalisti che erano a casa di Annette.»

«La strada ora è silenziosa però, vero?» Carys controllò lo specchietto retrovisore. «Non ho visto nessuno.»

«Ormai il ritrovamento di Alice è una notizia vecchia. Ho sentito che il Commissario Capo ha ritirato i pattugliamenti qui e a casa di Annette Victor già oggi, non ci sono abbastanza agenti in servizio per coprire.»

«Gesù.»

Scendendo dall'auto, alzò lo sguardo verso le finestre del piano superiore, il cielo blu e le nuvole bianche erano riflesse nel vetro scintillante, poi notò un movimento all'estremità della casa. Un viso apparve a una delle finestre del piano terra, occhi che la fissavano da sotto sopracciglia cespugliose che contrastavano con i capelli diradati.

Lei mostrò il suo distintivo, e l'uomo annuì.

«Non sta correndo rischi», disse Gavin mentre la seguiva lungo il sentiero.

«Non lo biasimo. Sarà altrettanto brutto, se non peggio, quando questo andrà a processo.»

Carys non si preoccupò di bussare quando raggiunsero la porta, riuscì a sentire Kenneth Archerton mentre sbloccava la solida serratura a mortasa, e fece un passo indietro mentre lui apriva.

«Sì?»

«Detective Carys Miles, signor Archerton. Questo è il mio collega, detective Gavin Piper. Ci chiedevamo se potessimo entrare, per favore? Abbiamo alcune altre domande che vorremmo farle in merito alle nostre indagini in corso.»

«Certo. Ha detto qualcosa?»

Archerton si spostò di lato e fece loro cenno di entrare.

«Mi dispiace, non posso commentare su questo.» Lei attese mentre lui richiudeva la porta a chiave.

«Venite da questa parte.»

Si trascinò verso la cucina, il soffice *tonfo* della base

dei suoi bastoni echeggiava sulle piastrelle mentre camminava verso il piano di lavoro.

«Patricia è fuori al momento, ma posso offrirvi un caffè», disse, indicando una macchina all'avanguardia che brillava sotto le luci intense.

«Grazie, ma stiamo bene così, signor Archerton», disse Carys. «Vorrebbe sedersi?»

«Lo farei, per quanto mi dispiaccia ammetterlo. Maledetta malattia.» Fece una smorfia, poi indicò un lungo tavolo che era stato costruito da un singolo tronco d'albero, con i nodi e le venature ancora intatti. Otto sedie erano disposte intorno ad esso, e lui si diresse verso una alla testa del tavolo prima di sprofondare su di essa con un gemito e poi appoggiare i suoi bastoni contro la sedia accanto a lui. «Pensavo che steste parlando con Alice questa mattina?»

«Al momento la sta interrogando una specialista alla stazione, signor Archerton. Dubito che ci metteranno molto.» Carys scorse i suoi appunti. «Greg Victor aveva qualcosa a che fare con i suoi interessi commerciali?»

Archerton aggrottò le sopracciglia. «No, niente affatto.»

«Lo aveva incontrato?»

«Alcune volte, come ho detto al suo collega. Da quando si è trasferito qui, l'ho probabilmente visto una o due volte a casa di Annette e Robert durante l'estate.»

«È mai stato qui?»

«Non come ospite, no. Forse un paio di volte per prendere Alice quando si stava occupando di lei per Annette. E, prima che me lo chieda, non mi è mai venuto in mente che avrei dovuto invitarlo. Non eravamo, come dire, in confidenza.»

«E Robert, come si trovava con lui?» disse Gavin.

Archerton passò le dita sui nodi del tavolo. «Mi piaceva. Mi piaceva molto. Teneva così tanto ad Annette e Alice. Non avrebbe potuto essere un padre migliore.»

«Ha avuto problemi con lui al lavoro?»

«Non che io ricordi. Scoprii di potermi fidare di lui, lavoravamo insieme nelle negoziazioni, problemi che potevano sorgere, quel genere di cose. È insostituibile. Non so come faremo senza di lui.»

«C'erano questioni tra lui e i suoi clienti che le hanno dato motivo di preoccupazione?» disse Carys.

«No.» Si strofinò il mento con una mano. «Pensa che Robert sia stato ucciso per qualcosa legato alla mia attività?»

«È quello che stiamo cercando di accertare», disse Carys. «I suoi movimenti in Francia sembrano essere erratici. Ha cambiato il suo itinerario per cancellare incontri con breve preavviso, e i due luoghi che il GPS indica come visitati dall'auto a noleggio non sono vicini a vigneti conosciuti.»

Gavin gli passò una fotocopia di una mappa che era stata contrassegnata con le due strade nelle città identificate dal GPS. «Ha qualche interesse commerciale in una di queste due località?»

Archerton prese la mappa, si spinse gli occhiali sul naso e strizzò gli occhi sulla pagina. «Non sono vicine a nessun vigneto, come dite voi, quindi perché dovrei?»

«Com'era il matrimonio di sua figlia?» disse Carys. «Ha visto o sentito qualcosa che la preoccupava?»

«No. Robert era un buon padre per Alice, era facile andare d'accordo con lui, ed era una risorsa per la mia attività.» Il viso di Archerton si rattristò. «Non so come farà Annette senza di lui. Le ho accennato che forse dovrebbe vendere la casa e trasferirsi da me. Dopotutto, il posto è abbastanza grande.»

«Come stava Alice ieri sera?»

«Felice di essere qui. Confusa dall'assenza di suo padre, e perché non può vedere suo zio.» Il suo labbro superiore si arricciò. «Annette gliel'ha detto ieri sera dopo cena. Che suo padre non sarebbe tornato a casa. Povera piccola.»

Archerton allungò la mano verso i suoi bastoni, si alzò lentamente e si trascinò sulle piastrelle fino a guardare fuori dalla finestra verso il giardino paesaggistico oltre.

«Alice è così triste in questo momento, voglio solo vederla sorridere di nuovo.» Sospirò. «Si spera che lo specialista che deve vedere lunedì sarà d'accordo, ma penso che dovrebbe iniziare la scuola il prima possibile. Almeno le darà una sorta di routine nella sua vita mentre affrontiamo questo pasticcio.»

Carys voltò la pagina del suo taccuino, lasciando che il silenzio calasse sulla cucina per un momento, e poi si sporse in avanti.

«Perché John Lavender ha licenziato Melissa Lampton ieri?»

«Perché? Ha fatto una denuncia?»

«Niente affatto. Siamo andati in ufficio per parlare con lei, e siamo rimasti sorpresi di scoprire che non lavora più per lei.»

«Non è stata una decisione facile» disse. «Ma John ed io, lui è l'altro responsabile delle vendite, abbiamo esaminato i numeri lunedì sera, e dopo il rapimento di

Alice e l'omicidio di Robert... beh, diciamo solo che alcune delle vendite che avevamo previsto nel nostro flusso di cassa per i prossimi sei mesi probabilmente non si concretizzeranno. Stiamo perdendo clienti a causa di Greg Victor, detective. Questo significa che sto perdendo soldi. Ora che Robert non c'è più, non posso permettermi di mantenere un'assistente personale che non assiste nessuno. Un paio di anni fa, avrei potuto tenerla per senso del dovere, ma di questi tempi il mio senso del dovere è rivolto alla mia azienda. Altrimenti, non avrò nulla da lasciare ad Annette e Alice quando non ci sarò più. Naturalmente, una volta che l'azienda si sarà stabilizzata di nuovo, potrei considerare di invitare Melissa a unirsi nuovamente a noi».

«Sta dicendo che la sua decisione è stata puramente commerciale?» chiese Gavin.

«Sì, è così. Guardi, non sono orgoglioso di me stesso per questo, ed è per questo che la sua indennità di licenziamento è di diversi mesi in più di quanto sono tenuto a dare per legge. Almeno potrà finire le ristrutturazioni della sua casa mentre cerca lavoro».

Carys spinse indietro la sedia. «Grazie per il suo tempo, signor Archerton. La lasciamo tornare al suo lavoro».

«Nessun problema, detective». Il suo viso si contorse in una smorfia mentre spostava le stampelle nella sua presa.

«Ci accompagniamo da soli all'uscita, signor Archerton» disse Gavin.

CAPITOLO 44

Più tardi quel pomeriggio, Kay diede un'occhiata ai volti esausti della sua squadra investigativa e si avvicinò alla scrivania di Debbie.

«Puoi ordinare una decina di pizze da consegnare?» disse, porgendole la sua carta di debito. «Ho la sensazione che non sarò l'unica ad aver bisogno di carboidrati per superare il briefing.»

L'agente di polizia sorrise e prese il telefono. «Almeno in questo modo otterrai la loro attenzione.»

«È quello che sto pianificando.»

Un movimento vicino alla porta attirò la sua attenzione e fece un cenno a Carys e Gavin mentre si dirigevano verso le loro scrivanie. Avrebbe lasciato che la squadra raccogliesse i propri pensieri e aggiornasse le note nel database HOLMES2, per poi iniziare.

«Com'è andato l'interrogatorio di Alice?» disse Sharp, fermandosi accanto alla sua scrivania con una tazza di caffè in mano.

«Bethany è stata brillante,» disse. «È la prima volta

che lavoro con lei e sono rimasta davvero colpita. Anche Alice è stata una piccola guerriera.»

«Abbiamo abbastanza per incriminare Greg Victor?»

«Direi di sì per il rapimento, dopo la conversazione che ho appena avuto con Jude Martin della Procura della Corona.» La sua bocca si contorse. «Non sono sicura per l'omicidio.»

«Beh, lo abbiamo a nostra disposizione per qualche ora in più, grazie al magistrato. Vediamo cosa possiamo scoprire in questo tempo riguardo all'omicidio. Altrimenti lo accuseremo dei reati relativi al rapimento e continueremo a lavorare su ciò che abbiamo,» disse Sharp. «Alice non ha sentito nulla?»

«Ha detto di aver sentito un botto, ma credo sia troppo giovane per mettere insieme i pezzi.»

«Dannazione. Quindi, al momento, abbiamo solo la parola di Greg che non ha avuto nulla a che fare con la morte di suo fratello?»

«Sì.» Indicò con il mento dove Carys e Gavin sedevano alle loro scrivanie, chini sulle tastiere dei computer. «A meno che quei due non possano far luce su qualcun altro che avesse un movente.»

«Beh, vedremo cosa uscirà da questo briefing, e poi credo che tu ed io dovremmo interrogare di nuovo Greg. Puoi far chiamare da qualcuno il suo avvocato e farlo venire qui per le cinque?»

«Lo farò.»

«Mi unirò a voi per il briefing.» Sharp soffiò sulla superficie del suo caffè. «Prima vedrò cosa è riuscita a infilare Debbie nella mia posta in arrivo.»

Fece l'occhiolino e attraversò la sala operativa verso il

suo ufficio, fermandosi a parlare con diversi membri della squadra mentre passava.

Kay trascorse i successivi dieci minuti alla sua scrivania, scorrendo l'elenco delle e-mail arrivate dalla mattina e delegando ciò che poteva, e poi guardò oltre lo schermo del suo computer quando il sergente Hughes apparve alla porta con una pila di cartoni di pizza in equilibrio tra le braccia.

«Di nuovo a corrompere le truppe, capo?» disse Barnes.

«Funziona, no? Sei ancora qui.»

Lui rise, raccolse il suo taccuino e il telefono, e iniziò a spingere la sua sedia verso la parte anteriore della stanza. «Ci vediamo lì.»

Bloccò lo schermo del computer, si avvicinò alla lavagna in fondo alla stanza, e poi liberò spazio su uno dei tavoli accanto ad essa per i cartoni della pizza.

«Va bene, venite a prenderla finché è ancora calda. Qualcuno può prendere dei tovaglioli di carta?»

Prese una fetta con prosciutto e ananas, poi si fece da parte. Come un sol uomo, la sua squadra si riversò verso il cibo, il loro allegro chiacchiericcio riempiva l'aria mentre si spintonavano per le loro farciture preferite.

L'atmosfera era cambiata dall'arresto di Greg Victor e dal ritorno di Alice, e sebbene percepisse che non fossero meno motivati, riconosceva che parte del fuoco era uscito dall'indagine ora che l'urgenza si era attenuata.

Sarebbe stato compito suo mantenere la loro concentrazione per portare un caso convincente alla Procura della Corona, e non aveva intenzione di abbandonare Annette Victor e sua figlia nella loro causa per trovare giustizia per ciò che era accaduto loro.

Sharp torreggiava dall'ultimo fila per il cibo, prese la sua parte e poi si appoggiò allo stipite della porta del suo ufficio mentre mangiava, il suo sguardo vagava sulla folla mentre trovavano posti a sedere o qualche altro posto dove appollaiarsi.

Kay finì di mangiare, afferrò un'altra fetta prima che sparisse tutto e la mise da parte su un tovagliolo di carta sul tavolo accanto a lei prima di pulirsi le dita.

«Allora, iniziamo.» Indicò la lavagna. «Prima di passare ai compiti di oggi, vi darò un rapido aggiornamento sull'interrogatorio di Alice questa mattina. Bethany ha trascorso poco più di un'ora con lei, e io e Barnes osservavamo tramite collegamento video. Dopo aver creato un rapporto con Alice, Bethany le ha chiesto della sua relazione con lo zio. Sembra che da quando si è trasferito da Annette e Robert, abbia trascorso molto tempo con Alice, andando a prenderla all'asilo di tanto in tanto e facendo da babysitter per dare ai suoi genitori del tempo libero la sera. Dice che parlava molto di sua figlia, Sadie, e che era ansiosa di rivedere sua cugina.»

«Famiglia felice, allora,» disse Gavin.

«Infatti. Quando le è stato chiesto del giro in barca, Alice è diventata agitata, più irritata che angosciata, però. Non vedeva l'ora di farlo e ha detto che Greg aveva promesso di portarla in barca "per tutta l'estate". Ha confermato ciò che Greg ha detto riguardo alla sosta per il pranzo al pub di Yalding, e che ha giocato sulle altalene al parco, quello vicino al ponte di Teston. Bethany le ha chiesto perché fosse arrabbiata, e Alice ha detto che suo padre l'aveva rovinata. Quando le è stato chiesto come l'avesse fatto, Alice ha detto che si è presentato alla barca e suo zio sembrava infastidito di vederlo. Ha detto che cercavano di essere allegri, ma aveva capito che si stavano sforzando.» Kay fece una pausa e controllò i suoi appunti. «Quando Greg stava preparando la cena, "faceva molto rumore, sbattendo le ante degli armadietti e cose del genere". Dopo cena, le è stato detto di giocare con i suoi giocattoli, e i due sono usciti sul ponte.»

«È riuscita a sentire qualcosa della loro conversazione, capo?» disse Parker.

«No, almeno secondo le verifiche di Bethany. Dopo un po', Alice non sapeva dire quanto tempo fosse passato, Robert è tornato nella cabina e le ha detto che doveva andare. Ha iniziato a gettare alcuni dei suoi vestiti in una borsa. Ha detto che era turbata perché lui "stropicciava le cose invece di piegarle" e che sua madre si sarebbe arrabbiata se l'avesse visto. Le ha detto di scegliere un giocattolo da portare con sé, ma lei non riusciva a decidersi abbastanza in fretta per lui, quindi le ha dato il coniglio.»

Kay attese che la sua squadra finisse di prendere appunti, poi continuò. «Bethany ha chiesto ad Alice se suo padre le avesse detto qualcosa prima che lasciasse la barca, e lei ha risposto che le ha detto che era una brava bambina e le ha dato un abbraccio. Ha detto che gli ha chiesto di poter rimanere sulla barca con lui, ma lui si è accovacciato e le ha detto che c'era un uomo cattivo che lo cercava, e che doveva andare con lo zio Greg perché l'avrebbe portata via e tenuta al sicuro».

Quando Kay finì di parlare piombò il silenzio, e gettò

il suo taccuino sul tavolo. «Non ricorda di aver visto nessun altro vicino alla barca mentre se ne andavano, ma dice di aver sentito un forte botto. Ha detto che Greg si è fermato per un momento e si è girato verso la barca, ma poi ha cambiato idea. L'ha presa in braccio e ha iniziato a correre nella direzione opposta».

«Maledizione», disse Barnes.

«Come stava quando Bethany ha finito?» chiese Carys.

«Annoiata». Kay riuscì a sorridere. «E sarete contenti di sapere che Bethany è riuscita a farsi dire che Greg non l'ha toccata in modo inappropriato, il che conferma l'esame del paramedico di ieri, quindi è già qualcosa».

Un sospiro collettivo di sollievo attraversò la stanza.

«Si è un po' agitata quando Annette è venuta per riportarla da Ken», disse Kay, «Annette ha detto che Alice continua a chiedere di tornare a casa, perché vuole stare dove il suo papà era felice».

«Gliel'hanno detto, allora?» chiese Sharp.

«Sì, ieri sera. Annette ha detto che pensava fosse la cosa migliore». Kay sbatté le palpebre ed espirò. «Bene, sentiamo gli altri. Carys e Gavin, cosa avete da riferire?»

Gavin fece cenno alla collega di prendere la parola, e Carys si spostò davanti alla stanza in modo da farsi sentire.

«Siamo andati prima in ufficio per parlare con Melissa Lampton, ma è stata licenziata ieri».

La detective lasciò che l'ondata di domande si placasse prima di parlare di nuovo. «Siamo andati a parlarle a casa, e anche se all'inizio era riluttante a parlare con noi, ha confermato ciò che ci era stato detto in ufficio: che il responsabile delle vendite, John Lavender, l'aveva informata al suo arrivo ieri mattina che, dato il decesso di

Robert, il suo ruolo non era più sostenibile. Pensavamo che questo fosse tutto ciò che avremmo ottenuto da lei, ma mentre stavamo andando via, Melissa ha detto di aver commesso un errore nel consegnarci l'itinerario all'inizio di questa settimana».

«Cosa?» Kay si girò di scatto dalla lavagna dove stava prendendo appunti.

«È quello che ha detto, capo, ha detto che l'itinerario che abbiamo ricevuto non era quello originale di Robert, e che ci avrebbe mandato quello che includeva il suo percorso originale, quello con le due aziende vinicole che doveva visitare. Noi abbiamo ricevuto quello modificato, quello che ha dovuto cambiare all'ultimo minuto perché Robert l'ha chiamata domenica sera per cancellare i suoi piani degli ultimi due giorni».

«Cosa ha detto Ken Archerton quando avete parlato con lui?»

«Ha detto che Lavender ha parlato con Melissa il giorno prima per conto suo, e ha affermato che l'omicidio di Robert ha avuto un effetto negativo sulle loro previsioni di flusso di cassa, ma non ha elaborato ulteriormente. Gli abbiamo mostrato una mappa con le due località che Robert ha visitato, e ha confermato di non avere interessi commerciali lì, e di non avere idea del perché le avrebbe visitate. Dice anche di non essere a conoscenza di problemi tra Robert e i loro clienti».

«Ok, grazie a voi due». Kay diede un morso alla seconda fetta di pizza, passò in rassegna gli appunti sulla lavagna mentre masticava, e si chiese se la sua squadra avrebbe ottenuto la svolta di cui avevano così disperatamente bisogno.

CAPITOLO 45

Kay si fermò in fondo alle scale e controllò i suoi messaggi mentre aspettava che Sharp la raggiungesse.

Era stata incuriosita dal rapporto di Carys secondo cui era stato fornito loro un itinerario diverso, stando a quanto detto da Melissa Lampton.

«Pronta?» disse Sharp mentre scendeva gli ultimi gradini. «Sembravi persa nei tuoi pensieri.»

Kay abbassò il telefono. «Stavo pensando alla dichiarazione di Melissa. E se non avessimo dovuto sapere dei cambiamenti ai suoi piani o del fatto che ha visitato qualcuno in quelle due città?»

«L'avremmo comunque scoperto tramite il suo GPS.»

«No, non sarebbe successo, perché abbiamo richiesto le informazioni GPS alla compagnia di noleggio solo dopo aver ricevuto l'itinerario per cercare di capire dove fosse stato. È così che abbiamo scoperto che si era allontanato dalle regioni vinicole.»

Sharp si strofinò il mento. «Ottima osservazione.»

«Senti, farò in modo che Carys e Gavin indaghino

domattina. Al momento non ci sarà nessuno presso la sede centrale della compagnia di noleggio auto laggiù, sono un'ora avanti rispetto a noi. Abbiamo ricevuto solo le informazioni GPS di alto livello che ci hanno detto in quale quartiere Robert si è recato. Devono avere le coordinate esatte. Possiamo poi far andare qualcuno lì a dare un'occhiata per noi, no?»

«Anche con il supporto locale, ci potrebbero volere un paio di giorni per far firmare i documenti» disse Sharp. «E non c'è modo che il Commissario Capo ci conceda finanziamenti aggiuntivi per far volare qualcuno laggiù.»

«Possiamo almeno mettere in moto le cose» disse Kay. «Potremmo non aver bisogno di quelle informazioni se Greg inizia a parlare, ma vorrei escluderlo. In ogni caso, ci aiuterà a corroborare i dati che abbiamo.»

«D'accordo, allora firmerò i documenti. Fa' in modo che Carys o Gavin me li portino entro le dieci di domani mattina però, ho riunioni al Quartier Generale dalle dieci e mezza.»

«Grazie. Andiamo a vedere cosa ha da dire Greg?»

Quando aprì la porta della sala interrogatori due, la prima cosa che notò fu che tutti gli arredi morbidi e i giocattoli forniti per l'interrogatorio di Alice erano scomparsi. Invece, la stanza era tornata alla sua decorazione spartana, con un tavolo e quattro sedie come unici mobili.

L'avvocato di Greg Victor annuì verso di loro mentre prendevano posto, e Kay allungò la mano per avviare la registrazione prima di leggere l'avvertimento formale e annotare che la loro conversazione era una continuazione dell'interrogatorio precedente.

«Avete parlato con Alice?» disse Greg. «Sta bene?»

«Cosa ci può dire di John Lavender?» disse Kay.

«Non lo conosco.»

«Ne è sicuro? Perché sembra che sia molto coinvolto nell'attività di Ken. Ricopre un ruolo simile a quello di suo fratello.»

«Robert potrebbe averlo menzionato una volta o due.»

«Quando?»

«Durante l'estate.»

«Cosa ha detto di lui?»

Greg tamburellò con la mano sul tavolo, poi si fermò. «Ha detto che era nuovo, che Ken lo aveva assunto qualche mese fa quando la sua salute aveva iniziato a peggiorare.»

«Era turbato dal fatto che Lavender avesse assunto un ruolo più importante nell'azienda?»

«Un po'. Credo pensasse che quando si sarebbe trattato di pianificare la successione, lui sarebbe stata la scelta ovvia, ma sembrava che Ken volesse portare l'azienda in una direzione diversa.»

«In che modo?»

«Non me l'ha detto. Si è chiuso in sé stesso a quel punto, perché Annette è entrata nella stanza.»

«Robert ha menzionato John Lavender mentre parlavate sulla barca venerdì sera scorso?»

«No. Ha iniziato a dire qualcosa, ma è stato allora che mi ha detto di aver visto qualcuno vicino al ponte. E poi mi ha detto di prendere Alice e allontanarci dalla barca.»

Sharp fece cenno a Kay di terminare l'interrogatorio, poi si spostò nel corridoio e chiuse la porta.

«Cosa ne pensi?»

«Penso che ci stiamo avvicinando, capo. Non ci siamo ancora, ma credo che dobbiamo parlare con questo John Lavender con interrogatorio formale prima di andare oltre con Greg.»

«Carys e Piper non hanno chiesto ad Archerton di lui?»

«Non erano a conoscenza del contesto in relazione a ciò che abbiamo appreso da Greg da allora.»

«Torna là, scopri come Archerton ha conosciuto Lavender, come l'ha assunto e qual è il suo background. Tanto vale sapere con chi abbiamo a che fare così possiamo formulare un approccio strategico per l'interrogatorio.»

«D'accordo. Porterò Barnes lì domattina presto.»

CAPITOLO 46

La mattina seguente, Kay voltò la pagina di un rapporto interno mentre Barnes scalava marcia, rallentando con l'auto.

«Ehi. Chi è quello?» mormorò.

Lei alzò la testa e guardò attraverso il parabrezza mentre un'elegante berlina nera a quattro porte usciva dal vialetto di Ken Archerton e accelerava allontanandosi nella direzione opposta.

«Hai preso il numero di targa?» disse, tenendo pronta la penna.

Barnes lo recitò a memoria, poi frenò e svoltò nella proprietà di Archerton. «L'hai riconosciuto?»

«No, non è qualcuno che ho già visto. Dio, spero non fosse un altro giornalista.»

Vide la mascella del suo collega serrarsi mentre frenava fino a fermarsi davanti alla casa.

«Almeno l'avrà ripreso con la telecamera se lo era» disse, indicando con un cenno del mento l'obiettivo luccicante puntato su di loro da sotto il tetto del portico.

«D'accordo, andiamo a scambiare due parole con lui.»

Prima che Kay potesse incamminarsi lungo il fianco della casa, la porta d'ingresso venne spalancata e Patricia Wells li fissò da dietro di essa, il volto pallido mentre si aggrappava alla superficie di quercia.

«Se n'è andato?» La sua voce tremava, e fece un passo indietro mentre Kay si avvicinava.

«Si riferisce al proprietario del veicolo che abbiamo appena visto allontanarsi da qui?»

«Sì.»

«Credo di sì, Patricia, l'abbiamo visto andarsene lungo la strada verso Hurst Green. Chi era?»

«Un attimo.» Scomparve dietro la porta per un momento, e Kay udì il ronzio meccanico mentre i cancelli in ferro battuto attraverso il vialetto iniziavano a muoversi. Patricia si lisciò la camicia mentre tornava, e si fece da parte per farli entrare. «Mi scuso per questo.»

«Chi era?» disse Barnes. «Un giornalista?»

«No, anche se quasi lo avrei preferito. Ha detto che lavorava con il signor Archerton quando ha suonato il citofono, quindi ho pensato che andasse bene.»

«Cos'è successo?» disse Kay. «Vuole accompagnarci in cucina così può sedersi?»

«I-io… Sì, probabilmente è una buona idea. Mi scuso. Sono solo un po' scossa, ecco tutto.»

Kay lasciò che la donna camminasse avanti, e poi alzò un sopracciglio verso Barnes.

Il suo collega alzò le spalle.

«Andiamo.» Kay entrò in cucina e trovò Patricia che versava un bicchiere d'acqua da una caraffa con filtro.

«Ne volete un po'?» disse.

«Stiamo bene, grazie, Patricia.»

«La prego, mi chiami Patricia. "Signora Wells" mi fa sembrare la mia ex suocera.» Riuscì a fare un piccolo sorriso, poi si appoggiò al piano di lavoro e bevve metà del bicchiere. «Oh, Dio. Guardatemi. Che stato.»

«Si prenda il suo tempo» disse Kay. «Il signor Archerton è qui?»

«No, aveva un appuntamento dal dottore in città, quindi è uscito mezz'ora fa. Non ho potuto accompagnarlo perché devo andare da una signora per le pulizie alle dieci.»

Barnes indicò il gruppo di sedie intorno al tavolo. «Vuole sedersi e dirci chi era?»

«Va bene.» Si sedette e bevve un sorso d'acqua. «Mi sento così sciocca ora. Probabilmente stavo solo esagerando.»

«Sembrava che avesse preso uno spavento» disse Kay.

«Era così maleducato, tutto qui.»

«Chi era?»

«Non lo so, non l'ho mai incontrato prima. Ha detto che lavora per il signor Archerton. È ovviamente per questo che è venuto qui. Lo stava cercando. Quando gli ho detto che era fuori per un appuntamento, ha detto che dovevo dirgli di smettere di evitare le loro telefonate e mettersi in contatto.»

Kay aggrottò la fronte. «Hai idea di chi intendesse?»

«No, non ne ho la minima idea. Non sono a conoscenza di chiamate perse, il signor Archerton ha ancora un telefono fisso qui così che io possa rispondere nel caso in cui lui non riesca a raggiungerlo.»

«Presumo che abbia un cellulare?»

«Sì, ma lo porta sempre con sé.»

«Potrebbe descrivere l'uomo che era qui?»

Patricia si dondolò all'indietro sulla sedia e rivolse lo sguardo alla finestra. «Vediamo. Sulla quarantina, forse, carnagione scura, come se avesse origini italiane o spagnole. Più alto di me, circa la sua altezza, detective. Forse un po' di più. Indossava un completo grigio e una camicia blu. Occhi marroni.»

«Le telecamere di sorveglianza funzionano, Patricia?» Barnes appoggiò le mani sullo schienale di una delle sedie e si sporse in avanti. «Magari potremmo dare un'occhiata alle riprese?»

Con sorpresa di Kay, la donna sorrise.

«Oh, mi dispiace» disse. «Non sono vere. La signora Victor le ha messe come deterrente. Alcuni del posto passavano in macchina e rallentavano per sbirciare attraverso i cancelli; quindi, ha pensato di metterle sopra le porte nel caso avessero avuto l'idea di suonare il campanello.»

Kay allungò il collo finché non riuscì a vedere lungo il corridoio. «Dove sono Annette e Alice?»

«Annette ha accompagnato suo padre all'appuntamento e ha portato Alice con loro. Ha detto che sarebbe passata in città mentre lui era dal dottore per comprare ad Alice delle scarpe nuove per la scuola.» Alzò gli occhi al cielo. «Quella bambina sta crescendo così in fretta, non voleva rischiare prendendole all'inizio dell'estate, e penso che credesse potesse tirarle su il morale, sa, un regalo per essere stata così brava con l'interrogatorio e tutto il resto.»

Kay spinse indietro la sedia e consegnò uno dei suoi biglietti da visita a Patricia. «Se sta bene, andremo da soli all'uscita. Può chiedere al signor Archerton di chiamarci quando torna a casa? Abbiamo alcuni dettagli che dobbiamo chiarire con lui in merito alle nostre indagini.»

«Certamente» disse Patricia.

Mentre Barnes guidava l'auto fuori sulla strada, Kay controllò i suoi appunti e trovò il numero di targa che aveva scritto.

«Stai pensando quello che sto pensando io, capo?» disse Barnes.

Kay portò il telefono all'orecchio e attese che Debbie rispondesse. «Se la nostra intuizione su quell'auto è giusta, allora dobbiamo parlare con John Lavender il prima possibile.»

CAPITOLO 47

Barnes rallentò con il veicolo quando Kay ricevette risposta alla sua chiamata, e le rivolse un sorriso mentre lei metteva il telefono in vivavoce.

«Debs, puoi controllare questa targa nel sistema per me?» disse, e recitò i suoi appunti. «Aspetto mentre lo fai. Barnes è qui con me.»

«Lo farò, capo.»

Poteva sentire il rumore delle dita sulla tastiera mentre l'agente di polizia cercava. «Che ne pensi, capo? Scommettiamo cinque sterline?»

«Non mi piacciono le probabilità» disse lei. «Sarà lui, vero? Deve essere per forza lui.»

Tacque mentre la voce di Debbie tornava.

«Ho un veicolo registrato a nome di John Michael Lavender di via Hazelhurst Close 26 a Staplehurst» disse.

«Bingo.» Barnes batté il palmo della mano sul volante. «L'abbiamo preso.»

«Grazie, Debs. Stiamo andando lì adesso.»

«Ci vediamo.»

Kay terminò la chiamata e si girò sul sedile fino a trovarsi faccia a faccia con Barnes. «D'accordo. Cosa pensi stia succedendo?»

«Patricia potrebbe aver esagerato» disse lui. «Voglio dire, non aveva mai incontrato Lavender prima.»

«Forse, ma sembrava piuttosto scossa, e dopo quello che Carys e Piper hanno detto sul licenziamento di Melissa Lampton da parte di Lavender ieri, non sembra proprio una persona socievole, vero?»

Lui arricciò il naso. «Non lo so. Lavender sta cercando di prendere il controllo dell'azienda? Sta mettendo pressione a Ken perché gliela ceda prima che la sua salute peggiori ancora di più? Annette ti ha detto che non era interessata, giusto?»

«Più o meno.» Kay fissò il parabrezza e si morse il labbro. «Pensi che Greg Victor stia dicendo la verità, allora? Credi che sia stato Lavender a sparare a Robert?»

«Un po' estremo, non credi?» disse Barnes. «Uccidere un collega per posizionarsi come il prossimo in linea di successione?»

«La gente lo fa da secoli.»

«Ooh, senti chi parla, l'esperta di storia.»

Lei sorrise. «Ho visto qualcosa in tv l'altra sera.»

«Lo sapevo.»

Lei rise mentre lui metteva la freccia a destra e seguiva la strada tortuosa verso Staplehurst, e gettò lo sguardo ai campi che sfrecciavano fuori dal finestrino, pronti per il raccolto.

Barnes rallentò e mise la freccia a sinistra prima di raggiungere la strada principale che attraversava il centro del villaggio, entrando in un labirinto di viali e vicoli ciechi che si estendevano ai margini, intrappolati tra la campagna e una crescente espansione urbana.

Hazlehurst Close era una strada senza uscita composta da dodici case a schiera che sembravano avere circa trent'anni. Barnes individuò il numero ventisei alla fine di una fila accanto a un vialetto condiviso.

«Non vedo la sua auto, tu la vedi?» disse.

Rallentò mentre Kay allungava il collo per guardare oltre un muro di mattoni che era stato eretto davanti alle case.

«Gira alla fine e diamo un'altra occhiata» disse lei.

Lui abbassò il finestrino mentre passavano una seconda volta.

Solo tre auto erano parcheggiate fuori, e nessuna di queste corrispondeva al veicolo nero a quattro porte che avevano visto lasciare la casa di Kenneth Archerton.

«Ok, parcheggia qui e vado a bussare alla porta» disse Kay.

Barnes accostò al marciapiede e attese mentre lei attraversava la strada verso le tre case a schiera. Suonò il campanello della proprietà all'estremità, poi si spostò alla finestra e si protesse gli occhi dal riflesso.

Dopo un momento, si voltò e tornò verso l'auto.

«Non c'è?» disse Barnes. Alzò il finestrino mentre Kay saliva.

«Non sembra» disse lei. Controllò l'ora sul cruscotto. «Deve essere andato direttamente in ufficio.»

«Avanti» disse Barnes, e ripartì.

Ci volle quasi un'ora, un viaggio che comportò molte imprecazioni sussurrate contro i turisti rimasti che ancora affollavano le strade del Kent, ma quando entrò nel parcheggio comunale di fronte agli uffici di Kenneth Archerton, si raddrizzò e indicò verso una fila di veicoli all'estremità opposta.

«È qui, guarda.»

«C'è un posto accanto alla sua auto» disse Kay, e si slacciò la cintura. «Scendo io e poi tu puoi bloccare la sua portiera, giusto per scrupolo.»

Lui sorrise e fece come lei aveva suggerito prima che si affrettassero ad attraversare la strada verso la vecchia casa del mercante.

Seguì Kay attraverso la porta d'ingresso, si fermò in mezzo all'area della reception mentre Kay parlava con Sharon Eastman, i cui occhi si spalancarono alla vista della polizia che entrava di nuovo nell'edificio.

«Posso dirgli di cosa si tratta?»

«Le nostre indagini in corso relative alla morte di Robert Victor» disse Kay.

«Mi è sembrato di sentire delle voci.»

Barnes fece un passo indietro e alzò lo sguardo verso la cima delle scale per vedere un uomo sulla quarantina che faceva scorrere la mano lungo il corrimano mentre scendeva.

Corrispondeva perfettamente alla descrizione di Patricia Wells, i suoi occhi marroni che passavano da Kay a Barnes e viceversa. «Presumo che siate la polizia?»

«Ispettrice Kay Hunter. Il mio collega, il sergente detective Ian Barnes» disse Kay. «Possiamo scambiare due parole in privato?»

«Certamente. Venite di qua, c'è una sala riunioni che possiamo usare. Volete un caffè o qualcosa?»

«Stiamo bene così, grazie» disse Barnes.

Rimase indietro e osservò Lavender mentre l'uomo li conduceva attraverso una porta laterale in una stanza che un tempo doveva essere stata un soggiorno, quando l'edificio era una casa.

Un alto soffitto ornato sovrastava pareti di colore neutro che continuavano il tema del marchio aziendale con fotografie di paesaggi che ritraevano viste panoramiche di vigneti di tutto il mondo.

Lavender si sistemò i gemelli, poi indicò il tavolo ovale al centro. «Prego, accomodatevi. Ho già fornito una dichiarazione agli agenti in uniforme che erano qui la settimana scorsa. Ora, se c'è qualcos'altro che posso fare per aiutare, basta…»

«Prima di continuare, signor Lavender, devo informarla che questo sarà un interrogatorio formale, quindi procederemo prima con l'avvertimento», disse Kay. Dopo aver finito di recitare le parole, fece una pausa. «Ha qualche problema con questo? Desidera che sia presente un avvocato?»

Lavender sorrise. «No, va bene così. Non ho problemi a parlare con voi.»

«Bene. Perché è andato a casa di Kenneth Archerton questa mattina?»

«Cosa c'entra questo con…?» Si interruppe, poi: «Scusi. Immagino che dobbiate chiedere di tutto, vero? Sono andato lì per fargli firmare alcuni documenti urgenti. Sa che viene in ufficio solo una volta a settimana? Questo non poteva aspettare fino a martedì.»

«Perché no?»

«Era la documentazione della busta paga per il pagamento della liquidazione di Melissa Lampton. La salute di Ken può anche star peggiorando, ma la sua mente no. È l'unico che può firmare qualsiasi cosa finanziaria per l'azienda.»

«Quando abbiamo parlato con la signora Wells, sembrava piuttosto scossa dalla sua visita.»

Lavender allentò la cravatta. «Dio, mi dispiace. Non volevo spaventarla. A volte è terribilmente protettiva nei confronti di Ken. Mi dava frustrazione dover andare lì in primo luogo, se devo essere sincero. Ho cercato di dire a Ken che deve iniziare a lasciarmi gestire alcuni aspetti monetari delle attività quotidiane dell'azienda se lui non può farlo. Voglio dire, potrebbe fissare un limite al livello di spesa se è preoccupato che io possa prendere una decisione finanziaria su cui non è d'accordo, ma non può continuare così. Ecco perché ho dovuto guidare fino a lì questa mattina.» Si appoggiò allo schienale della sedia. «Guardi, non ho gestito nel modo migliore il licenziamento di Melissa, e mi sento male per questo, davvero. Quindi, ho pensato che se avessi potuto organizzare il suo stipendio finale il prima possibile, sarebbe stato un modo per scusarmi.»

«Di chi è stata la decisione di licenziarla?»

«Mia. Non è stata una decisione facile, tra l'altro. So che aveva lavorato a stretto contatto con Ken e Robert in questi ultimi anni e io sono il nuovo arrivato, giusto? Posso immaginare come si sia sentita, ma non è stata una decisione presa alla leggera. Avevo esaminato tutti i dati finanziari con Ken quando abbiamo saputo di Robert, Ken ha un piano di gestione delle crisi per l'azienda sin da quando gli è stata diagnosticata la sclerosi multipla, nel caso gli succedesse qualcosa e le sue condizioni peggiorassero, ma non aveva considerato che il suo responsabile vendite principale venisse assassinato, o il conseguente interesse dei media. Questo ha messo a disagio alcuni dei nostri clienti. Tanto che la nostra capacità di negoziare accordi per importare vino e poi venderlo qui è diminuita negli ultimi giorni. Non avevamo altra scelta che decidere di non assumere un sostituto per Robert fino a quando l'attività non si fosse stabilizzata. Ed è per questo che ho fatto licenziare Melissa.»

«Quanto da vicino lavorava con Robert Victor?» disse Barnes.

Lavender alzò le spalle. «Non molto a stretto contatto. Gestivamo conti separati. Lui aveva i suoi clienti, io i miei. Lo stesso per i fornitori. È così che Ken ha impostato l'attività. Non voleva che fossimo in competizione tra di noi, ma solo con altri commercianti di vino.»

Barnes fece scivolare una copia della mappa che Gavin aveva usato per rappresentare i movimenti di Robert negli ultimi giorni prima del suo omicidio.

«Cosa c'è qui?» disse, toccando la pagina.

Allungando la mano verso la mappa, Lavender la girò. «Sembrano unità industriali, o il tipo di cosa che si vede usare dalle piccole imprese. Non ne ho idea. Dov'è?»

«A nord di Le Mans. È dove Robert è andato dopo aver cancellato i suoi appuntamenti per il mercoledì e il giovedì del suo viaggio.»

«Non ha senso», disse Lavender. Spinse la mappa verso Barnes. «Perché avrebbe dovuto farlo?»

«Dov'era venerdì scorso?» disse Kay.

«Qui. Al lavoro.»

«Fino a che ora?»

«Ho lasciato l'ufficio verso le sette. Avevo una videoconferenza tardiva con una vigna in California, è l'unico problema di avere degli account americani e nell'emisfero australe», disse. «Notti tarde o prime mattine a causa del fuso orario.»

«Dove è andato quando ha lasciato l'ufficio?» disse Barnes.

«A casa, e poi mi sono cambiato e ho incontrato alcuni amici per bere qualcosa al pub. Siamo andati a mangiare un curry in un nuovo posto che ha appena aperto.» Aggrottò la fronte. «Ho detto tutto questo ai due poliziotti che hanno raccolto la mia dichiarazione. Ho lasciato il ristorante alle dieci e mezza e sono andato a casa.»

«Quanto aveva bevuto?»

«Troppo per guidare, detective, quindi se sta insinuando che io abbia avuto qualcosa a che fare con la morte di Robert, può scordarselo.» La mascella di Lavender si irrigidì. «Sono andato a casa, ho guardato la televisione per un'ora o giù di lì, e poi sono andato a letto. La prima volta che ho sentito parlare di Robert è stato quando Ken mi ha chiamato domenica mattina per darmi la notizia.»

Kay girò una pagina pulita nel suo taccuino e la spinse sul tavolo verso Lavender. «Avremo bisogno di nomi, indirizzi e numeri di telefono degli amici che dice di aver incontrato venerdì sera.»

Estrasse una penna dalla tasca della camicia. «Immaginavo che li avreste voluti.»

CAPITOLO 48

Barnes osservò il contenuto della sua scrivania con un sospiro, poi sfogliò con il pollice i documenti che Debbie aveva impilato nel vassoio superiore.

Decise che niente di tutto ciò era urgente, poi si passò una mano sugli occhi stanchi.

Kay era partita per il Quartier Generale non appena lui aveva parcheggiato dietro la stazione di polizia, convocata dal Commissario Capo e accompagnata da Sharp, incaricato di fornire un aggiornamento sull'indagine per omicidio.

Barnes avrebbe voluto poterle dare più aiuto.

Si diede una scrollata mentale e spazzò via i resti del suo sandwich dalla scrivania prima di accedere al computer. Trascorse la mezz'ora successiva rispondendo a varie richieste e chiarimenti in risposta alle sue indagini, e si sentì sollevato quando scoprì che il principale sospettato di una serie di furti nella zona nord della città era stato condannato quella mattina.

Almeno stava ottenendo risultati da qualche parte.

Il suo sguardo si spostò dallo schermo del computer quando un uomo entrò nel suo campo visivo.

«Che cosa hai per me, Parker?»

«I risultati delle nostre chiamate agli amici di John Lavender», disse l'agente. «Hanno detto tutti la stessa cosa: John era al pub dalle sette e quarantacinque, e poi sono andati al ristorante indiano. È stato lì tutta la sera con loro, sono usciti verso le dieci e mezza, e lui è andato dritto a casa. Uno di loro, Mark Price, vive a quattro case di distanza rispetto a John e dice di aver ritirato una bottiglia di vino rosso che John gli aveva promesso prima di andarsene a casa sua. Pensa di essere andato via da lì verso le undici.»

«Il che non dà a Lavender abbastanza tempo per guidare fino a East Farleigh e confrontarsi con Robert», disse Barnes, e gettò gli occhiali sulla tastiera. «Ok, grazie.»

«Tutto bene, Ian?» Laura gli porse una tazza di tè, poi si lasciò cadere su una sedia libera accanto a lui. «Non sembri felice.»

«Grazie per il tè.» Ne bevve un sorso e lo mise da parte. «Mi sento frustrato, tutto qui. Come tutti. Pensavo di avere qualcosa prima, ma si è rivelato niente.»

«Cos'è successo questa mattina?» disse Carys mentre si univa a loro. Tirò fuori la sedia di Kay e sorseggiò il suo tè.

Lui raccontò loro della visita a Kenneth Archerton e del successivo interrogatorio di John Lavender.

«Il fatto è», disse, «che in un certo senso mi sono sentito dispiaciuto per il tipo dopo che ce ne siamo andati. È lì che cerca di mandare avanti l'attività di Ken per lui, ma Ken non glielo permette. Ci si sarebbe aspettati che con il declino della sua salute avrebbe ceduto parte della responsabilità finanziaria.»

«Forse stava pensando di farlo con Robert», disse Carys. «Sai, per tenerla in famiglia, per così dire.»

«Forse no», disse Gavin. Il giovane detective si appoggiò alla scrivania di Kay. «A volte è la cosa peggiore che puoi fare con un'attività, no? Pensa al numero di volte in cui hai sentito parlare di faide familiari che rovinano attività di successo nel corso degli anni.»

«Immagino che Ken sia il tipo di persona che metterebbe in piedi qualcosa del genere in modo che sia legalmente a prova di bomba», disse Carys. «Dopotutto, ha reso molto chiaro nelle sue dichiarazioni che ha intenzione di lasciare l'attività ad Alice. Anche Annette me l'ha detto, ha ammesso di non avere alcun interesse in essa.»

Barnes sospirò. Allungando la mano verso la sua tazza di tè nella speranza che si fosse raffreddato abbastanza da riuscire a berlo, stupito che Carys avesse quasi finito il suo, i suoi occhi si posarono sul coniglio blu in equilibrio sulla parte superiore del suo schermo del computer.

Lo prese dalla sua posizione onnisciente e lo rigirò tra le mani, chiedendosi perché qualcuno avrebbe ucciso il padre di una bambina.

«E se qualcuno non andasse bene che l'attività venisse ceduta ad Alice?» disse.

Gavin arricciò il naso. «Non credo. Robert non aveva voce in capitolo riguardo ai piani di Ken per l'attività; quindi, ucciderlo non sarebbe servito a nulla da quel punto di vista. Alice avrebbe ereditato comunque.»

Barnes grugnì, passando distrattamente le mani sul

morbido materiale, con le punte delle dita che tracciavano le cuciture. Piper aveva ragione: Robert non aveva alcun diritto sull'attività di vini rispetto a sua figlia.

Aggrottò le sopracciglia quando il suo pollice incontrò una superficie ruvida.

«Dannazione», disse, e tirò fuori gli occhiali da lettura dalla tasca della camicia. «Non riesco a vedere un accidenti senza questi.»

«Stai invecchiando, Ian?» Carys sorrise.

Lui si fermò per mostrarle il dito medio, sorrise, e poi fissò di nuovo la parte posteriore del coniglio.

«Bellezza», mormorò.

«Che succede?» disse Laura.

Non rispose, e invece si spostò dove era seduta Carys. «Spostati, Miles. Ho bisogno di accedere a quel cassetto. So che Hunter ha un paio di forbici lì da qualche parte.»

Carys sorrise e spostò la sua sedia. «Glielo dirò.»

«È un'emergenza.»

Si chinò, raggiunse il cassetto e tirò fuori un paio di forbici da ricamo che aveva visto usare da Kay il mese precedente. Tornando alla sua scrivania, si sedette e iniziò a tagliare la cucitura ruvida sul coniglio giocattolo.

«Che stai facendo?» disse Laura, con un accenno di preoccupazione nella voce.

«Si è sempre trattato di Alice, no?» disse, indossando un paio di guanti protettivi da una scatola tra le scrivanie. «Greg dice di aver cercato di proteggerla, e Robert ha visto qualcosa in Francia che lo ha spaventato ed è tornato di corsa da lei, per poi essere ucciso. Quindi, cosa c'è di così speciale in lei?»

I suoi colleghi lo fissarono in silenzio mentre

continuava a tagliare i punti. Imprecò sottovoce quando le forbici gli sfiorarono il pollice, e poi continuò. «Secondo Annette, quando Hazel le ha mostrato la fotografia del coniglio, Alice ha detto che gliel'aveva dato suo nonno. Quando ho cercato di restituirglielo, ha detto che suo padre le aveva detto di tenerlo al sicuro prima di mandarla via dalla barca. Quindi, perché darlo a me?»

Carys scrollò le spalle. «Forse voleva che lo tenessi tu perché l'avevi salvato dal fiume dopo che lei l'aveva fatto cadere. È quello che ti ha detto, no?»

«È quello che ho pensato, ma mi sbagliavo.» Sorrise mentre la cucitura si strappava, poi sollevò il coniglio e mise la mano sotto. «Penso che suo padre lo sapesse.»

La bocca di Laura si spalancò mentre un flusso di pastiglie rosa fuoriusciva dal peluche e si riversava sulla mano di Barnes e sulla sua scrivania.

«Porca miseria», disse Gavin.

CAPITOLO 49

«Che succede? Barnes, stai di nuovo rubacchiando dalla mia scrivania?»

Kay si diresse verso il gruppo di detective radunati intorno alle loro scrivanie, poi si fermò e aggrottò la fronte quando la sua battuta non fu recepita tra la cacofonia di voci.

«Va bene, cos'è che vi rende così euforici?»

Carys si voltò verso di lei, con un sorriso smagliante. «Barnes l'ha risolta.»

Kay vide il coniglietto di peluche distrutto sulla scrivania del sergente detective e aggrottò la fronte. «Non credo che Alice intendesse che lo riducessi a una vittima della strada, Ian.»

«Molto divertente», disse lui.

Il suo sguardo si posò sulle pillole rosa sparse sulla superficie accanto ad esso.

Sia Barnes che Piper erano accovacciati sul pavimento, mentre raccoglievano le pillole sparse che erano cadute sul tappeto, i loro movimenti meticolosi mentre si assicuravano di contare ognuna di esse.

«Che sta succedendo?»

«Era il coniglio», disse Barnes. «Ecco perché Alice voleva che lo tenessi io. La squadra di Harriet non avrebbe saputo cosa cercare, non c'era traccia di tutto questo quando è stato trovato nella canoa.» Si alzò in piedi e prese il giocattolo, poi glielo porse. «Guarda, l'interno ha un rivestimento impermeabile. Potremmo riuscire a trovare delle impronte. L'ho scoperto solo perché la cucitura era stata rifatta e aveva un bordo ruvido. Mi ha fatto riflettere, tutto qui.»

Kay indossò un paio di guanti, poi girò il coniglio tra le mani. «Bene, bene, bene... avete notato l'etichetta sul sedere? "*Fabriqué en France*".»

Barnes annuì. «È questo che mi ha fatto insospettire.»

«Scommetto che è stato fabbricato a nord di Le Mans», disse Gavin. «Deve avere qualcosa a che fare con il posto dove è andato Robert Victor.»

Kay restituì il coniglio e prese il telefono. «Date un'occhiata per vedere se ci sono produttori di giocattoli in una delle due località in cui sappiamo che Robert si è fermato. Io chiamerò Sharp per aggiornarlo su tutto questo. Ora avremo bisogno dell'aiuto dei nostri colleghi di là.»

«Capo.»

Gavin tornò di corsa alla sua scrivania e si mise al lavoro, e lei si rivolse a Barnes.

«Ottimo lavoro, Ian.»

«Avremmo potuto non saperlo mai», disse lui. «È stata fortuna. Non riuscivo proprio a capire perché Alice avrebbe dovuto dare il suo giocattolo a un perfetto sconosciuto.»

«Forse sapeva cosa c'era dentro», disse Carys. «O, almeno, che c'era qualcosa che non andava. E sapendo che sei un poliziotto significa che, data la sua età, si fida di te.»

Barnes scrollò le spalle, un leggero rossore gli salì alle guance. Si tolse gli occhiali e li pulì contro la camicia prima di metterli in tasca.

Kay si allontanò di qualche passo mentre la sua chiamata riceveva risposta. «Capo, sono Hunter. Abbiamo avuto una svolta per il caso Victor, e penso che vorrà vedere questo. Ok, ci vediamo tra quindici minuti.»

Ripose il telefono e, alzando la voce, si rivolse al resto della squadra nella stanza. «Briefing, adesso.»

«Cosa vuoi che faccia con tutte queste?» disse Barnes, indicando le pillole. «Devo metterle in un sacchetto e mandarle in analisi?»

«Per favore», disse Kay. «E di' loro che è urgente. So che diranno che lo è sempre, ma di' loro che crediamo sia un grosso potenziale movente per l'assassino di Robert Victor.»

Si fece strada tra due agenti di polizia e si diresse verso la parte anteriore della stanza, la squadra piombò nel silenzio mentre li raggiungeva.

«Ok, quindi Kenneth Archerton dà a sua nipote il coniglietto di peluche che è stato fabbricato in Francia, stiamo presumendo che la droga sia stata inserita prima che lasciasse il paese, o una volta arrivato qui?»

«Prima che arrivasse qui», disse Carys, picchiettando la penna contro il mento mentre fissava la lavagna. «Quindi o lui è andato lì con il pretesto di un viaggio d'affari, poco probabile, vista la sua salute, o qualcuno l'ha riportato indietro.»

«Robert, o John Lavender?» disse Kay.

«John è nuovo nell'azienda, e i controlli su di lui sono a posto», disse Laura. «E se una terza parte, forse qualcuno della fabbrica in Francia, l'avesse portato qui, Ken l'avesse dato ad Alice, e Robert l'avesse scoperto? Sarebbe stato furioso, ma avrebbe voluto vedere l'organizzazione di persona prima di affrontare Ken.»

«Ecco perché si è discostato dal suo itinerario pianificato.» Kay annuì. «Bene. Ok, quindi cosa sta succedendo? Perché dare il coniglio proprio ad Alice?»

«Forse questo è un test», disse Gavin, prendendo posto accanto a Barnes. «Forse volevano vedere se potevano far passare quel coniglio attraverso la dogana senza farsi beccare prima di inviare una spedizione più grande? E poi per evitare sospetti, Ken potrebbe averlo dato ad Alice per custodirlo. Solo lui avrebbe saputo cosa c'era dentro.»

Fissando la fotografia di Kenneth Archerton che era stata appuntata accanto a quelle del resto della sua famiglia, Kay scosse la testa, poi si voltò verso di loro.

«Ci ha ingannati, vero? Abbiamo solo la sua parola sul fatto che sia ammalato.»

«Capo?» disse Laura.

«Che prove abbiamo per suggerire che abbia la sclerosi multipla? Uno, ce l'ha detto lui. Due, sappiamo che ha una badante, Patricia Wells. Tre, usa i bastoni per muoversi. Tutto qui.»

Barnes fischiò sottovoce. «E siccome è il nonno di Alice, l'abbiamo messo al di sopra di ogni sospetto. Cristo, che ca...»

«Voglio che Patricia Wells sia portata qui subito per l'interrogatorio. Vediamo cosa ha da dire sulla salute del suo datore di lavoro. Carys, Gavin, questo tocca a voi.» Si passò una mano tra i capelli. «Immagino che dovremmo fare un'altra chiacchierata anche con Greg Victor.»

«È stato trasferito nel dipartimento di custodia cautelare del carcere fino a quando non comparirà in tribunale la prossima settimana. Dovrò chiamarli per fissare un appuntamento», disse Carys. «E Ken Archerton?»

«Aspettate», disse Kay. «Vediamo prima se Greg può dirci qualcosa. Ken probabilmente sa che Barnes ha il coniglio, ma potrebbe non essersi reso conto che siamo a conoscenza del contenuto. Dato il modo in cui sono andate le nostre ultime due conversazioni con lui, almeno.»

«Pensi che sia stato lui?» disse Gavin.

«Calma», disse Kay. «Un passo alla volta. Raccogliamo prima queste altre dichiarazioni dei testimoni. Considerando quello che quella famiglia ha passato nelle ultime due settimane, non possiamo permetterci di fare errori. Dobbiamo essere sicuri di avere ragione su questo. A proposito, Debbie, puoi chiamare Andy Grey e chiedergli di far ricontrollare alla sua squadra le immagini delle telecamere di sorveglianza di venerdì sera scorso nei dintorni di East Farleigh? Che tipo di auto guida Patricia Wells, qualcuno lo sa?»

«Una berlina nera a quattro porte, capo», disse Laura.

«Bene, è quello che stanno cercando, Debs.»

«Capo.»

Kay alzò un sopracciglio. «Beh, non restate lì seduti, voi.»

La squadra si precipitò fuori dalle sedie, e in pochi secondi la sala operativa fu invasa da una cacofonia di rumori. Kay fece un cenno a Barnes mentre Sharp entrava, e aggiornò l'ispettore capo investigativo sulla situazione.

«Dove state andando adesso?» chiese lui.

«In carcere, per interrogare Greg Victor. Torneremo qui dopo per fare il punto con Carys e Gavin e vedere se c'è qualcosa che collega la sua dichiarazione con quella di Patricia Wells.»

«Bene», disse lui. «Una volta che avremo quelle, prenderemo una decisione su Ken Archerton. E, Barnes... ottimo lavoro.»

CAPITOLO 50

Gavin si aggiustò la cravatta, cercò di appiattirsi i capelli, poi rinunciò e sbatté la porta dell'armadietto.

Spalancando la porta che dava sul corridoio principale, evitò un'agente di polizia donna concentrata sulla radio agganciata al suo giubbotto, e si affrettò a raggiungere la sua collega.

Carys raccolse i fascicoli tra le braccia e spinse indietro la sedia mentre lui si avvicinava a grandi passi.

«Pronto?»

«Sì. Si è calmata?»

«Tranquilla come un agnellino una volta messa in cella». L'agente detective sorrise. «Era solo un bicchiere d'acqua. Fortuna che avevi una camicia pulita nell'armadietto, però. Ho pensato che due delle ragazze dell'amministrazione sarebbero svenute dall'eccitazione quando ti hanno visto entrare».

Gavin alzò gli occhi al cielo. «Il suo avvocato è arrivato?»

«È appena arrivato».

«Andiamo».

Le tenne aperta la porta e la seguì giù per le scale, riflettendo su Patricia Wells.

Quando si erano presentati a casa di Kenneth Archerton, la badante aveva aperto la porta con un bicchiere d'acqua in mano, e aveva detto loro che Archerton era a un appuntamento dal medico, aveva preso un taxi per andare in città.

Quando Carys aveva informato la donna che doveva rispondere ad alcune domande alla stazione di polizia e che doveva accompagnarli immediatamente, Gavin aveva subito la reazione della donna.

L'acqua lo aveva colpito dritto in faccia.

Mentre lui era rimasto gocciolante sulla soglia, Carys aveva formalmente ammonito Patricia prima di accompagnarla alla loro auto.

La sua collega aveva quasi riso, e aveva trascorso l'intero viaggio di ritorno alla stazione con la mascella serrata, incapace di guardarlo.

Ora, aprì la porta della sala interrogatori e notò che un'aria di reticenza avvolgeva Patricia.

Era seduta accanto al suo avvocato, un uomo di nome Douglas Carter, con un'espressione mite mentre Gavin e Carys prendevano posto.

Sistemò i suoi appunti mentre Carys avviava la registrazione e recitava l'avvertimento formale.

«La mia cliente vorrebbe scusarsi per le sue azioni precedenti», disse Carter. «Ha reagito in modo eccessivo».

Gavin non disse nulla, aprì il fascicolo davanti a sé e si prese il suo tempo per girare una nuova pagina del suo taccuino. Controllò l'ora sul suo orologio confrontandola con quella dell'orologio a muro, schioccò la penna e scrisse sulla prima riga prima di rilassarsi contro lo schienale della sedia.

Finalmente, si rivolse alla donna di fronte a lui.

«Da quanto tempo lavora per Kenneth Archerton?»

Patricia si spostò una ciocca di capelli dagli occhi. «Circa cinque mesi».

«Come ha ottenuto il lavoro?»

«Tramite una conoscente. Mi ha detto che conosceva un uomo d'affari a cui era stata recentemente diagnosticata la sclerosi multipla e che aveva bisogno di un aiuto part-time».

«Con quale organizzazione è registrata?»

Patricia si schiarì la gola, lanciò un'occhiata al suo avvocato, e poi tornò a guardare Gavin. «Non lo sono. Ho tutte le qualifiche necessarie, però».

Lui strinse gli occhi mentre la guardava. «Sono valide?»

«Sì. Certo che lo sono».

«Dove ha ottenuto le qualifiche?» disse Carys.

«In Francia».

Gavin smise di stare con la schiena curva e appoggiò le mani sul tavolo. «Dove esattamente in Francia?»

«Laval. È a ovest di Le Mans. C'è un college comunitario lì. Quando mi sono separata da mio marito, mi sono trasferita lì per un po'. Volevo un cambiamento di prospettiva. Poi i soldi sono finiti e sapevo che avrei dovuto trovare qualcosa da fare». Sorrise, ma il sorriso non raggiunse gli occhi. «La popolazione invecchia, no? Almeno avevo buone possibilità di non essere licenziata».

«Quando è tornata in Inghilterra?»

«Circa un mese prima di iniziare a lavorare per il signor Archerton».

«Aveva parlato con lui prima di allora?»

«No, la mia amica ha sistemato tutto. Ho avuto un colloquio con lui la settimana prima di iniziare, come formalità, ma è stato tutto. Si potrebbe dire che ci siamo intesi subito».

Un sorriso malizioso attraversò le labbra di Carys, poi estrasse una copia di un'email dalla cartella accanto a Gavin e la girò verso Patricia. «Abbiamo parlato con Annette Victor, che ha confermato la sua versione. Sfortunatamente, il college comunitario di Laval non ha mai sentito parlare di lei».

Gli occhi di Patricia si spalancarono mentre leggeva l'email.

«Ha mai visto Kenneth Archerton camminare senza l'aiuto dei suoi bastoni?» disse Gavin.

Lei scosse la testa. «No».

«Chi è l'amica che l'ha messa in contatto con lui?»

«Perché? Lei non ha niente a che fare con questa storia».

«Abbiamo bisogno di un nome».

Patricia spinse l'email indietro attraverso il tavolo verso di lui. «No».

«Se non ci aiuta, non possiamo aiutarla», disse Carys, e lasciò l'email dov'era. «Archerton sa guidare?»

«Cosa? Non lo so. Mi fa sempre guidare ovunque, o se non posso o vuole fare delle commissioni, prende un taxi come ha fatto oggi».

Gavin si costrinse ad attenersi al piano dell'interrogatorio che lui e Carys avevano concordato con

Fiona Wilkes, nonostante la sua impazienza nell'esigere le risposte che cercavano. Fece un respiro, poi estrasse una delle fotografie dalla scena del crimine a Tovil e la tenne sollevata.

Patricia sussultò e si ritrasse sulla sedia mentre osservava i lineamenti sfigurati di Robert Victor.

«Ken Archerton possiede un'arma?» disse lui.

«I-io non lo so».

«Ci pensi bene, Patricia. Crede che Ken la proteggerà quando parleremo con lui?»

La mascella della donna si contrasse, poi fece cenno al suo avvocato e gli sussurrò all'orecchio.

Carter annuì, poi si rivolse ai due detective. «Vorrei parlare in privato con la mia cliente».

«Saremo fuori».

Gavin spinse indietro la sedia, attese che Carys terminasse la registrazione, poi raccolse il contenuto del fascicolo e uscì nel corridoio. Si girò sui tacchi mentre la sua collega sbatteva la porta.

«Lo abbiamo in pugno, vero?»

«Quasi». Carys sospirò. «Mi chiedo quanto ne sappia lei?»

«Dipende da quanto si fidava di lei, suppongo. Pensa che Ken l'abbia semplicemente assunta come parte della messinscena della sua malattia, o pensa che sia più coinvolta?»

«Dev'essere coinvolta, no?»

«Gav!» Debbie apparve alla porta che dava sulle scale e agitò un fascio di fogli verso di loro. «Andy ha inviato i risultati delle telecamere di sorveglianza di East Farleigh».

Prese i fogli che lei gli porgeva e li tenne in modo che

anche Carys potesse vederli. Ognuno era un fermo immagine preso da una telecamera di sorveglianza sul lato sud del ponte medievale che attraversa il fiume Medway.

E in ciascuno, si vedeva una berlina nera a quattro porte con una targa corrispondente a quella registrata a nome di Patricia Wells che attraversava il ponte, per poi girare a sinistra nel parcheggio accanto al fiume.

«Ti abbiamo beccata», disse Carys.

«Non riusciamo a vedere chi la sta guidando, però», disse Gavin. «Ci sono altre angolazioni, Debs?»

«No, mi dispiace, è tutto quello che abbiamo. Queste sono state registrate alle dieci e quindici di venerdì sera».

Lui aggrottò la fronte. «Era ancora abbastanza chiaro a quell'ora».

«Potrebbe aver aspettato nel parcheggio», disse Carys. «Aspettando che facesse buio, per poi andare verso la barca. C'erano meno probabilità di essere visti dai residenti o da chi portava a spasso il cane».

La porta della sala interrogatori si aprì e apparve Douglas Carter. «La mia cliente desidera dire una parola».

«Non ho dubbi», disse Gavin sottovoce. «Grazie, Debbie».

Seguì Carys di nuovo nella sala interrogatori, chiuse la porta e riavviò la registrazione.

«Prima di dire qualsiasi cosa, potrebbe voler dare un'occhiata a queste», disse, e mise le fotografie davanti a Patricia.

Lei impallidì, ma non disse nulla.

«Non abbiamo tutto il giorno, Patricia», disse Carys. «Ha qualcosa da dire?»

«All'inizio di aprile ho ricevuto una telefonata da una

donna che avevo incontrato a Laval, mi si era avvicinata un giorno mentre ero seduta in un bar cercando di leggere gli annunci di lavoro sul mio portatile. Ha fatto leva sul fatto che fossi inglese, e immagino abbia intuito che avessi bisogno di soldi». Patricia si torse le mani. «Mi disse che lavorava per un cliente privato che aveva interessi commerciali in Francia, ma che viveva nel Kent. Disse che gli era stata recentemente diagnosticata la sclerosi multipla, ma che era ancora abbastanza autonomo. Voleva semplicemente qualcuno a disposizione per fare le pulizie e il bucato, ma che potesse aiutare se avesse avuto un peggioramento. Le dissi che non avevo qualifiche per quello, ma lei mi disse di non preoccuparmi, che avrebbe sistemato tutto in modo che se qualcuno avesse chiesto, non ci sarebbero stati problemi».

Si chinò in avanti e si prese la testa tra le mani. «So di essere stata stupida, ma avevo bisogno dei soldi. Il mio ex marito e io non eravamo benestanti o altro, e i miei risparmi stavano iniziando a esaurirsi. La maggior parte dei nostri amici erano in comune, e non sapevo cos'altro fare. Così, ho accettato il lavoro».

«È ammalato?» chiese Gavin.

«No. Ha detto che aveva bisogno di me per aiutarlo a mantenere le apparenze».

«Chi era la donna che l'ha reclutata?» chiese Carys.

«Beatrice. Non conosco il suo cognome. Lavora per il signor Archerton sul fronte francese dei suoi affari».

«Stiamo ancora parlando dell'attività di commercio di vini, o di qualcos'altro?»

«L'altra attività. La droga». Patricia sospirò. «Guardi, l'ho scoperto per caso solo poche settimane fa. L'ho sentito parlare al telefono un pomeriggio, all'inizio non si era accorto che ero fuori dallo studio. Credo che abbia sentito l'odore del lucido per mobili che stavo usando, perché quando ha finito mi ha chiamata dentro. Cosa potevo fare? Mi ha chiesto se avessi sentito qualcosa, e ho detto di sì ma che avrei mantenuto il silenzio perché non volevo perdere il lavoro. Mi ha detto che avrei potuto guadagnare molto di più per la mia lealtà».

«E non ha pensato di denunciarlo?»

«Non potevo! Tanto per cominciare, avevo bisogno dei soldi, e cosa mi sarebbe successo? Sapeva che visitavo mia madre a Leicester di tanto in tanto, ho usato il suo indirizzo nel CV che ho dato a Beatrice perché lei aveva specificamente chiesto un indirizzo nel Regno Unito. E se le avesse fatto del male? Ha visto cosa è successo a Robert».

«Ci parli della sua malattia. Abbiamo dichiarazioni qui che suggeriscono che fosse lei a portarlo agli appuntamenti dal medico di base e a vedere uno specialista che stava consultando a Manchester. Chi stava veramente incontrando?»

Le spalle di Patricia si afflosciarono. «Gli appuntamenti dal medico di base erano reali. Ha la pressione alta».

«E Manchester?»

«È l'altro capo dell'attività di droga. È lì che stanno pianificando di spedirla. A Ken piace che io guidi fino a lì così può lavorare mentre viaggiamo. È nelle fasi finali per sistemare tutto».

«Può descrivere questa Beatrice?»

«Circa della mia altezza. Capelli neri di media lunghezza. Snella. Non magra, ma nemmeno grassa».

«Cosa è successo venerdì sera?» chiese Gavin.

«Ken mi ha detto che sarebbe andato in città a incontrare un amico», disse Patricia, con la voce appena più alta di un sussurro. «Ha detto che non aveva bisogno che io guidassi, che era solo una breve distanza e non c'era molto traffico sulla strada».

«Aveva mai guidato la sua auto senza di lei prima?»

«Una o due volte. Solo di notte, però. Per non essere visto, suppongo».

«A che ora venerdì?»

«È partito verso le nove e quarantacinque. Era di pessimo umore, l'avevo sentito urlare al telefono nello studio un'ora prima, e mi sono preoccupata quando è diventato silenzioso. Ho bussato e ho chiesto se stesse bene, e lui ha detto di sì e che non voleva essere disturbato».

«A che ora è tornato?»

«Verso le undici e mezza. È andato direttamente al piano di sopra e si è fatto la doccia. Quando è tornato giù, mi ha chiesto di portargli una cena leggera. Quando l'ho portata nello studio, era seduto con un bicchiere di brandy a fissare il vuoto con il fuoco che ardeva nel camino. Non mi ha detto nulla, e io non volevo chiedere. Ho messo il vassoio con il cibo sulla scrivania e sono uscita».

CAPITOLO 51

Kay infilò il cellulare nella borsetta e si sforzò di sorridere mentre raggiungeva Barnes accanto al cancello di sicurezza del carcere.

«Hai trovato anche tu una scusa?»

«Per fortuna avevamo in programma solo del cibo cinese d'asporto stasera» disse Barnes. «Pia ti manda i suoi saluti.»

«È ora che ci vediamo tutti di nuovo. Volevo invitarvi da noi all'inizio dell'estate, ma il tempo è volato.»

«Sarebbe bello.» Barnes socchiuse gli occhi guardando la telecamera di sicurezza. «Sanno che siamo qui ad aspettare, vero?»

Lei scalciò un sasso con la scarpa, facendolo volare. «Probabilmente sono occupati.»

Girandosi al suono del cancello che si apriva, gli diede una leggera spinta ed entrò nel carcere.

I controlli di sicurezza richiesti durarono venti minuti finché le guardie non furono soddisfatte che tutte le procedure fossero state seguite. Una volta confiscati tutti i loro effetti personali, Kay e Barnes furono condotti in una sala per gli interrogatori.

Telecamere sporgevano dalle pareti e un tavolo con quattro sedie occupava la maggior parte dello spazio.

«Il suo avvocato è arrivato al cancello, quindi faremo entrare lui e Victor a breve» disse la guardia che li aveva accompagnati.

«Grazie» disse Barnes, e si chinò per familiarizzare con l'attrezzatura di registrazione.

Kay si strinse le braccia intorno alla vita e si appoggiò al muro mentre aspettavano. Si chiese se Alice avesse idea della catena di eventi che aveva scatenato quando aveva lasciato cadere il peluche mentre era in fuga con Greg. Se non fosse successo, l'avrebbero mai scoperto?

L'omicidio di Robert Victor sarebbe potuto rimanere irrisolto per anni, e invece eccoli lì, così vicini alle risposte che stavano cercando.

Si staccò dal muro e si spostò verso una delle sedie mentre la porta si apriva e la guardia faceva entrare Greg Victor.

L'uomo aveva un aspetto emaciato, il peso della settimana passata era evidente nelle rughe che gli solcavano la fronte, le spalle erano curve mentre si trascinava verso il posto di fronte a lei.

Il suo avvocato si fermò sulla soglia, attese che la guardia avesse informato il suo cliente sulla procedura da seguire, poi annuì in segno di ringraziamento mentre l'uomo lasciava la stanza.

«Detective, sono Andrew Gillow, socio senior di Blake Arrow. Attualmente rappresento il signor Victor in assenza del mio collega. È tardi, quindi possiamo iniziare?»

Kay porse all'avvocato uno dei suoi biglietti da visita, poi fece cenno a Barnes di cominciare.

Dopo essersi assicurato che il registratore digitale funzionasse, recitò l'avvertimento formale e rivolse la sua attenzione a Greg.

«Kenneth Archerton non ha la sclerosi multipla, vero?» disse.

Greg deglutì. «Mi avvalgo della facoltà di non rispondere.»

«Sappiamo che il coniglietto di peluche che Alice ha lasciato cadere nella canoa che avete rubato conteneva una notevole quantità di droghe illegali. Ha qualcosa da dire in merito?»

«Mi avvalgo della facoltà di non rispondere.»

«Suo fratello, prima di morire, sospettava che suo suocero fosse coinvolto in attività illegali che avrebbero potuto mettere in pericolo sua figlia» disse Kay. «Magari pensava di poter raccogliere delle prove prima di venire da noi. Magari voleva confrontarsi con Kenneth riguardo a quelle prove per ottenere delle risposte. Ma non ne ha avuto la possibilità, vero? Perché Kenneth ha scoperto che stava ficcando il naso e l'ha ucciso. Perché? Perché correre un tale rischio?»

«Non posso.» Greg chiuse gli occhi. «Mi dispiace, non posso aiutarvi.»

«La prego, Greg. Abbiamo intenzione di parlare con Ken, ma senza il suo aiuto non posso arrestarlo. Non posso basarmi su delle voci. Ho bisogno di qualcosa su cui lavorare.»

Kay trattenne il respiro, incapace di pensare a qualcosa

che potesse fargli cambiare idea. Sapeva di esserci vicina, ma…

«Robert mi ha chiesto di aiutarlo a far uscire Alice dal Paese. Avevo paura che Ken potesse fare del male a Sadie se avesse scoperto che ero coinvolto.» Greg sbatté le palpebre, poi si passò una mano sulla bocca, il sudore gli imperlava le tempie.

«Sua figlia?»

Annuì.

«Ha minacciato in qualche modo lei o sua figlia?»

«Non era necessario, so di cosa è capace.»

«Cosa sa della fabbrica di giocattoli nel nord della Francia? Gliene ha parlato Robert?»

«Sì.» Si asciugò i palmi sul viso, poi si sporse in avanti, con le braccia incrociate sul tavolo. Dopo aver lanciato un'occhiata di lato al suo avvocato, fece un respiro profondo. «È per questo che Robert mi ha chiesto di trasferirmi da Nottingham, così sarei stato in casa mentre lui era al lavoro. È per questo che mi ha chiesto di portare via Alice quella notte. Non l'ho rapita. Beh, non in quel momento. Robert stava progettando di tornare a casa per affrontare Ken. Il viaggio in barca è stata una decisione dell'ultimo minuto, mi ha telefonato martedì sera per dirmi che stava viaggiando oltre Le Mans, che doveva andare a dare un'occhiata a qualcosa che pensava Ken stesse facendo con l'azienda di nascosto. Voleva sapere che Alice fosse al sicuro, aveva già i suoi sospetti su ciò in cui Ken era coinvolto. Solo che non sapeva in che modo stesse operando.»

«Cosa sa dei pagamenti che Robert ha ricevuto ogni mese da metà aprile?»

«Era Ken, che cercava di addolcire l'affare. Stava cercando di costringere Robert ad assumersi più responsabilità mostrandogli cosa poteva ottenerne. Robert si rifiutava di spenderne anche solo un centesimo, ma i soldi continuavano ad arrivare. Credo che abbia detto ad Annette che erano bonus per le prestazioni. Non voleva spaventarla, almeno finché non avesse trovato un modo per portarle in salvo.»

«Cosa è successo quando è arrivato alla barca venerdì sera?»

«Mi ha raccontato cosa aveva scoperto. Ovviamente non poteva entrare nelle proprietà, non voleva che Ken sapesse che era stato lì, ma qualcuno deve averlo visto e riferito. Ha detto di aver visto che si trattava di fabbriche di giocattoli e che era quello che sospettava. Aveva anche dei documenti. Roba che aveva trovato nello studio di Ken, alcuni appunti, credo, ma era convinto che Ken fosse coinvolto in qualcosa di grosso. Ken aveva accennato a lui e Annette durante l'estate che stava pensando di espandere l'azienda per assicurarsi che diventasse l'eredità che voleva lasciare ad Alice. Aveva detto a Robert che forse avrebbe dovuto assumersi più lavoro in modo da avere più tempo libero. Robert pensava che fosse per questo motivo che Ken aveva assunto John cinque mesi fa, perché non avrebbe avuto tempo di gestire il lato enoteca se stava perseguendo gli altri suoi interessi.»

«Cosa è successo ai documenti?» disse Barnes. «Non abbiamo trovato nulla addosso a Robert quando è stato trovato.»

«Deve averli presi Ken, allora.»

«E la sclerosi multipla?» disse Kay.

«Tutte stronzate,» disse Greg. «Robert l'aveva capito da un po', ma non aveva detto nulla ad Annette. Lo aveva seguito una notte da casa. Aveva scoperto che Ken incontrava qualcuno in un fast food dall'altra parte di Ashford, nel parcheggio. Una donna.»

«Robert ha detto chi fosse?»

«Non sapeva il suo nome, ma disse di averla vista entrare in una delle fabbriche in Francia.»

«L'ha descritta?»

Greg si appoggiò allo schienale e fissò il pavimento. «Capelli neri, fino alle spalle. Magra. Jeans neri e giacca di pelle. Mi dispiace, è tutto quello che ricordo. Disse che sembrava più adatta a guidare una moto piuttosto che un SUV di fascia alta.»

«Le ha detto quando è successo? Le ha dato un'idea della data in cui l'ha vista?»

«No, mi dispiace.»

Kay controllò i suoi appunti. «Mi parli della barca alla chiusa di Allington.»

«Robert l'aveva noleggiata. Era paranoico per il fatto che Ken potesse scoprire che avevo Alice con me; quindi, il piano era di ormeggiare la barca che avevo noleggiato vicino al Castello di Allington e poi camminare fino alla chiusa per prendere la barca a suo nome. Credo pensasse che avrebbe creato confusione se Ken l'avesse scoperto, perché avrebbe pensato che Robert fosse ancora in Francia.» Emise una risata amara. «Dio, siamo stati così ingenui. Ecco perché alla fine non l'ho usata. Pensavo che avessero scoperto l'intero piano.»

«Dove sareste andati da Allington?»

«A valle verso Thanet, per poi passare a una terza

barca, una più grande. Robert avrebbe portato Alice fuori dal paese, vede. Ha contatti nel commercio di vini in Germania. Pensava che era l'unica cosa che l'avrebbe tenuta al sicuro.»

«Annette lo sapeva?»

«No, aveva troppa paura che Ken lo scoprisse e la ferisse in qualche modo.» La sua bocca si contorse. «Avrebbe mandato a chiamarla una volta che Alice fosse stata al sicuro.»

«Invece, Ken lo ha scoperto in qualche modo, e sapeva che Robert era tornato nel Paese, grazie ai suoi contatti,» disse Kay. Si sporse in avanti. «Lei crede che Kenneth Archerton abbia ucciso suo fratello?»

«Sì, certo,» disse Greg. «E voi avete permesso ad Annette di riportare Alice da lui.»

CAPITOLO 52

Sharp uscì dal suo ufficio mentre Kay e Barnes entravano nella sala operativa, e fece un cenno alla squadra ridotta che chiacchierava all'estremità opposta.

«Carys e Gavin hanno appena finito di aggiornare HOLMES2», disse. «Prendete qualcosa da bere e poi unitevi a noi. Presumo che la vostra visita a Greg Victor sia stata proficua?»

«Penso che siamo pronti per un arresto, capo», disse Kay.

«Bene. Due minuti, allora.»

Il dolce aroma delle bevande energetiche si mescolava a un preponderante odore di cibo da asporto mentre gli agenti di polizia riuniti cercavano di rimanere svegli rifornendo di grassi e zuccheri i loro corpi stanchi.

Kay si prese un momento per ripassare i suoi appunti, e una volta soddisfatta di poter fornire un resoconto conciso ai suoi colleghi, rubò un involtino primavera dalla scrivania di Debbie con un occhiolino mentre passava e si unì a Barnes in prima fila.

Sharp stava già impartendo ordini ai ranghi in uniforme, pianificando i dettagli dell'arresto di Ken Archerton e assicurandosi che tutti i file e la documentazione fossero in ordine per la Procura della Corona.

«Bene», disse, mentre Kay si univa a loro. «Carys, vieni qui davanti a illustrarci l'interrogatorio di Patricia Wells. Solo i punti rilevanti, ricorda, se qualcuno è interessato a ulteriori dettagli, può leggere il tuo rapporto e quello di Piper nel database.»

«Grazie, capo.» La detective si mise davanti alla lavagna e si schiarì la gola. «Okay, dunque Patricia ha confermato i nostri sospetti sulla malattia di Kenneth Archerton. È stata reclutata in Francia mentre faceva un anno sabbatico in un posto chiamato Laval, è a ovest di Le Mans. Archerton le disse che il suo lavoro consisteva nell'aiutarlo a mantenere le apparenze. Ha iniziato a lavorare per lui cinque mesi fa e lo ha incontrato per la prima volta una settimana prima del suo incarico. Sostiene di aver scoperto della droga solo poche settimane fa e che temeva per la sua vita; quindi, disse ad Archerton che avrebbe mantenuto il silenzio. Lui poi la usò per accompagnarlo avanti e indietro agli incontri con un'organizzazione di consumatori finali a Manchester, con la scusa di visitare uno specialista per la sua sclerosi multipla. Ha ottenuto un aumento di stipendio poco dopo aver scoperto della droga; quindi, senza dubbio Archerton si stava assicurando che non venisse meno alla sua parola. Penso che lei sospettasse già di cosa fosse capace se si fosse rivolta a noi.»

«E per quanto riguarda la notte dell'omicidio di Robert?» chiese Kay. «Ha potuto fare luce su quello?»

«Sì, afferma che Archerton ha ricevuto una telefonata quella notte. Non sapeva da chi, né di cosa si trattasse, ma ha detto che dopo era di cattivo umore. Alle nove e quarantacinque, ha preso la sua macchina e ha lasciato la casa. Poi ha aggiunto che non è tornato fino alle undici e mezza.»

«Dandogli tutto il tempo di arrivare a East Farleigh entro le dieci e quindici quando i ragazzi di Andy hanno individuato la sua auto dalle telecamere di sorveglianza, aspettare che facesse buio e poi camminare fino alla barca e tornare indietro», disse Gavin.

«Grazie, Carys», disse Sharp. «Kay? Come si inserisce questo con ciò che Greg Victor ti ha detto?»

Kay sorrise. «Penso che lo abbiamo in pugno, capo. Greg conferma che Archerton non ha la sclerosi multipla, apparentemente, Robert lo sospettava già all'inizio dell'estate, e non credeva nemmeno alla sua espansione aziendale. Poi, ha trovato dei documenti nello studio di Archerton che hanno fatto scattare un campanello d'allarme. Chi lo sa? Forse Archerton si è reso conto che Robert li aveva, Greg sembra certo del fatto che Robert avesse delle prove quando è arrivato alla barca venerdì sera, ma non erano in suo possesso quando abbiamo trovato il suo corpo.»

«Ciò che è interessante è che Greg dice che Robert ha visto Archerton incontrare una donna in un parcheggio di un fast food dall'altra parte di Ashford qualche settimana fa», disse Barnes. «Patricia ti ha dato una descrizione della donna che ha incontrato a Laval?»

«Capelli neri, snella, circa della mia altezza», disse Carys. «Si fa chiamare Beatrice, nessun cognome, purtroppo.»

«Sembra esattamente la donna che Robert ha descritto a Greg», disse Kay. «Quindi è sicuramente una persona di interesse in tutto questo.»

«Cos'altro avete voi due?» disse Sharp, aggiornando gli appunti sulla lavagna.

«Greg ha detto che suo fratello era convinto che la fabbrica di giocattoli in Francia avesse qualcosa a che fare con ciò che Archerton sta pianificando», disse Barnes. «E ora sappiamo che è probabilmente lì che è stato fabbricato il coniglio.»

«Quindi, Archerton ha un socio in affari in Francia che sta pianificando di usare le sue conoscenze sull'importazione per introdurre giocattoli imbottiti di droga», disse Sharp. Appoggiò le mani sulla cintura e aggrottò le sopracciglia. «Perché i giocattoli, però?»

Laura alzò la mano. «Capo?»

«Parla.»

L'agente di polizia si alzò in piedi. «Quando ero all'università, ho fatto alcuni moduli di marketing inseriti nel piano di studi della mia laurea. Quindi, mi chiedevo se forse, usando i peluche, Archerton potesse far passare la droga attraverso la dogana più facilmente, considerando che sono sotto pressione per il numero di controlli sui beni continentali che passano attraverso il Kent. Dividendo le spedizioni in quantità più piccole di merci, avrebbe ridotto il rischio e poi, se avesse distribuito i giocattoli attraverso un partner commerciale fidato, la connessione di Manchester, gli utenti finali avrebbero potuto accedervi con la scusa di comprarli per i loro figli. Avrebbe potuto anche cercare di stabilire un'operazione di traffico di droga costringendo bambini vulnerabili a spostare i giocattoli tra gli utenti, o forse venderli a ragazzi più grandi che cercano la droga, per stabilire una futura base di clienti. Lo chiamano "dalla culla alla tomba" nel gergo pubblicitario e del marketing.»

«Se i bambini mettessero le mani su quelle droghe per sbaglio, potrebbero morire», disse Barnes, con la voce poco più di un ringhio.

Sharp si sedette sul bordo della scrivania più vicina alla lavagna, il viso pieno di meraviglia. «Cazzo, Laura. Ottima osservazione.»

«Sì», disse Barnes, dando un leggero pugno sul braccio all'agente di polizia. «Immagino che quella laurea non sia stata una perdita di tempo dopotutto.»

CAPITOLO 53

Kay si riparò gli occhi dal sole che sorgeva mentre Carys svoltava bruscamente nel vialetto di Ken Archerton dietro due auto di pattuglia in uniforme, con le luci lampeggianti.

Nello specchietto retrovisore, vide un'altra auto fermarsi di colpo, bloccando il vialetto, e poi Carys frenò, la manovra spinse Kay contro la cintura di sicurezza con forza.

«Gesù, Carys, questo lascerà il segno.»

«Scusa, capo. Non voglio che ci sfugga.» La detective allentò la presa sul volante e flesse le dita. «Pensi ancora che Alice sapesse che qualcosa non andava?»

«Sì, lo penso. Avrà pure cinque anni, ma era chiaro dal suo interrogatorio con Bethany che è incredibilmente perspicace per la sua età.»

«Spero che starà bene dopo tutto questo.»

«Anch'io.»

Kay aprì la portiera dell'auto e si diresse a grandi passi verso la porta d'ingresso, con la mascella serrata.

Un fuoristrada verde era parcheggiato con il retro

rivolto verso la casa, il motore emetteva un rumore di ticchettio mentre si raffreddava nell'aria del mattino.

Prima che potesse alzare la mano per bussare alla porta d'ingresso, questa si spalancò.

Annette Victor stava sullo scalino, con il viso pallido.

«Dov'è Patricia? Mio padre non è qui, e ha portato Alice con sé, dove sono? Cosa sta succedendo?»

«Calma,» disse Kay. «Patricia è stata con noi, ha risposto ad alcune domande. Cosa intendi dire che tuo padre non è qui?»

«Quando sono tornata dal mercato in paese quindici minuti fa, era sparito. Non c'è traccia di lui, o di Alice. Cosa sta succedendo?»

Kay fece un passo indietro. L'utilitaria nera di Patricia era parcheggiata sul lato della casa, bloccando il sentiero che portava alla porta laterale. Alzò un sopracciglio verso Carys, poi prese Annette per il braccio.

«Andiamo in cucina,» disse. «Poi mi racconterai tutto quello che tuo padre ti ha detto prima che uscissi.»

Mentre conduceva la donna lungo il corridoio e nella spaziosa cucina, riuscì a sentire Carys che mormorava ordini ai quattro agenti in uniforme di iniziare a perquisire la casa per corroborare l'affermazione di Annette che Alice non si trovava da nessuna parte.

«Cosa ti ha detto esattamente tuo padre questa mattina?» disse ad Annette, che ora era appoggiata al fornello, mordicchiandosi un'unghia.

«Ha detto che voleva del cibo e delle cose dal mercato, in questa stagione la frutta è migliore lì che nel supermercato in città. Ha detto che era troppo stanco per venire con me, e che avrebbe tenuto compagnia ad Alice mentre ero via.»

Con le labbra strette, Kay si voltò al suono di passi e vide Carys che si dirigeva verso di lei. «Niente?»

«No.»

«Annette, sai come si sposta tuo padre se Patricia non è qui per guidarlo?»

«No, dipende completamente da lei. A meno che non lo guidi io o usi un taxi, ovviamente.»

«Usa una compagnia di taxi tradizionale?»

«Sì, Abbotts Cars.»

«Carys, puoi chiamarli per favore e chiedere se hanno prelevato Ken Archerton e sua nipote questa mattina?»

«Capo.»

«Cos'è che non mi state dicendo?» disse Annette. Fece un passo avanti. «Cosa sta succedendo?»

Kay evitò la domanda. «Ci sono altre vie d'accesso per allontanarsi da questa casa, oltre al vialetto principale?»

«Non che si possano usare con un'auto, no. C'è un sentiero per cavalli che corre lungo l'altro lato del ruscello in fondo al giardino.»

«Dove porta?»

«Beh, se giri a destra ti porta alla fattoria sulla collina. Se giri a sinistra, sbuca alla stazione ferroviaria ai margini di Headcorn. Perché?»

«Un attimo, signora Victor. Torno subito.»

Kay superò Carys, che teneva il cellulare all'orecchio e parlava a bassa voce, e si affrettò verso il corridoio dove aspettavano i quattro agenti in uniforme.

«Andate in fondo al giardino. La signora Victor dice che c'è un sentiero per cavalli dall'altro lato del ruscello.

Debbie, c'è una fattoria alla fine del sentiero a destra del giardino. Scopri il nome e chiamali per vedere se Ken o Alice sono stati visti lì.»

«Lo farò, capo.»

«Il resto di voi, a quanto pare, l'altra direzione porta alla stazione ferroviaria di Headcorn. Ken potrebbe aver preso un treno lì, o aver organizzato il ritiro di un'auto. Sbrigatevi, andate.»

Si voltò di nuovo verso la cucina, raggiungendo Annette alla finestra mentre i quattro agenti correvano verso il fondo del giardino ben curato.

«Cosa stanno facendo?»

«Signora Victor, Annette, ha una lista degli amici di suo padre? Persone che conosce da cui potrebbe prendere in prestito un'auto?»

«Perché dovrebbe prendere in prestito un'auto? Non sa guidare.» Annette camminava avanti e indietro sul pavimento piastrellato. «Io-io credo ci sia una rubrica nel suo studio. Non conosco davvero nessuno dei suoi amici. Non ne ha molti, gli piace stare per conto suo.»

«Capo?»

«Cosa c'è?»

Carys alzò il telefono. «La compagnia di taxi conferma che non ha portato il signor Archerton da nessuna parte questa mattina.»

«Ok, grazie, puoi dare un'occhiata nel suo studio, vedere se riesci a trovare una rubrica?»

«Ha una copertina in pelle marrone,» disse Annette. «Di solito è accanto al suo portatile.»

«Grazie.»

Un colpo alla porta della cucina fece girare Kay sui tacchi, e Annette attraversò la stanza per aprire.

Debbie fece cenno a Kay. «Abbiamo due serie di impronte nella terra dall'altro lato del ruscello. Un paio sono di misura da bambino. C'è una coppia simile di impronte dall'altro lato della recinzione sul sentiero per cavalli e l'erba è stata calpestata, penso che sia andato in direzione di Headcorn, capo. Non sono stati visti alla fattoria.»

«Grazie, Debbie. Lascia gli altri due agenti qui. Porta Parker con te e dirigetevi verso quella stazione ferroviaria. Se non c'è traccia di Archerton o Alice, allora vedi che filmati di sicurezza ci sono. Chiamami non appena hai qualcosa.»

«Capo.»

«Detective Hunter.» Annette le tirò il braccio mentre Debbie chiudeva la porta. «Esigo una spiegazione. Che diavolo sta succedendo, e dove diavolo è mia figlia?»

Kay sospirò. «Non le piacerà.»

CAPITOLO 54

Kay terminò la telefonata e si passò una mano sugli occhi.

«Cosa ha detto?»

Carys schiacciò l'acceleratore e si lanciò attraverso l'incrocio davanti a un trattore che procedeva lentamente, mentre un cartello stradale per Headcorn passava velocemente fuori dal finestrino.

«Sharp ha diramato un'allerta a tutti i porti su Kenneth Archerton e Alice. Ha contattato la Polizia dei Trasporti Britannica e hanno allertato tutti i controllori dei treni sulla tratta ferroviaria che passa per Headcorn. Se Ken ha preso un'auto invece del treno, attiveranno una ricerca con il Riconoscimento Automatico delle Targhe se Debbie riesce a trovare il numero di targa dalle riprese di sicurezza della stazione, e negli ultimi cinque minuti sono stati istituiti posti di blocco su due delle strade in uscita da Headcorn. Li stanno facendo passare per controlli casuali dell'etilometro per non allarmare Archerton.»

«Se è ancora nella zona.»

«Già.»

«Cristo.»

Kay batteva ritmicamente il lato del pugno contro il finestrino.

«Pensi che Annette starà bene?» disse Carys.

«Non lo so.»

All'inizio Annette era stata incredula, con la mascella che le cadeva mentre Kay la informava delle altre attività commerciali di suo padre, mentre altre due auto di pattuglia in uniforme erano arrivate alla proprietà. L'incredulità si era presto trasformata in rabbia, e poi aveva raddrizzato le spalle.

«Cosa posso fare per aiutare?» aveva detto.

La sorpresa di Kay al commento della donna non era passata inosservata.

«Da quello che mi stai dicendo, ha ucciso mio marito e ha messo in pericolo la mia bambina,» aveva detto Annette. Si era stretta il cardigan intorno alla vita ed aveva espirato. «Sapevo che stava succedendo qualcosa. Piccole cose, come il fatto che non zoppicasse in alcuni giorni se arrivavo inaspettatamente, o telefonate che si affrettava a concludere se entravo nel suo studio. Non l'ha mai fatto con le cose del commercio di vini, cercava sempre di coinvolgermi nella speranza che cambiassi idea sul rilevarlo. Negli ultimi cinque mesi, però, è stato distante, quasi scortese. Mi dica, come faccio a riavere mia figlia sana e salva?»

La donna aveva continuato a dirle dove suo padre teneva tutti i suoi oggetti di valore e le carte private, e così prima di partire con Carys, Kay aveva indicato la cassaforte che Annette aveva mostrato loro, nascosta dietro una delle fotografie del vigneto, e aveva dato ordine a un agente di polizia di trovare un fabbro per aprirla con il trapano.

Ora, si raddrizzò sul sedile mentre la stazione ferroviaria entrava nel campo visivo, e aprì la portiera mentre Carys stava ancora frenando.

Debbie uscì dalla biglietteria.

«Sono stati ripresi dalle telecamere, capo. È arrivato qui quarantacinque minuti fa e ha comprato due bottiglie d'acqua dal distributore automatico, poi ha aspettato nel piazzale qui. Venti minuti fa, è arrivato un SUV. Non sono stati acquistati biglietti del treno, ma una donna è scesa e ha trascinato Alice fino alla macchina, e poi sono partiti tutti insieme, con Alice sul sedile posteriore.» La sua fronte si corrugò. «Ha opposto resistenza, capo. Non voleva entrare in macchina. La donna l'ha schiaffeggiata a un certo punto.»

«Cosa ha fatto il tizio allo sportello dei biglietti?»

«Non l'ha visto, non c'erano passeggeri in attesa, e non erano previsti treni nei successivi quaranta minuti, così è tornato a rifornire gli espositori di volantini informativi. Era scioccato quanto noi quando ha visto la registrazione. C'è dell'altro, la donna che li ha prelevati corrisponde alla descrizione che ci hanno dato Greg Victor e Patricia Wells.»

«Beatrice. Hai preso il numero di targa?»

«Sì. L'ho comunicato telefonicamente a Sharp così possono avviare la ricerca per il Riconoscimento Automatico delle Targhe. Sono andati verso nord. Pensi che si dirigeranno verso la M20?»

«Penso di sì. O cercheranno di salire su un treno per attraversare la Manica a Folkestone o si dirigeranno a

Dover per prendere un traghetto. Noi partiremo e ci avvicineremo all'autostrada così possiamo aiutare con l'intercettazione se necessario. Dì a Sharp di chiamare a Folkestone e fai scattare un'allerta al controllo passaporti. Non possiamo permettere che portino Alice in Francia.»

Kay si voltò di nuovo verso l'auto, poi si fermò.

«Capo? Cosa c'è che non va?»

«Fammi un favore, chiedi a Sharp di mettere sotto controllo anche l'estuario a Rochester. Greg Victor ha menzionato che suo fratello stava progettando di usare una barca per far uscire Alice dal Paese. Se Ken ne era a conoscenza, potrebbe tentare la stessa cosa. Greg non sa di chi fosse quella barca.»

Debbie aveva già il telefono all'orecchio. «Vai, capo.»

«Grazie.»

Kay teneva stretto il suo cellulare mentre Carys guidava l'auto attraverso strette stradine, i villaggi di Langley Heath e Leeds ormai erano sfocati fuori dal finestrino. Presto, passarono la fitta siepe di ligustro che proteggeva il castello dalla strada, poi svoltarono a sinistra e si immisero nel flusso di traffico che entrava nello svincolo con l'autostrada.

Kay chiuse gli occhi.

Doveva raggiungere Alice.

Doveva salvare la bambina.

Doveva riunirla a sua madre.

«Capo?»

Sbatté le palpebre, rendendosi conto che il suo telefono stava squillando, poi notò il nome di Sharp sul display.

«Abbiamo un avvistamento all'ingresso di Folkestone,» disse. «Un SUV con targhe francesi, e abbiamo individuato la conducente sulla telecamera, corrisponde alla descrizione che abbiamo di Beatrice.»

«Stiamo entrando sulla M20 ora,» disse Kay. «Siamo probabilmente a trenta minuti di distanza.»

«Gavin e Piper sono quasi lì, e ci sono anche quattro auto di pattuglia che li seguono a distanza. Abbiamo fatto in modo che i nostri uomini siano al controllo veicoli all'ingresso della stazione internazionale,» disse Sharp. «Lo stanno facendo passare per un normale controllo, così rallenteranno tutti nella coda per i treni. Abbiamo anche agenti in borghese nella zona ristoro. Stiamo lavorando sul presupposto che vadano lì piuttosto che a Dover, ma abbiamo un'operazione simile anche al porto.»

«Capo? Ken potrebbe avere una pistola. Non abbiamo ancora localizzato quella usata per sparare a Robert.»

«Avviserò gli agenti sul posto e farò intervenire anche la squadra di intervento armato.» Fece una pausa. «Cristo, spero che non ne avremo bisogno, con una bambina coinvolta.»

«Alice ha opposto resistenza alla stazione di Headcorn, capo. Potrebbe cercare di fuggire se le si presenta l'occasione.»

«Ha un bel coraggio per avere quell'età, quella lì. Va bene, è meglio che vada. Teniamoci in contatto.»

Kay riferì l'aggiornamento di Sharp a Carys, che immediatamente spostò l'auto nella corsia di sorpasso e accelerò superando i centocinquanta chilometri orari.

«Al diavolo», disse a denti stretti, suonando il clacson a un'auto sportiva che procedeva lentamente.

Il conducente si spostò quando lei lampeggiò i fari, e Kay sentì l'accelerazione spingerla contro il sedile.

Venticinque minuti dopo, Carys rallentò e uscì dall'autostrada allo svincolo per la stazione ferroviaria internazionale.

Kay allungò il collo per vedere oltre il bordo del cavalcavia, notando tre treni fermi e un flusso di auto che sbarcavano da un quarto. Controllò l'orario sul suo telefono. «Il prossimo ha una partenza prevista tra quaranta minuti.»

«È qui da quasi un'ora, capo. Quindi, dov'è?»

Entrambe sobbalzarono quando il telefono di Kay squillò.

«È Sharp. Il Riconoscimento Automatico delle Targhe ha perso il SUV dopo lo svincolo dieci.»

«Cosa?» Il cuore di Kay si fermò per un attimo. «Come?»

«Hanno lasciato l'autostrada. Li avevamo sulla A20 per qualche chilometro, ma poi si sono diretti verso la campagna in direzione di Brabourne Lees. Dopo di che, non siamo stati in grado di rintracciarli.»

Kay deglutì. «Capo, potrebbero essere ovunque ormai.»

«Lo so, ma attenetevi al piano finché non riesco a raccogliere più informazioni da questa parte. Potrebbero aver cambiato auto, Kay. Prendere il treno per lasciare il Paese è ancora la loro opzione più rapida. Ho trasmesso il messaggio a tutti quelli sul posto, insieme alle fotografie di Ken e Alice. Patricia Wells ha collaborato con uno degli agenti qui per mettere insieme una descrizione migliore di Beatrice, e stiamo diffondendo anche quella. Ti invierò una copia via messaggio.»

«Grazie, capo.»

Alzò lo sguardo verso il parabrezza mentre Carys parcheggiava l'auto dietro un edificio di manutenzione. Il suo telefono emise un *ping*, e lei rivolse l'attenzione al volto che apparve sullo schermo.

Beatrice la fissò con uno degli sguardi più gelidi che Kay avesse mai visto..

CAPITOLO 55

«Dove sono Barnes e Piper?» disse Kay, mentre si allacciava un giubbotto antiproiettile sopra la camicetta.

«Dall'altra parte dell'edificio con area ristoro, vicino all'area picnic», disse il sergente Hughes. Abbassò il volume della radio finché il commento in corso non si affievolì. «Abbiamo tre squadre che stanno perlustrando il parcheggio. Nessuna traccia di loro finora. Certamente nessuna traccia del SUV».

«Devono aver cambiato veicolo», disse Kay. «Abbiamo ricevuto segnalazioni di veicoli rubati nei dintorni? Da qualche parte tra le uscite dieci e undici?»

Lui scosse la testa. «Questo non significa che non abbiano rubato qualcosa, ovviamente, ci sono molti posti lungo quel tratto dell'A20 dove potrebbero aver trovato qualcosa».

Un rombo di motori riempì l'aria mentre auto e camion cominciavano a dirigersi verso i cancelli di partenza nel tentativo di essere i primi in fila per salire sul treno della Manica. Kay gettò uno sguardo alle auto parcheggiate intorno al perimetro esterno dell'edificio passeggeri. «Come diavolo hanno fatto a passare i controlli di frontiera?»

«L'ispettore capo investigativo Sharp dice che l'avviso è arrivato troppo tardi al personale ai cancelli per fermarli», disse Hughes. «C'è un briefing d'emergenza in corso, comunque, faranno una perquisizione dei veicoli mentre sono in coda per essere caricati sul treno».

Lei strizzò gli occhi contro una nuvola di polvere e sabbia che soffiava sull'asfalto. «Ok, ci uniremo al gruppo dall'altro lato dell'edificio. Fammi sapere come procede».

«Capo».

«Carys, con me, passeremo attraverso il terminal nel caso li vediamo lì dentro».

Il suo telefono squillò mentre entravano nell'edificio passeggeri attraverso le porte automatiche, e lei si mise da parte per evitare un gruppo di pensionati carichi di sacchetti di carta pieni di panini, bibite e cioccolato. «Lo sanno che possono prendere quella roba anche dall'altra parte, vero? Pronto? Sì, Debbie?»

«Capo, il fabbro è riuscito ad aprire la cassaforte nello studio di Ken Archerton», disse l'agente di polizia. «Abbiamo trovato una pistola e delle munizioni. Ho chiamato Harriet con i dettagli e lei conferma che è probabilmente dello stesso calibro di quella che ha ucciso Robert Victor».

Kay sospirò. «Grazie, Debs. Per favore, comunica questo alla sala operativa».

«Lo farò».

«Hai una radio, Carys?»

«Sì».

«Puoi far sapere alle squadre qui che la pistola di Ken è stata trovata a casa sua? Continueremo a procedere con cautela, ma sembra che quella fosse l'arma usata per uccidere Robert».

Carys si affrettò verso un espositore di mappe turistiche francesi e inglesi, e abbassò la voce, osservando la folla davanti a sé. Kay voltò le spalle alla sua collega e scrutò le persone che passavano.

Non riusciva a vedere Ken Archerton, ma ogni volta che sentiva lo strillo eccitato di un bambino, si girava verso la fonte del suono. Il suo cuore sprofondò quando vide bambini piccoli e bambini dell'età di Alice correre tra le gambe degli adulti, ma non c'era traccia della figlia di Annette Victor.

«Messaggio trasmesso», disse Carys, apparendo al suo fianco. «Vuoi fare un giro e poi uscire?»

«Sì. La squadra in uniforme farà controlli regolari ma tanto vale che lo facciamo anche noi mentre siamo qui. Puoi dare un'occhiata nei bagni per disabili, e io controllo quelli delle donne?»

Si separarono, e Kay spinse una porta contrassegnata "Signore". Due dei cubicoli erano occupati, mentre il resto era vuoto. Si fermò vicino ai lavandini, ignorando il viso stanco che la fissava nello specchio sopra i dispenser di sapone.

Si sarebbe preoccupata del sonno quando avrebbe saputo che Alice era di nuovo al sicuro, e Kenneth Archerton era stato arrestato insieme alla sua collega francese.

Quando una donna e poi un'altra uscirono dai cubicoli, si affrettò a raggiungere Carys che stava aspettando fuori davanti alla vetrina affollata di una catena di caffetterie.

«Nessuna fortuna?» disse.

«No».

«Ho chiesto a un tizio di dare un'occhiata dentro i bagni degli uomini per me, gli ho mostrato una foto di Archerton, ma ha confermato che non era neanche lì».

«Ok, facciamo un giro davanti al posto degli hamburger e poi usciamo per incontrare Barnes e Gavin».

Cinque minuti dopo, erano tornate fuori sotto il sole splendente, e Kay si protesse gli occhi dal riflesso dei parabrezza delle auto mentre si dirigeva verso i suoi due detective.

«Novità?»

«Non ancora». Barnes si arrotolò le maniche della camicia. «Il prossimo treno è tra quindici minuti, capo. E se noi...»

Un urlo squarciò l'aria.

Kay si girò verso il suono, con il cuore che le batteva forte, in tempo per vedere un uomo nascondersi dietro una station wagon blu scuro ai margini del parcheggio.

Un secondo urlo si concluse con un grido strozzato.

«Sono loro».

Kay partì di corsa, facendo segno a Gavin di prendere posizione dal lato opposto a lei mentre Carys e Barnes chiudevano la fila.

Barnes portò la radio alla bocca, e Kay sperò che le squadre in uniforme fossero in arrivo. Rallentando mentre raggiungeva la station wagon, fece un respiro profondo, e poi urlò.

«Alice? Sono la detective Hunter. Stai bene?»

«Mammaaaaa...»

«Ken, non farle del male. Per favore, non farle del male. Voglio solo parlare». Fece segno a Barnes di spostarsi davanti all'auto, poi abbassò la voce. «Carys, tieni d'occhio Beatrice. Sarà qui vicino, da qualche parte».

Un movimento improvviso la colse di sorpresa, e fu spinta di lato mentre una figura sfocata schizzava da dietro l'auto e correva verso un altro veicolo più lontano.

Kay non aspettò, e si spostò lentamente intorno al retro del veicolo, mentre Barnes inseguiva Beatrice.

Kenneth Archerton era seduto con la schiena contro la ruota anteriore, con il viso pallido. «Non voleva ascoltare. Le ho detto che si era spinta troppo oltre, che non potevo fare del male ad Alice».

Abbassandosi a terra, lei aggrottò le sopracciglia. «Sta bene?»

Lui ansimava. «Dolori al petto».

«Merda, Carys, vieni qui e chiama un'ambulanza. Ken, dove sta portando Alice Beatrice?»

«In Francia», gemette.

«Qual è il suo nome? Con quale nome ha intenzione di viaggiare, Ken? È importante».

«Beatrice Caron. È quello che c'è scritto sui biglietti».

Kay alzò lo sguardo quando apparve Gavin. «Resta con lui».

Mentre il suo detective si accovacciava accanto ad Archerton, e Carys dava istruzioni al telefono mentre allentava il colletto dell'uomo, Kay si alzò in piedi e scrutò oltre i tetti dei veicoli parcheggiati oltre la sua posizione.

Quattro agenti in uniforme correvano lungo il

perimetro del parcheggio, mantenendo un'ampia distanza tra la loro posizione e il dramma che si stava svolgendo.

«Riesci a vedere qualcosa, Barnes?»

In risposta, lui indicò oltre il tetto di un'utilitaria verde scuro.

Lei corse verso il punto in cui si trovava. «Sono loro?»

«Dall'altra parte di quel furgone bianco. Credo di aver sentito Alice», mormorò.

«Ok, con me». Si guardò alle spalle, poi fece cenno agli agenti in uniforme di unirsi a loro. «Circondate il furgone, voi prendete il davanti. Non può continuare a scappare, c'è una recinzione perimetrale oltre la prossima fila di auto. La metteremo alle strette».

Kay fece un respiro profondo, si sforzò di rimanere calma e si mosse intorno all'auto.

Accovacciata sull'asfalto, con un braccio intorno alla vita di Alice e una mano sulla bocca della bambina, la donna che corrispondeva alla descrizione di Beatrice la fissava con odio negli occhi.

Alice gemette, con gli occhi spalancati.

«Lasciala andare, Beatrice».

«Solo quando sarò arrivata in Francia. Allora la lascerò andare».

«Questo non succederà. Non salirai sul treno».

La francese si alzò in piedi, tenendo saldamente il polso di Alice. L'altra mano scivolò nella tasca.

«Tieni le mani dove posso vederle, Beatrice».

Scuotendo la testa, i capelli neri che le accarezzavano le spalle, la donna ritirò la mano. Girò il polso, esponendo una lama.

«Lasciami andare, o la uccido».

Alice urlò e cercò di allontanarsi da Beatrice, le lacrime le bagnavano le guance.

«Dì a Kenneth che mi deve qualcosa. Mi fa uscire dal Paese, e lui riavrà la sua bambina».

«Beatrice, calmati», disse Kay, mantenendo un tono di voce decisa.

La donna tirò il polso di Alice, torcendolo all'indietro, costringendo la bambina di cinque anni a fermarsi.

«Lasciami andare!»

Kay alzò le mani. «La stai spaventando. Per favore, metti giù il coltello e risolveremo questa situazione. Questo sta solo peggiorando le cose per te».

«Non c'è niente di cui parlare. Non c'è...Puttana!»

La presa di Beatrice su Alice si allentò mentre il suo viso si contorceva dal dolore. La francese lasciò cadere il coltello, le mani si mossero verso la caviglia che Alice aveva preso a calci.

Alice si liberò dalla sua presa, correndo verso gli agenti di polizia in attesa prima di lanciarsi contro Barnes, nascondendo il viso contro il lato della sua gamba.

Hughes non esitò. Si avventò sulla francese, facendo ruotare il suo corpo verso il lato dell'auto per bloccare ogni via di fuga.

«Beatrice Caron, non è obbligata a dire nulla...»

Kay corse verso il punto in cui Barnes stava accarezzando i capelli di Alice, con un'espressione cupa negli occhi.

«Alice? Sei ferita?»

La bambina scosse la testa, poi si voltò verso Kay e si pulì il naso con il dorso della manica.

«Voglio la mia mamma».

«Ti porteremo da lei subito. Vuoi andare con Ian?»

Alice annuì.

«Va bene, usciamo di qui. Sei stata molto coraggiosa».

Un sorriso acquoso attraversò le labbra della bambina.

«Non ascoltarla, è una bugiarda», disse Beatrice, torcendosi nella presa di Hughes per affrontarli. «Kenneth è stato stupido a portarla».

«Non è un tipo materno, suppongo?» disse Barnes. Si allontanò, con una mano sulla spalla di Alice.

Beatrice li fulminò con lo sguardo mentre veniva condotta a una volante in attesa.

«Non potete provare nulla», disse. «Stavo solo dando un passaggio alla stazione ferroviaria al signor Archerton e a sua nipote».

«Oh, credo che tu ed io sappiamo che non è così, mademoiselle Caron», disse Kay. Aprì la portiera posteriore. «Nel frattempo, i miei colleghi non vedono l'ora di sentire la tua versione dei fatti».

CAPITOLO 56

Kay spostò le veneziane dalla finestra dell'ufficio di Sharp e osservò Kenneth Archerton mentre veniva scortato attraverso il parcheggio verso le celle al piano terra.

L'uomo appariva sfidante nonostante la sua situazione, con il mento sporto in avanti e le spalle dritte.

«Mi sembrava di aver sentito che aveva avuto un attacco di cuore sulla scena», disse Sharp unendosi a lei.

«Attacco di panico autoindotto», disse Kay, e sorrise. «Il paramedico l'ha capito subito e l'ha dichiarato idoneo all'interrogatorio».

«Farò rapporto al Commissario Capo al Quartier Generale», disse Sharp. «Almeno questo libererà te e Barnes per poter interrogare Ken. Carys e Piper possono occuparsi di Beatrice. Hai tutto ciò che ti serve?»

Kay sollevò la cartella manila che aveva in mano. «Debbie e Gavin hanno raccolto tutto, e io ho aggiunto qualche appunto extra».

Sharp rivolse nuovamente l'attenzione al parcheggio

mentre Barnes e Carys scendevano dalla loro auto di servizio e si affrettavano verso l'edificio. Sorrise.

«Tieni d'occhio quella», disse.

«Chi? Carys?» Kay aggrottò la fronte. «Che intendi?»

«Intendo dire che è solo questione di tempo prima che voglia spiccare il volo oltre questa stazione. Non abbiamo ruoli disponibili nella zona per lei, Kay, visto che i nostri budget vengono ridotti come sta succedendo. Vorrà iniziare ad assumersi più responsabilità dopo questo caso».

«Oh».

Una tristezza la pervase mentre metabolizzava le parole di Sharp. Sapeva che nessuna squadra investigativa poteva aspettarsi di lavorare insieme per tutta la carriera, ma il pensiero di perdere uno dei suoi elementi chiave, nonché un'amica e una collega stretta, la rendeva malinconica.

«Non preoccuparti», disse Sharp. «Sono sicuro che avremo abbastanza per tenerla occupata ancora per un po'. Dovremo semplicemente supportarla il più possibile quando prenderà quella decisione».

«E impedirle di annoiarsi nel frattempo», disse Kay. «Mani oziose, e tutto il resto».

«Farò di te una manager prima o poi».

Lei rise e gli diede un colpetto con la cartella sul braccio. «No, grazie».

Controllando l'orologio, Sharp tornò alla sua scrivania e piegò la giacca sul braccio. «Bene, vado al Quartier Generale. Chiamami se hai bisogno di me».

«Lo farò. Oh, prima che tu vada, Adam ed io facciamo un barbecue stasera… solo pochi di noi, per rilassarci dopo questa settimana. Tu e Rebecca volete venire?»

Lui le fece l'occhiolino. «Non me lo perderei mai. Di' a Adam che porterò della birra».

«Ok, grazie. A dopo».

Barnes apparve sulla porta e fece un cenno all'ispettore capo investigativo prima di rivolgersi a Kay. «Sei pronta?»

«Sì». Si mise al suo fianco una volta nel corridoio. «Com'è?»

«Mansueto, soprattutto dopo che i paramedici gli hanno detto, in modo che lo sentissimo, che era in forma e in salute».

«Bel tentativo».

«Non è il primo e non sarà l'ultimo».

«Come stava Alice quando l'hai riportata a casa?»

«Silenziosa. Esausta, immagino. Ho parlato con Bethany, chiamerà Annette per darle i dettagli di uno psicologo infantile con cui lavora di tanto in tanto, e abbiamo fissato un orario per l'interrogatorio formale di Bethany domani mattina».

«Dove sono ora? Non hai riportato Alice a casa di Ken, vero?»

«Solo brevemente, per dare ad Annette il tempo di fare un paio di valigie. Andrà a stare da un'amica a Maidenhead per un paio di settimane, per dare il tempo alle cose di calmarsi qui». Sollevò un sacchetto per prove con dentro il coniglio di peluche. «C'è una cosa, Ken non ha dato questo ad Alice. Lei ha ammesso di averlo trovato nello studio di suo nonno la mattina in cui Greg l'ha portata in barca. A quanto pare non dovrebbe entrare lì, ma Greg e Annette stavano parlando in cucina di alcuni preparativi dell'ultimo minuto e lei si è intrufolata dentro. Quando ha visto il coniglio, non ha resistito e l'ha messo nel suo zaino. Ha pensato che Kenneth glielo avrebbe comunque dato come regalo».

«Accidenti. Bene, vediamo cosa ha da dire il signor Archerton».

Kay aprì la porta della sala interrogatori. Fece un cenno all'avvocato di Archerton, poi attese che Barnes avesse avviato la registrazione. Non perse tempo.

«Ci parli delle fabbriche di giocattoli nel nord della Francia, Ken. Cosa hanno a che fare con un commerciante di vino di successo?»

«Non ne ho idea».

Kay spinse il coniglio di peluche imbustato attraverso il tavolo. «Ecco cosa pensiamo, Ken. Sei diventato avido. Volevi più soldi e hai incontrato Beatrice Caron durante una delle tue escursioni in Francia. Di chi è stata l'idea di passare al contrabbando di droga? Tua o sua?»

Quando non rispose, lei scrollò le spalle e continuò. «Abbiamo trovato una quantità di pillole all'interno di questo. È così che progettavate di contrabbandare la droga, vero? Solo che tua nipote l'ha trovato nel tuo studio e l'ha preso, perché pensava fosse destinato a lei. Poi, quando hai sparato a suo padre e lei ha dovuto fuggire con Greg, l'ha fatto cadere per sbaglio. Non dovevamo trovarlo, vero? È allora che tutto ha iniziato ad andare storto?»

Attese, fissando l'uomo davanti a lei.

«Ci sono agenti che hanno condotto una perquisizione della sua proprietà», disse Barnes. «Hanno mostrato un particolare interesse per i giocattoli etichettati "*Fabriqué en France*" in una scatola sotto la scrivania nel suo studio. Altri quattro, a quanto pare. Cosa pensa che troveremo quando li apriremo?»

Kenneth digrignò i denti, le narici dilatate.

«Chi c'è a Manchester, Ken? Non un medico specialista, scommetto».

«Cosa aveva intenzione di fare, Ken?» disse Kay, senza aspettare la sua risposta. «Distribuirle come campioni e poi stabilire una catena di approvvigionamento per incanalare la droga verso i consumatori? La gente avrebbe potuto comprare i giocattoli come se fossero per i loro figli e invece ottenere le pillole, non è vero?»

Archerton si batté il petto con la mano. «Non capite, detective Hunter. Era un'idea di Robert. Mi ha minacciato. Era lui quello con la pistola».

«Allora forse potrebbe illuminarci su ciò che è successo quella notte», disse. «Perché, per quanto ne so, è stato Robert a scoprire i suoi piani e a cercare di fermarla».

«Non so cosa gli sia preso. Si comportava in modo strano il fine settimana prima di andare in Francia, come se avesse qualcosa per la testa». Chiuse gli occhi, lasciando cadere la mano sul tavolo. «Mi chiedo come abbia potuto essere così stupido. Ora mi è chiaro che voleva togliermi di mezzo per poter prendere il controllo dell'azienda».

«Sembra un po' estremo, spararti», disse Barnes. «La maggior parte delle persone farebbe un'offerta in contanti».

Archerton lanciò un'occhiataccia al sergente detective. «Come ho detto, si comportava in modo strano. Ecco perché sono andato alla barca. Sapevo da Annette che Greg aveva portato via Alice per la notte. Pensavo che se ci fosse stato anche suo fratello, avrei potuto farlo ragionare».

«Spieghi i pagamenti effettuati sul suo conto bancario e su quello di Annette», disse Kay. Spinse le copie della documentazione e tamburellò con il dito sulle voci. «Ottomila sterline ad aprile. Dodicimila sterline a maggio. Per cosa erano?»

«Erano pagamenti di fedeltà», disse Ken. «Non volevo perderlo a favore di un concorrente».

«Come sapeva che Robert era tornato in Inghilterra ed era andato alla barca venerdì scorso?»

«Non ricordo. Devono averlo menzionato Annette o Greg».

«Cosa è andato storto?» disse Kay.

«Greg e Alice non si vedevano da nessuna parte quando sono arrivato alla barca. Volevo solo parlare, ma Robert non ne voleva sapere. Deve aver nascosto la pistola sul ponte quando ha visto che mi avvicinavo. Un attimo dopo, me la stava puntando contro, dicendomi che non servivo più a nessuno date le mie condizioni di salute, e che avrei dovuto cedergli l'azienda così avrebbe potuto provvedere a mia figlia e mia nipote». Un respiro spezzato gli sfuggì dalle labbra. «È successo tutto così in fretta. Mi sono lanciato su di lui, pensando di potergli far cadere la pistola di mano e buttarla in acqua, ma... è partito un colpo. Sono andato nel panico. Non sapevo cosa fare».

«Cosa ha fatto con la pistola?»

Archerton deglutì. «Niente. È caduta in acqua».

Kay si appoggiò allo schienale della sedia e tamburellò con le dita sul tavolo, osservando l'uomo di fronte a lei. Si fermò e attese.

Per un momento, l'unico suono nella stanza era il ticchettio costante dell'orologio sopra la porta e il grattare della penna stilografica dell'avvocato sul suo taccuino.

Fece una pausa, prendendo tempo nella

consapevolezza che gli sforzi combinati della sua squadra nell'ultima settimana erano giunti a questo punto. Un'ondata di adrenalina la attraversò mentre alzava la testa.

«È una storia avvincente, signor Archerton. Ma è solo questo, una storia, non è vero? Come la sclerosi multipla e i dolori al petto?»

Lui aggrottò la fronte, poi guardò il suo avvocato e di nuovo lei. «Cosa intende dire? È la verità. Non volevo uccidere Robert. È stato un incidente».

Estraendo una delle fotografie dell'autopsia, Kay la fece scivolare sul tavolo verso Archerton. «Lei è un bugiardo, Ken. Robert Victor è stato colpito alla nuca a bruciapelo. L'ha giustiziato».

Osservò il pomo d'Adamo dell'avvocato che sobbalzava nella gola, poi incrociò le braccia sul tavolo. «La pistola non è nemmeno finita in acqua. La nostra squadra di ricerca subacquea non ha trovato nulla, e la corrente non è abbastanza forte da trascinare un'arma a valle. Non c'erano nemmeno bossoli, il che mi dice che non solo ha sparato a Robert Victor, ma si è anche preso il tempo di raccogliere i bossoli prima di lasciare la barca».

«Non può provare nulla», disse Archerton, con un ringhio nella voce.

Kay colse l'occhiata di traverso di Barnes e sorrise.

«È qui che si sbaglia, signor Archerton», disse, e aprì la cartella. «La mia squadra è stata estremamente accurata nel suo lavoro. Vogliamo riprovare, cominciando dalla pistola che abbiamo trovato dentro la cassaforte e dai resti di vestiti bruciati nel camino del suo studio?»

CAPITOLO 57

Adam tagliò gli ultimi pomodori, appena colti dall'orto, e li versò nella ciotola dell'insalata condita prima di passarla a Kay.

«Ecco, questo è l'ultimo. Avvisa Barnes di mettere la carne sulla griglia, la brezza sta diventando fresca là fuori.»

«Sì, chef.»

Sorrise, prese il suo bicchiere di vino e uscì dalla porta sul retro verso il giardino, con le infradito che sbattevano contro le lastre del pavimento.

Pia, la compagna di Barnes, si alzò mentre lei si avvicinava al tavolo e spostò tovaglioli e condimenti per fare spazio all'insalata, poi si chinò su un secchio di ghiaccio e tirò fuori una bottiglia di birra. La passò a Barnes mentre lui spingeva indietro la sedia.

«Salute,» disse lui, mentre Adam si univa a loro. «Ecco a un buon risultato, capo.»

«Lavoro di squadra,» disse Kay. «Come sempre. Carys, ti unisci a noi? Il cibo sarà pronto tra un minuto.»

La detective mise giù la gallina che aveva trovato nell'aiuola e attraversò il prato verso dove erano seduti. «Credo stesse cercando vermi.»

«Hanno sempre fame,» disse Adam. Spinse delicatamente una seconda gallina da sotto il tavolo e la guardò con un sorriso mentre scappava via prima di fermarsi a beccare qualcosa che aveva trovato vicino allo scalino della porta. «Inutile dire che stasera il menu prevede bistecca e salsicce.»

«Quelle tre sono troppo magre, comunque,» disse Barnes.

Infilzò la carne con un paio di pinze, mentre l'aroma di spezie ed erbe che Adam aveva usato per marinare il cibo si diffondeva verso il tavolo.

«Siete riusciti a ottenere le accuse che volevate contro Kenneth Archerton?» disse Pia.

«Sì,» disse Kay. «Una volta presentate le prove che avevamo contro di lui, ha confessato tutto. Era andato sulla barca per cercare di convincere Robert a ragionare, e quando non ci è riuscito, gli ha sparato. Lo considerava un rischio troppo grande. Ecco perché la barca era stata messa sottosopra, Ken cercava il coniglio che Alice aveva preso, e qualsiasi prova Robert potesse aver nascosto in relazione all'operazione di contrabbando.»

«E la francese che Ian mi ha menzionato?» disse Pia.

«Beatrice ha deciso di parlare una volta che abbiamo trovato corrispondenza tra le sue impronte digitali e le tracce trovate sul rivestimento impermeabile all'interno del coniglio giocattolo,» disse Gavin. «Sta cercando di incolpare Ken, ma ho la sensazione che fossero soci in affari in tutta questa storia. Era lei che lo aveva avvertito del fatto che Robert era stato avvistato alla fabbrica di giocattoli a Laval, e pensiamo che abbia organizzato il suo pedinamento fino al Kent. Però si è rifiutata di ucciderlo.»

«Ken ci ha detto che lei riteneva che Robert fosse un problema che doveva risolvere lui,» disse Kay. «La settimana prossima dovremo avviare il processo per farla estradare in Francia a un certo punto. I nostri colleghi oltralpe vogliono parlare con lei da un po' di tempo. A quanto pare, il suo vero nome è Michelle Dubois, ecco perché il suo passaporto non è mai stato segnalato quando è entrata nel Regno Unito, è falso.»

«Avete scoperto con chi lavorava a Manchester?» disse Adam.

«Sì, e abbiamo passato i dettagli di quell'aspetto dell'operazione di contrabbando ai nostri colleghi lassù.»

«Povera Alice,» disse Barnes. «Spero che starà bene dopo tutto questo.»

Lo stomaco di Kay ruggì.

«Sentito,» disse Sharp.

Rebecca, sua moglie, alzò gli occhi al cielo. «Lascia in pace quella donna, è stata impegnata»

«Solo un po'» disse Kay. Si fece ombra con la mano contro il sole del tramonto. «Debbie ha sistemato i turni per il resto del weekend?»

«Sì, siete tutti liberi fino a lunedì mattina» disse Sharp. «Una pausa ben meritata, credo si chiami così»

«Bene» disse Gavin, vuotando il suo bicchiere di vino. «Ehi, questo per caso non era francese, vero?»

Adam rise. «No, è della Nuova Zelanda. Bevi pure»

«In tal caso, posso lasciare la mia macchina qui

stanotte? Prenderò un taxi per tornare a casa e la recupererò domani mattina»

«Certo» disse Kay. «Aspetta, vado a prendere un'altra bottiglia dal frigo»

«Posso...»

«No, non preoccuparti. Voglio mettere anche una felpa. Voi avete freddo?»

Un mormorio di voci le rispose e, soddisfatta che i suoi ospiti fossero comodi, Kay entrò in cucina, lasciò il suo bicchiere di vino sul piano di lavoro centrale e salì di corsa al piano di sopra.

Le risate dal giardino fluttuavano attraverso la finestra aperta della loro camera da letto, e sorrise sentendo Barnes che prendeva in giro Carys. Senza dubbio la detective stava facendo amicizia con un'altra delle galline.

Aprì un cassetto e tirò fuori una vecchia felpa preferita, si passò le dita tra i capelli e tornò sul pianerottolo.

Si fermò davanti alla stanza degli ospiti che ora usavano come ufficio.

Un orsacchiotto di peluche era seduto all'angolo della sua scrivania, con un orecchio storto.

Aggrottò le sopracciglia, poi attraversò il tappeto e lo prese in mano.

Girandolo tra le mani, cercò di ignorare il dolore nel suo cuore. Invece, esaminò la cucitura sul fondo e tenne fuori l'etichetta per poterla leggere.

Made in Britain.

Kay espirò.

Rimise l'orsacchiotto a posto, gli diede una pacca sulla testa e poi si affrettò a scendere per occuparsi del vino per Gavin.

Quando raggiunse l'ingresso, un suono strano arrivò dalla cucina. Poteva ancora sentire i suoi colleghi e Adam in giardino, lo sfrigolio e lo scoppiettio della carne sul barbecue, ma questo era diverso.

«Oh, no...»

Si precipitò alla porta in tempo per vedere Mabel, la più grande delle due galline, svolazzare giù dal piano di lavoro prima di pavoneggiarsi verso la porta sul retro.

«Se hai fatto i tuoi bisogni nella mia cucina, sei nei guai.»

Attraversò il pavimento fino al piano di lavoro, spostò la pila di riviste e libri di cucina accatastati contro il portacoltelli, poi si fermò.

«Adam!»

«Sì?» La sua voce tradiva un'ombra di preoccupazione. «Che succede?»

«Una delle tue galline ha deposto un uovo insanguinato sul piano di lavoro della cucina!»

Una risata chiassosa si diffuse dal giardino.

La gallina si fermò sulla soglia, i suoi occhi perlacei la scrutavano.

Lei la fissò con uno sguardo torvo.

Adam apparve alla porta sul retro, cercando di mantenere un'espressione seria. Prese l'uccello e lo strinse al petto, un sorriso gli tremolava all'angolo della bocca mentre le lisciava le piume, e poi le fece l'occhiolino.

«Immagino che non ti vada un'omelette per colazione domani mattina, vero?»

FINE

L'AUTRICE

Prima di dedicarsi alla scrittura, Rachel Amphlett, autrice di romanzi polizieschi tra i più venduti di USA Today, ha suonato la chitarra in una band, ha lavorato come comparsa in TV, al cinema e nell'editoria come assistente editoriale.

Ora impugna una penna al posto del plettro e scrive polizieschi. Ha oltre 30 romanzi e racconti all'attivo che vedono come protagonisti spie, detective, giustizieri e assassini.

Appassionata di viaggi e investigatrice privata per caso, Rachel ha la cittadinanza australiana e britannica.

www.ingramcontent.com/pod-product-compliance
Lightning Source LLC
Chambersburg PA
CBHW010425170726
48283CB00011B/3067